알레프

El Aleph

EL ALEPH
by Jorge Luis Borges

세계문학전집 281

알레프

El Aleph

호르헤 루이스 보르헤스

송병선 옮김

민음사

차례

죽지 않는 사람

솔로몬은 "땅 위에 새로운 것은 없다."라고 말한다.
그래서 플라톤이 상상했던 것처럼 "모든 지식은
단지 회상에 불과했다."라고 말할 수 있다. 그래서 솔로몬은
"모든 새로운 것은 망각일 뿐이다."라는 금언을 남긴다.
— 프랜시스 베이컨* 『에세이』 58

1929년 6월 초 런던에서 스미르나 출신의 고서적상 요셉
카르타필루스**는 뤼생주의 공작부인***에게 소형 4절판 판형으
로 된 포프****의 여섯 권짜리 『일리아드』(1715년~1720년)를 권
했다. 공작부인은 그것을 구입했다. 그리고 책을 받으면서 그
녀는 그와 몇 마디 말을 나누었다. 그녀의 말에 따르면, 그는
회색 눈과 희끗희끗한 턱수염과 특이할 정도로 모호한 인상
을 지닌 여위고 꼬질꼬질한 사람이었다. 그는 유창하지만 정
확하지 않은 여러 언어를 구사했다. 몇 분도 안 되는 사이에

---

* Francis Bacon(1561~1626). 영국의 법률가, 정치가이자 영어 문장의 대가.

** 허구적 인물. 그의 이름은 '방황하는 유태인'의 전설을 암시한다.

*** Princess of Faucigny Lucinge(? ~ ?). 뤼생주 공작과 결혼하여 파리로 가
서 거주한 보르헤스의 친구.

**** Alexander Pope(1688~1744). 영국 신고전주의 시대의 시인이자 풍자가.

그는 프랑스어에서 영어로, 영어에서 살로니카의 스페인어와 마카오의 포르투갈어가 뒤섞인 수수께끼 같은 언어로 옮겨 갔다. 10월에 공작부인은 제우스 호의 어느 승객을 통해 카르타필루스가 스미르나로 돌아가다가 바다에서 죽었고, 이오스 섬에 묻혔다는 소식을 들었다. 그녀는 『일리아드』의 마지막 권에서 이 원고를 발견했다.

원본은 영어로 쓰여 있으며, 라틴어풍의 표현들로 가득하다. 우리가 제시하는 판본은 원본을 그대로 옮겨 적은 것이다.

1

내 기억에 따르면, 내 시련은 디오클레티아누스*가 황제로 있었을 때 테베 헤카톰필로스**의 어느 정원에서 시작되었다. 나는 최근의 이집트 전쟁에서 (아무런 영광도 얻지 못한 채) 싸웠고, 홍해 맞은편의 베레니케에 주둔했던 군단의 사령관을 역임하기도 했다. 열병과 마술이 대범하게 칼날을 열망하던 많은 사람들의 목숨을 앗아 갔다. 마우레타니아 사람들은 패했으며, 예전에 반란군의 도시들이 점령하고 있었던 땅은 영원히 지옥의 신들에게 헌납되었다. 알렉산드리아는 정복된 후 카이사르의 자비를 구했지만 허사였다. 일 년도 지나지 않

---

* Gaius Aurelius Valerius Diocletianus(245?~316?). 로마의 황제
** '헤카톰필로스'는 그리스어로 '백 개의 문'이라는 의미이지만, 보통 네 개 이상의 문이 있는 것을 지칭한다.

아 로마 군단들은 승전보를 전했으나 나는 전쟁의 신 마르스의 얼굴을 거의 볼 수 없었다. 이러한 박탈감은 나를 고통스럽게 만들었고, 아마도 그것이 무섭고 광활하게 펼쳐진 사막을 지나 비밀에 싸인 '죽지 않는 사람들의 도시'를 발견하도록 감행하게 만든 원인인 것 같았다.

이미 말했던 것처럼 내 시련은 테베의 어느 정원에서 시작되었다. 그 밤 내내 나는 한숨도 잠을 자지 못했다. 무언가가 내 마음속에서 싸움을 벌이고 있었던 것이다. 새벽이 밝아 오기 조금 전에 나는 일어났다. 내 노예들은 곯아떨어져 있었고, 달은 끝없는 모래사막과 똑같은 색깔을 띠고 있었다. 피범벅이 된 채 탈진한 어느 기병이 동쪽에서부터 다가오고 있었다. 내게서 몇 발자국 떨어지지 않은 곳에 이른 그는 말에서 굴러떨어졌다. 그리고 희미하고도 탐욕스러운 목소리로 도시의 성벽들을 적시고 있는 강의 이름이 무엇인지 라틴어로 물었다. 나는 빗물이 살찌우는 이집트 강이라고 대답했다. "그건 내가 찾는 강이 아니군요." 그가 슬프게 대답했다. "내가 찾는 건 인간을 죽음에서 깨끗케 하는 비밀의 강이지요." 그의 가슴에서는 검붉은 피가 솟구치고 있었다. 그는 자기 조국이 갠지스 강 너머에 있는 어느 산이며, 그 산에는 세상이 끝나는 서쪽 끝까지 가면 강에 도착할 수 있고, 그 강에 영생을 주는 물이 흐른다는 소문이 널리 퍼져 있다고 말했다. 그러면서 그 강의 아득한 강변에 요새와 원형극장과 사원이 즐비한 '죽지 않는 사람들의 도시'가 세워져 있다고 덧붙였다. 그는 동이 트기 전 죽었으나, 나는 그 도시와 강을 찾겠다고 결심했다. 사형 집행인에게 심문을 받은 몇몇 마우레타니아의 죄수가 그 여행자의 말을 확인해 주었다. 어떤 죄수는 지구의 끝에 있으며 인간의 삶이 영원히 지속되는 엘리시움의 평원을 떠올렸다. 또 다른 죄수는 팍톨루스의 강이 발원하며 주민들이 백 년을 산다는 산꼭대기라고 기억했다. 로마에서 나는 사람의 삶을 연장하는 것은 죽음의 고통을 늘이는 것이며, 여러 번 죽도록 죽음의 숫자를 증식시키는 것이라고 생각하던 철학자들과 이야기를 나누었다. 나는 지금 내가 과거에 '죽지 않는 사람들의 도시'를 정말로 믿었는지 확신하지 못한다. 나는 그곳을 찾기 위한 시도만으로도 할 만큼 한 것이라 생각한다. 가에툴리아의 지방 총독 플라비우스는 내가 그 일을 할 수 있도록 이백 명의 군인들을 내주었다. 또한 나는 용병들도 징집했다. 그들은 길을 잘 안다고들 말했지만 가장 먼저 도주해 버렸다.

이후에 일어났던 사건들이 우리의 초기 여정에 대한 기억들을 너무나 왜곡시킨 나머지, 이제는 정돈할 수가 없이 혼란스럽다. 우리는 아르시노에에서 출발하여 이글거리는 사막으로 들어갔다. 우리는 뱀을 잡아먹고 말로 의사소통하지 않는 혈거 부족의 나라를 지났다. 또한 여자를 공동으로 소유하고 사자를 주식으로 삼는 가라만트 부족의 나라와 타르타로스만을 숭배하는 아우길레스 부족의 나라를 지나갔다. 우리는 모래가 검고 낮의 열기를 견딜 수 없어 여행하려면 밤 시간을 이용해야 하는 또 다른 사막들도 샅샅이 돌아다녔다. 나는 멀리서 오케아노스*에게 자기 이름을 주었던 산을 보았다. 그곳의 비탈에는 해독제로 사용되는 등대풀이 자랐으며, 정상에는 호색적인 경향의 사납고 야만적인 사티로스들이 살고 있었다. 대지가 괴물들을 낳은 그 야만적인 지역 한가운데에 그토록 유명한 도시가 숨겨져 있을 수도 있다는 것은 상상할 수도 없다고 생각했다. 우리들은 계속 행진했다. 발걸음을 되돌린다는 것은 치욕스러운 불명예가 될 것이기 때문이었다. 가장 용감한 몇몇 사람들은 얼굴을 달에 드러낸 채 잠을 잤고, 이내 그들은 고열에 시달렸다. 저수조의 물이 썩어 버리자, 또 다른 몇몇은 광기와 죽음을 마셨다. 그러자 탈영이 시작되었다. 그리고 이내 반란이 일어났다. 그들을 진압하기 위해 나는 주저하지 않고 엄중한 조치를 취했다. 나는 공평하게 행동했지만, 백부장(百夫長) 하나가 폭도들(동료 중의 한 명이 십자가에 못 박힌 것을 복수하려는 열망을 품은)이 나를 죽일 음모를 꾸미고 있다고 알려 왔다. 나는 내게 충성을 다하는 몇 명의 병사들과 함께 막사에서 도망쳤다. 사막에서 나는 모래폭풍을 맞으며 광막한 밤을 보내다가 그들을 잃어버리고 말았다. 한 크레타 족의 화살이 내 살을 찢어 놓았다. 나는 물을 찾지 못한 채 여러 날을 방황했다. 아니, 태양과 갈증과 갈증에 대한 공포 때문에 몇 배나 늘어나 버린 기나긴 하루였는지도 모르겠다. 나는 내 말이 발길을 내딛는 대로 길을 갔다. 새벽녘이 되자 멀

---

* Oceanos. 그리스 신화에서 대양의 신. 천공의 신 우라노스와 대지의 신 가이아 사이에서 태어난 티탄족의 하나다.

리서 피라미드와 탑이 솟아 있는 모습이 눈에 들어왔다. 애타는 마음으로 나는 조그맣고 정돈된 미로를 꿈꾸었다. 미로 한가운데에는 물 항아리가 하나 있었다. 내 손은 거의 그것을 건드릴 듯이 가까이 있었고, 내 눈은 그것을 보고 있었지만, 미로의 곡선들이 너무도 복잡하고 혼란스러워 나는 손이 그 항아리에 닿기 전에 내가 죽을 것임을 알고 있었다.

2

마침내 그 악몽에서 헤어나자, 나는 내가 손이 등 뒤로 묶인 채, 보통 무덤보다 크지 않은 직사각형의 돌 벽감에 누워 있다는 것을 깨달았다. 어떤 산의 가파른 경사면에 얕게 파 놓은 돌 구멍이었다. 그 구멍의 사방은 축축했고, 사람의 손이라기보다는 시간에 의해 반들반들 다듬어져 있었다. 나는 가슴에서 고통스러운 맥박 소리를 느꼈고, 갈증으로 몸이 타들어 가는 것을 느꼈다. 나는 고개를 들고서 힘없이 소리 질렀다. 산기슭에는 탁한 개울물이 돌 부스러기와 모래 때문에 느릿느릿 소리 없이 흘러가고 있었다. 맞은편 개울둑에는 틀림없는 '죽지 않는 사람들의 도시'가 (마지막 햇살 또는 첫 햇살을 받아) 반짝거리고 있었다. 나는 성벽과 아치와 건물 정면과 광장 들을 보았다. 모두가 돌로 이루어진 고원 지대에 세워져 있었다. 내 것과 비슷한 백여 개의 울퉁불퉁한 구덩이가 산과 계곡을 구멍투성이로 만들어 놓고 있었다. 모래밭에는 깊지 않은 구멍들이 패여 있었다. 그 초라한 구멍에서, 즉 묘 구덩이에서 텁수룩한 수염과 회색 피부의 벌거벗은 사람들이 나타났다. 나는 그들이 누구인지 안다고 생각했다. 그들은 짐승 같은 혈거 부족에 속하는 사람들로, 아라비아 만의 해변과 에티오피아의 동굴에 떼 지어 몰려 살고 있었다. 그래서 나는 그들이 말을 하지 못하고 뱀을 먹는다는 사실에도 전혀 놀라지 않았다.

절박한 갈증 때문에 나는 무모한 사람이 되었다. 나는 내가 모래밭에서 10미터가량 떨어져 있다고 계산했다. 나는 눈을 감고서 등 뒤로 손이 묶인 채 산 아래를 향해 몸을 던졌다. 그리고 피 묻은 얼굴을 어두운 물에 처박았다. 나는 마치 짐승들이 물을 먹는 것처럼 물을 마셨다. 다시 잠과 망상 속으로 빠지기 전에, 나는 어떤 이유에선지도 모르고 그리스어 단어 몇 개를 되뇌었다. "아이세포스*의 검은 물을 마시는 젤레이아 출신의 부유한 트로이 사람들⋯⋯."

내 몸 위로 얼마나 많은 낮과 밤이 지나갔는지 나는 모른다. 나는 고통스러워하면서 동굴의 은신처로 돌아갈 수도 없이 알지도 못하는 모래사장에 벌거벗은 채 있었다. 달과 해는 나의 불행한 운명을 가지고 내기를 걸고 있었다. 야만적이면서도 천진난만한 혈거 부족은 내가 살거나 죽도록 아무런 도움도 주지 않았다. 나는 죽여 달라고 애원했지만 모두 쓸모없는 일이었다. 어느 날 나는 날카로운 바위 모서리를 이용해 나를 묶고 있던 끈을 끊었다. 그리고 다음 날 나 ─ 로마 군단 사령

---

* Aisepos. 오케아노스와 테튀스가 낳은 강의 신들 중 하나.

관인 나, 마르쿠스 플라미니우스 루푸스* — 는 일어나서 처음으로 역겹기 그지없는 뱀 고기를 조금 구걸하거나 훔칠 수 있었다.

'죽지 않는 사람들'을 보고 그 초인적인 도시를 만져 보고 싶다는 열망 때문에 나는 거의 잠을 이룰 수 없었다. 마치 내 의도를 꿰뚫어 본 것처럼, 혈거 부족도 잠을 자지 않았다. 처음에 나는 그들이 나를 감시하고 있다고 추측했다. 하지만 그 후에는 개들이 자기의 불안감을 전염시킬 수 있는 것처럼 그들도 나의 초조함에 전염되었다고 판단했다. 미개한 마을을 떠나기 위해 나는 가장 공개적인 시간을 선택했다. 해 질 녘이었다. 거의 모든 사람들이 갈라진 틈이나 구덩이에서 나와 석양을 바라보지 않은 채 서쪽을 쳐다보고 있었다. 나는 큰 소리로 기도했다. 그것은 신의 가호를 청하기 위해서라기보다는 의미를 지닌 음성 언어로 그 종족을 위협하기 위해서였다. 나는 모래톱 때문에 유속이 느린 개울을 건너서 '죽지 않는 사람들의 도시'로 향했다. 당황스럽게도 두세 명의 혈거인이 나를 쫓아왔다. 그들은 (그 혈통의 다른 사람들처럼) 키가 작았기에, 공포감이 아닌 혐오감을 불러일으켰다. 나는 크기가 서로 제각각인 구덩이 몇 개를 피해 가야만 했다. 고대의 채석장처럼 보이는 구덩이들이었다. 그 '도시'의 웅대함에 판단을 그르친 나는 그곳이 가까운 곳에 있다고 생각했다. 하지만 자정 무렵이 되어서야 나는 누런 모래사장에 우상을 숭배하듯이 솟아

---

* 허구적 인물. 이 라틴어 이름은 '붉음'과 '불길'의 의미를 지닌다.

있는 그 성벽의 검은 그림자를 밟았다. 나는 일종의 신성한 공포심에 사로잡혀 발길을 멈추었다. 사람들은 새로운 것과 사막을 증오하는 법이므로, 나는 한 명의 혈거인이 끝까지 나의 동반자가 되어 주었다는 사실에 몹시 기뻐했다. 나는 눈을 감고서 (잠들지 않은 채) 새벽이 밝아 오기를 기다렸다.

나는 앞서 '죽지 않는 사람들의 도시'가 암석으로 이루어진 고원에 세워졌다고 말했다. 그 고원의 경사면은 절벽에 버금갈 정도로 깎아지른 듯했기에 성벽만큼이나 오르기 힘들었다. 나는 발이 피곤해질 때까지 경사면 주변을 돌아다녔지만 모두 헛수고였다. 검은색의 기저부는 최소한의 불규칙함도 드러내지 않았고, 모양이 한결같은 성벽들은 단 한 개의 문도 허용하지 않는 것 같았다. 나는 대낮의 태양을 피해 어느 동굴로 들어갔다. 동굴 안쪽에는 구멍이 하나 있었고, 그 구멍 속에는 아래쪽의 어둠을 향해 끝없이 내려가는 계단이 있었다. 나는 계단을 내려갔다. 무질서하게 뒤엉킨 지저분한 회랑들을 지나서 보일락 말락 한 넓은 원형의 방에 도착했다. 지하실 같은 그곳에는 아홉 개의 문이 있었다. 여덟 개는 한 개의 미로와 연결되었고, 그 미로는 기대를 배신하고 다시 그 방으로 되돌아오게 되어 있었다. 아홉 번째 문은 (또 다른 미로를 통해) 첫 번째 방과 똑같은 두 번째 원형의 방으로 향하고 있었다. 나는 방들이 모두 몇 개인지 모른다. 비참한 상황과 고뇌가 그 방들의 숫자를 증식시키고 있었기 때문이다. 침묵은 적대적이었고, 거의 완벽했다. 그물처럼 짜인 그 석조 통로에는 지하의 바람 소리 이외에는 그 어떤 소리도 들리지 않았고, 나는 그 이유를 알아내지 못했다. 녹물 같은 빛깔의 가느다란 물줄기들이 아무 소리도 내지 않고 돌 틈으로 사라지고 있었다. 놀랍게도 나는 이 수상쩍은 세계에 익숙해졌다. 끝내는 아홉 개의 문을 갖춘 지하실들과 두 개로 갈라지는 기다란 지하실들 이외에 다른 무엇인가가 존재할 수 있다는 사실을 도저히 믿을 수 없게 되었다. 얼마 동안 땅 밑을 걸어 다녔는지는 모르겠다. 하지만 포도송이가 주렁주렁 열리던 내가 태어난 도시와 미개인들의 흉악한 도시에 같은 종류의 향수를 느끼면서 그 두 곳을 똑같이 생각하게 되었다는 사실은 알고 있다.

복도 끝에서 예측하지 못했던 벽이 내 길을 가로막았다. 그 때 희미한 한 줄기의 빛이 위에서 떨어졌다. 눈이 부셨지만, 나는 눈을 들었다. 현기증 날 정도로 까마득히 높은 곳에서 나는 둥근 하늘을 보았다. 너무나 푸르러서 보랏빛으로 보였다. 몇 개의 금속 층계가 벽을 따라 올라가고 있었다. 너무 피곤해서 기운이 없었지만 나는 계단을 올라갔다. 이따금씩 꼴사납게 기쁨의 눈물을 흘리기 위해 멈추었을 뿐이다. 기둥머리와 쇠시리, 그리고 삼각형 박공과 둥근 천장들, 화강암과 대리석에 새겨진 혼란스럽게 화려한 장식들이 점차 내 눈에 들어왔다. 그렇게 나는 검은 미로로 뒤엉킨 암흑 지대에서 눈부신 '도시'로 올라갈 수 있게 되었다.

나는 일종의 작은 광장, 엄밀히는 뜨락 같은 곳으로 나갔다. 모양이 일정치 않고 높이도 들쑥날쑥한 한 채의 건물이 그곳을 에워싸고 있었다. 서로 상이한 원형 지붕과 기둥 들이 그 특이한 모양의 건물에 속해 있었다. 나는 그 믿을 수 없는 기넘물의 어떤 특징보다도 그 건물이 지극히 오래전에 축조되었다는 사실에 사로잡혔다. 나는 그것이 인류 이전에, 심지어 땅이 생겨나기 이전에 지어진 것 같다고 느꼈다. 그리고 의심의 여지가 없는 이런 고색창연함(다소 끔찍스럽게 생겼지만)은 죽지 않는 건설자들의 작품에 걸맞다고 생각했다. 처음에는 조심스럽게, 나중에는 무관심하게, 마침내는 절망에 사로잡혀 나는 그 뒤엉킨 궁전의 계단과 바닥의 포석들을 정처 없이 걸어 다녔다.(나중에 나는 계단의 높이와 넓이가 동일하지 않다는 것을 알았다. 그 사실은 그것들이 나를 얼마나 피로하게 만들었는지 상기시켰다.) 처음에 나는 "이 궁전은 신들이 만든 거야."라고 생각했다. 나는 아무도 살지 않는 실내를 살펴보면서, "이것을 세운 신들은 죽었어."라고 내 생각을 수정했다. 그리고 궁전의 기묘한 특징을 눈치채고서, "이것을 세운 신들은 미쳤어."라고 말했다. 나는 내가 거의 양심의 가책과 같은 이해할 수 없는 비난의 말투로, 그리고 지각적 두려움보다는 지적인 공포에 사로잡혀 그렇게 말했다는 것을 잘 알고 있다. 엄청나게 오래되었다는 느낌 이외에도 또 다른 느낌들이 덧붙었다. 그것은 바로 무한하다는 느낌, 잔악하다는 느낌, 그리고 강박적일 정도로 무분별하다는 느낌이었다. 나는 미로를 지나왔지만, 반짝거리는 '죽지 않는 사람들의 도시'는 나를 공포와 혐오로 가득 채웠다. 미로는 사람들을 혼란에 빠뜨리기 위해 지어진 구조물이다. 즉, 과도할 정도로 대칭을 이루는 그 건축물은 그런 목적에 종속되어 있다. 내가 어설프게 살펴보았던 이 궁전의 건축 구조는 아무 목적도 띠고 있지 않았다. 그곳에는 막다른 복도들, 결코 닿을 수 없는 높은 창문들, 독방이나 텅 빈 구멍으로 이끄는 웅장하고 화려한 문들, 층계와 난간이 아래쪽으로 매달려 거꾸로 된 믿을 수 없는 계단들이 즐비했다. 그리고 거대한 벽의 한쪽 구석에 가볍게 걸려 있는 또 다른 계단은 두세 번 빙빙 돌다가 원형 지붕의 상단에 드리운 어둠 속에서, 그 어느 곳에도 이르지 못한 채 사라지고 있었다. 지금 열거한 모든 예가 엄밀하고 충실한 예인지는 모르겠다. 하지만 그것들이 오랫동안 내 악몽에 출몰했다는 것은 알고 있다. 이제 나는 이런저런 특징들이 현실을 그대로 옮긴 것인지, 아니면 나의 수많은 밤이 마구 풀어놓은 형상들을 옮긴 것인지 더 이상 알 수 없다. 나는 생각했다. "이 '도시'는 너무나 끔찍해. 그래서 비밀의 사막 한가운데 있음에도 그것이 존재하고 지속되어 왔다는 사실만으로 과거와 미래를 오염시켜. 그리고 어쩌면 별들까지도 오염시켜. '도시'가 지속되는 한, 이 세상의 그 누구도 용맹스러울 수도 행복할 수 없어." 나는 그 도시에 대해 기술하고 싶지 않다. 그것은 이질적인 말로 이루어진 혼돈이며, 그것의 대략적인 모습은 이빨과 내장 기관과 머리가 기괴하게 뒤엉킨 채 서로 증오하면서 우글대는 호랑이나 황소의 몸이 (아마도) 될 것이기 때문이다.

나는 내가 어떻게 먼지 쌓이고 축축한 지하실들 사이로 어떤 단계를 밟아 돌아오게 되었는지 기억하지 못한다. 유일하게 알고 있는 것은 마지막 미로를 나올 때 그 지긋지긋한 '죽지 않는 사람들의 도시'가 다시 나를 둘러싸지 않을까라는 두려움이 한시도 떠나지 않았다는 사실이다. 그 이외에는 아무

것도 기억나지 않는다. 이제는 이겨 낼 수 없는 그 망각은 아마도 고의적이었을 것이다. 내가 도망친 상황이 너무나 불쾌했고, 그래서 마찬가지로 기억이 나지 않는 어느 날, 나는 그것을 내 머리에서 지워 버리기로 맹세했던 것 같다.

3

내가 겪은 고초에 관한 이야기를 주의 깊게 읽은 사람들이라면, 헐거 부족 한 사람이 마치 개와도 같이 성벽의 들쑥날쑥한 그림자들이 드리워진 곳까지 내 뒤를 졸졸 따라왔다는 사실을 기억할 것이다. 마지막 지하실을 빠져나온 뒤, 나는 동굴 입구에서 그를 보았다. 그는 모래 바닥에 엎드려서 여러 기호들을 한 줄로 서툴게 썼다가 지우고 있었다. 그것들은 마치 의미를 이해하려는 찰나 뒤엉켜 버려서 흐려지는 꿈속의 문자 같았다. 처음에 나는 그것들이 미개인의 문자라고 생각했다. 그러나 잠시 후 나는 말하는 법도 배우지 못한 사람들이 글자를 쓸 수 있다고 상상하는 건 터무니없는 일임을 깨달았다. 게다가 그 어떤 문자 모양도 나머지 것과 같지 않았다. 이는 그 기호들이 상징적일 수도 있다는 가능성이 없거나 희박하다는 것을 뜻했다. 그 남자는 그것들을 끄적거리고서 쳐다보고는 고치고 있었다. 그리고 갑자기 그 놀이에 싫증이 난 것처럼 손바닥과 팔로 그 문자를 지워 버렸다. 그는 나를 쳐다보았지만 나를 알아보는 것 같지는 않았다. 그러나 나는 너무나 큰 안도감을 느낀 나머지(아니면 내 고독이 너무나 크고 너무나 두려웠던 나머지) 동굴 바닥에서 나를 쳐다보고 있던 이 원시적인 혈거인이 나를 기다리고 있었으리라 추측했다. 태양이 들판을 뜨겁게 달구고 있었다. 우리는 막 뜨기 시작한 첫 별들을 보며 마을로 돌아가기 시작했다. 그때도 발밑의 모래는 뜨거웠다. 그 혈거인이 앞장서서 갔다. 그날 밤 나는 그에게 몇 마디 말을 알아듣도록 가르치겠다는 계획을 세웠다. 아마도 그것들을 되풀이하도록 하겠다는 목표까지 세웠던 것 같다. 나는 개와 말은 말을 알아들을 수 있는 능력이 있으며, 카이사르가 기르던 나이팅게일처럼, 많은 새들이 말을 따라 할 수 있다는 것을 생각해 냈다. 인간의 이해력이 아무리 모자라더라도 그런 비이성적 짐승들보다는 우월한 존재일 것이었다.

혈거인의 비천한 태생과 상황을 보고, 나는 오디세우스의 늙어 죽어 가던 개 아르고스를 떠올렸다. 그래서 나는 그에게 아르고스라는 이름을 붙여 주었고, 그에게 그 이름을 가르쳐 주고자 애썼다. 나는 실패했고, 또다시 실패했다. 내가 시도한 방법, 즉 엄격함과 집요함은 아무 소용이 없었다. 기운 빠진 눈을 하고서 꼼짝도 하지 않은 채, 그는 내가 그의 머릿속에 주입시키려는 소리들을 감지하지 못하는 것 같았다. 나와 불과 몇 발자국 떨어지지 않은 곳에 있었지만, 그는 아주 먼 곳에 있는 것 같았다. 그는 어스레한 빛이 비추는 새벽부터 희미한 마지막 햇빛이 비추는 황혼까지, 마치 화산암에 새겨진 작고 형편없는 스핑크스처럼 드러누워 자기 몸 위로 하늘이 회전하는 것을 바라보고 있었다. 나는 그가 내 의도를 알아채지 못하는 것은 있을 수 없는 일이라고 판단했다. 나는 에티오피아 사람들 사이에서는 원숭이가 말을 하지 않는 것이 아주 용의주도한 행동이라는 사실이 널리 퍼져 있다는 것을 떠올렸다. 그것은 사람들이 자기에게 일을 강제로 시키지 않도록 하기 위한 것이었다. 따라서 나는 아르고스의 침묵이 불신이나 두려움 때문이라고 여겼다. 나는 그런 상상에서 다른 상상들, 그러니까 더 터무니없는 상상으로 옮겨 갔다. 나는 아르고스와 내가 서로 다른 우주에서 각자의 삶을 살고 있다고 생각했다. 또한 우리가 지각하고 인식하는 것은 동일하지만 아르고스는 그것을 다른 방식으로 조합하고 거기에서 다른 대상을 만들어 낸다고 생각했다. 나는 그에게 아예 대상이라는 게 없고, 다만 아주 짧은 인상으로 이루어진 어찔어찔하고 지속적인 놀이만 존재할지도 모른다고 생각했다. 나는 기억이 없는 세상, 시간이 없는 세상을 생각했다. 나는 명사가 없는 언어, 무인칭 동사들이나 어형 변화가 없는 성질형용사로 이루어진 언어의 가능성을 고려해 보았다. 이런 생각을 하며 하루하루가 지나갔고, 그 하루하루와 더불어 수많은 세월이 흘러갔다. 그런데 어느 날 아침 행복과도 흡사한 어떤 일이 일어났다. 아주 천천히 세찬 비가 내렸던 것이다.

사막의 밤들은 추울 수도 있었지만, 그날 밤은 불덩이 같았다. 나는 테살리아에 있는 어느 강(나는 그 강물에 황금 물고기를 풀어 주었다.)이 나를 구하려고 오는 꿈을 꾸었다. 빨간 모래와 검은 돌 위에서 나는 그 강이 다가오는 소리를 듣고 있었다. 그러다 시원한 공기와 부산한 빗소리에 잠에서 깨어났다.

나는 비를 맞이하기 위해 벌거벗은 채로 달려 나갔다. 밤이 걷히고 있었다. 노란 구름 아래로 나처럼 행복한 표정을 지으며 그 종족이 환희에 찬 상태로 세차게 내리는 소나기를 맞고 있었다. 마치 어느 이교도의 신에 홀린 코리반테스* 같았다. 아르고스는 하늘을 뚫어지게 바라보면서 신음 소리를 내고 있었다. 물줄기들이 그의 얼굴로 흘러내렸다. 그것은 빗물일 뿐만 아니라 (나중에 알게 되었지만) 눈물이기도 했다. 나는 이렇게 소리쳤다. "아르고스, 아르고스!"

그때 부드러운 탄성과 함께 마치 오래전에 잃어버렸거나 잊고 있었던 것을 발견한 것처럼 아르고스는 더듬거리면서 이렇게 말했다. "아르고스, 율리시스의 개." 그러고 나서 역시 나를 쳐다보지 않은 채 덧붙였다. "거름 위에 누워 있는 이 개."**

우리는 현실을 쉽게 받아들인다. 아마도 그것은 그 어느 것도 현실이 아니라는 사실을 직관하기 때문일 것이다. 나는 그에게 『오디세이아』에 대해 무엇을 아느냐고 물었다. 그리스어를 말하는 건 그에게 매우 힘든 일이었다. 그래서 나는 다시 질문을 해야만 했다.

"아주 조금." 그가 말했다. "가장 형편없는 서사시 음송가들보다 더 모른다오. 내가 그 작품을 만든 지 이미 천백 년이 흘렀을 것이오."

---

* Corybantes. 프리지아의 여신 키벨레를 모시는 여사제들.
** 오디세우스가 트로이 전쟁에 나간 지 이십 년 만에 거지로 변장해 돌아오자, 거름 위에 누워 있던 충직한 개 아르고스가 그를 가장 먼저 알아보는 대목을 가리킨다.

4

그날 모든 게 분명해졌다. 그 혈거 부족이 '죽지 않는 사람들'이었다. 그 모래 섞인 개울이 바로 말을 타고 왔던 사람이 찾고 있던 '강'이었다. 명성이 갠지스 강까지 퍼져 있던 그 도시에 관해 말하자면, 약 구백 년 전에 '죽지 않는 사람들'은 그 도시를 파괴했다. 폐허가 되어 버린 그곳의 잔재들을 이용해서 그들은 내가 돌아다녔던 그 종잡을 수 없는 도시를 바로 동일한 장소에 세웠던 것이다. 그것은 도시에 대한 일종의 패러디 혹은 일종의 전도(轉倒)였다. 그리고 그들은 또한 세계를 통치하지만, 인간들과 닮지 않았다는 것 이외에는 우리가 전혀 알지 못하는 분별 없는 신들의 사원도 세웠다. 그 도시의 설립은 '죽지 않는 사람들'이 동의한 마지막 상징이었다. 모든 노력이 헛되다는 관점에서 평가한다면, 그것은 그들이 순수한 사색 속에서, 즉 생각에 잠겨 살기로 결정했던 단계임을 보여 준다. 그들은 그 건물을 지었지만 그것을 잊어버리고 그곳을 떠나 동굴 속에서 거주했다. 그들은 사색에 몰두했기 때문에 물리적 세계를 거의 감지하지 못했던 것이다.

마치 어린아이에게 말하는 사람처럼, 호메로스*는 그런 것들을 내게 들려주었다. 또한 그는 자기의 노년 시절에 대해서도 말했다. 그리고 바다가 무엇인지도 모르고, 소금으로 조미

---

* Homeros(? ~ ?). 기원전 9세기 또는 기원전 8세기에 활동한 고대 그리스의 시인. 서사시의 걸작인 『일리아드』와 『오디세이아』의 저자로 추정된다.

한 고기를 먹지 않으며, 노가 무엇인지도 모르는 사람들에게 가려는 목적으로 율리시스처럼 떠났던 자기의 마지막 여행에 관한 이야기도 들려주었다. 그는 '죽지 않는 사람들의 도시'에서 백 년을 살았다. 그 도시가 폐허로 변하자, 그는 또 다른 도시를 세우라고 권했다. 이런 사실에 우리는 전혀 놀랄 필요가 없다. 그가 일리온* 전쟁을 노래한 후, 개구리와 쥐의 전쟁을 노래했다는 것은 유명한 이야기이기 때문이다. 즉, 그는 처음에 코스모스를 만들었다가, 나중에 카오스를 만든 하나의 신과 같은 사람이었다.

죽지 않는 사람이 된다는 것은 그다지 특별한 게 아니다. 인간을 제외하고 모든 피조물은 죽지 않는 존재들이다. 그것은 그들이 죽음을 모르기 때문이다. 신성한 것, 무서운 것, 불가해한 것은 자기 자신이 죽지 않는 존재임을 아는 것이다. 나는 많은 종교가 있지만 이런 확신은 매우 드물다는 것을 깨달았다. 유대인, 기독교인, 그리고 이슬람교도는 불멸을 믿는다고 말하지만, 한 세기 남짓한 처음의 삶만을 숭배하며, 그것은 그들이 오직 그 한 세기만을 믿는다는 사실을 증명한다. 왜냐하면 그들은 무한한 수로 이루어진 다른 모든 세기들에 대해 처음 한 세기 동안의 행위에 의해 상을 주거나 벌주는 것으로 정해 두기 때문이다. 내가 보기에는 힌두스탄 지역의 몇몇 종교에서 말하는 수레바퀴 쪽이 더욱 이치에 맞다. 시작도 없고 끝도 없는 그 수레바퀴에서 각각의 삶은 전생의 결과이고 내

---

* 트로이의 옛 이름.

생을 야기하지만, 그 어떤 하나의 삶도 전체를 결정짓지 못한다……. '죽지 않는 사람들'의 공화국은 여러 세기에 걸친 연습을 통해 배운 끝에 완벽한 인내와 거의 완벽에 가까운 경멸에 이르렀다. 그들은 무한하게 긴 시간의 주기 속에서 모든 사람들에게는 모든 일들이 일어난다는 것을 알고 있었다. 자기의 과거나 미래의 선행 덕에 모든 사람은 모든 자비를 받을 자격이 있다. 그러나 또한 과거와 미래에 저지른 악행 때문에 모든 사람은 배신을 당할 수도 있다. 복권 놀이에서 짝수와 홀수가 균형을 이루려는 경향이 있는 것처럼, 영민함과 둔감함은 서로 상쇄하고 서로 중화시킨다. 그리고 아마도 소박하기 그지없는 『엘 시드의 노래』*는 『전원시』**에 나오는 단 하나의 성질형용사나 헤라클레이토스***의 경구가 요구하는 평형추인지도 모른다. 가장 덧없는 생각은 눈에 보이지 않는 계획에 따르고, 그것은 비밀스러운 형태의 최후를 장식하거나 아니면 시작할 수도 있다. 나는 악이 미래의 세기에 선이 되도록 혹은 이미 과거의 세기에서 선이 되도록 악행을 저질렀던 사람들을 알고 있다……. 그런 방법으로 바라보면, 우리의 모든 행동들은 지당한 것이지만 동시에 대수롭지 않은 것이기도 하다. 도덕적이거나 지적인 가치는 존재하지 않는다. 호메로스는 『오디세이아』를 만들었다. 무한한 상황들과 변화를 지닌 무한한 시간의 주기를 전제로 한다면, 단 한 번이라도 『오디세이

---

* 작자 미상. 가장 오래된 스페인 서사시.

** 베르길리우스(Publius Vergilius Maro, 기원전 70~19)의 시집.

*** Heraclitus(기원전 535?~475?). 고대 그리스의 철학자.

아』가 쓰이지 않는다는 것 자체가 불가능한 일이다. 그 누구도 아닌 사람은 어떠한 사람이며, 단 한 명의 죽지 않는 사람은 모든 사람이다. 코르넬리우스 아그리파*처럼, 나는 신이고, 나는 영웅이고, 나는 철학자고, 나는 악마고, 나는 세계다. 이것은 바로 내가 존재하지 않는다는 사실을 따분하게 말하는 방식이다.

정확한 보상 체계로 세계를 보는 개념은 '죽지 않는 사람들'에게 광범위한 영향을 끼쳤다. 첫째, 그들을 동정심 없는 사람으로 만들었다. 나는 건너편 강둑의 들판을 점점이 수놓고 있던 오래된 채석장들에 관해 말했다. 어떤 사람이 가장 깊은 채석장으로 곤두박질쳤다. 그는 상처를 입을 수도 없었고 죽을 수도 없었지만, 갈증으로 목이 탔다. 칠십 년이란 세월이 지나서야 사람들이 그에게 밧줄 하나를 내려 주었다. 그는 자신의 운명에 대해서도 관심이 없었다. 육체는 유순한 가축 같았고, 매달 몇 시간의 잠과 약간의 물, 그리고 작은 고기 한 조각의 자비면 충분했다. 하지만 그 누구도 우리를 단순한 금욕주의자로 축소시키지 않기를 바란다. 사상보다 더 복잡하고 미묘한 기쁨은 없으며, 그래서 우리는 사상에 굴복했다. 그리고 이따금 아주 특별한 자극을 받아 우리는 물리적인 세계로 되돌아갔다. 예를 들면, 그날 아침에 있었던 비에 대해 느낀 옛날의 원초적인 기쁨이 그것이다. 하지만 그렇게 일탈하는

---

* Heinrich Cornelius Agrippa(1486~1535). 독일 철학자로, 마술과 비학(秘學)의 연구가이며, 마녀사냥에 맞서 투쟁했다.

적은 매우 드물었다. 그것은 '죽지 않는 사람들'은 모두 마음의 평온을 완전히 누릴 수 있었기 때문이다. 나는 한 번도 서 있는 것을 본 적이 없는 어떤 사람을 기억한다. 그의 가슴에는 새 한 마리가 둥지를 틀고 있었다.

다른 것으로 보상되지 않는 것은 그 어떤 것도 없다는 교리의 추론 가운데 이론적으로 거의 중요하지 않은 것이 하나 있다. 그러나 그것은 10세기 말, 혹은 초에 우리들을 대지 위에 뿔뿔이 흩어지게 만들었다. 그 추론은 다음과 같이 요약될 수 있다. "강이 하나 있는데, 그 강물을 마시면 불멸이 된다. 그러나 다른 지역에는 불멸성을 제거할 수 있는 또 다른 강이 있을 것이다." 강의 숫자는 무한하지 않다. 그래서 어떤 죽지 않는 여행자가 전 세계를 돌아다니면 언젠가 모든 강의 물을 마시게 될 것이다. 우리들은 그 강을 찾기로 했다.

죽음(또는 죽음에 대한 언급)은 인간을 사랑스럽고 애처롭게 만든다. 사람들은 자신들의 환영적인 조건, 즉 그들이 행하는 각각의 행동은 마지막 행동이 될 수 있고 꿈속의 얼굴처럼 희미해져서 지워지지 않을 얼굴은 하나도 없다는 것 때문에 동요한다. 그렇게 죽을 운명의 모든 존재들에게는 모든 것이 회복할 수 없고 불안한 가치를 지닌다. 반면에 '죽지 않는 사람들'에게 각각의 행동(그리고 각각의 생각)은, 언제 시작되었는지는 눈에 보이지 않지만 어쨌든 과거에 그 행동이나 생각보다 먼저 일어났던 다른 행동이나 생각의 메아리이다. 그리고 미래에 어지러울 정도로 되풀이될 또 다른 행동이나 사고의 정확한 예언이기도 하다. 지칠 줄 모르는 거울들의 미로 속에 있으면, 길을 잃어버리지 않은 것처럼 보이는 것은 하나도 없다. 단 한 번만 일어날 수 있는 것은 아무것도 없으며, 그 어떤 것도 정확하게 길을 잃어버릴 위험에 처해 있지는 않다. 구슬픔과 우울함, 그리고 격식은 '죽지 않는 사람들'을 지배하지 않는다. 호메로스와 나는 탕헤르의 입구에서 헤어졌다. 나는 우리가 작별 인사도 나누지 않았다고 기억한다.

5

나는 다른 새로운 왕국들과 새로운 제국들을 돌아다녔다. 1066년 가을, 나는 스탬퍼드 브리지 전투에서 싸웠다. 머지않아 자신의 운명을 찾았던 해럴드 왕*의 군대에 있었는지, 아니면 단지 2미터, 또는 그보다 조금 많은 영국 땅을 정복했을 뿐인 불운한 하랄드 하르드라다** 군대에 있었는지 이제는 기억이 나지 않는다. 헤지라***로부터 7세기가 되었을 때, 불라크의 교외에서 나는 이미 내가 잊어버렸던 언어와 내가 알지 못하는 알파벳으로 신드바드가 행한 일곱 개의 모험과 청동 도시****

---

* Harold II(1022?~1066). 잉글랜드 앵글로색슨 왕조의 마지막 왕.
** Harald Hardrada(1015~1066). 노르웨이의 왕. 해럴드 2세와 싸우다가 패하여 전사한다.
*** 622년에 무함마드가 메카에서 메디나로 피신한 사건으로, 이슬람력의 원년이 된다.
**** 『천 하룻밤의 이야기』에 수록된 이야기로, 죽음의 보편적 승리를 다룬다.

에 관한 이야기를 꼼꼼한 필체로 옮겨 적었다. 사마르칸트 감옥의 안마당에서 나는 체스를 무척 많이 두었다. 그리고 비카네르에서는 점성학을 가르쳤으며, 보헤미아에서도 그렇게 했다. 1638년 나는 콜로츠바르에 있었고, 그런 다음에는 라이프치히에 체류했다. 1714년에는 애버딘에서 나는 여섯 권으로 나온 포프의 『일리아드』를 구독했다. 나는 기쁜 마음으로 그 책을 자주 읽었다는 것을 기억한다. 1729년경에 나는 수사학 교수와 그 시의 기원에 관해 토론을 벌였는데, 그 교수의 이름은 지암바티스타*였던 것 같다. 내가 보기에 그의 논지는 반박의 여지가 없었다. 1921년 10월 4일 나를 태우고 뭄바이로 가던 파트나 호**는 에리트레아 해안의 어느 항구에 닻을 내려야만 했다.*** 나는 배에서 내렸고, 아주 오래전에 마찬가지로 홍해 맞은편에서 보냈던 아침들을 떠올렸다. 그 당시 나는 로마의 군단 사령관이었는데, 열병과 마술과 게으름이 병사들을 사로잡고 있었다. 나는 그 항구 도시의 외곽에서 맑은 물이 솟아나는 샘을 보았다. 그리고 습관에 이끌려 맑은 물을 떠서 맛보았다. 그 옆에 있는 둑으로 기어 올라가다가 나는 가시나무에 손등을 찔렸다. 살을 에는 것 같은 예사롭지 않은 고통을 느꼈던 것 같다. 나는 조용히 믿기지 않는다는 표정으로 행복

---

* Giambattista Vico(1668~1744). 인류 역사의 순환 이론을 제안한 이탈리아의 문화 철학자이며 역사가.
** 콘래드의 소설 『로드 짐』에 나오는 선박의 이름.
*** 여기에서 원고의 일부가 지워져 있다. 아마도 항구의 이름이 삭제된 것 같다.(저자 주)

해하면서 피가 천천히 방울지는 아름다운 과정을 지켜보았다. "나는 다시 죽는 존재가 되었어." 나는 여러 차례 반복했다. "나는 다시 모든 사람들과 같이 되었어." 그날 밤 나는 새벽녘까지 잠을 잤다.

……일 년이 지난 후 나는 이 글을 다시 읽었다. 나는 이 글이 진실과 부합한다고 확신하지만, 앞의 몇 장과, 심지어 다른 장의 몇몇 단락에서 거짓을 감지한 것 같다. 아마도 그런 생각은 상황적 특징을 남용하는 데서 생긴 것으로, 그러니까 내가 시인들에게 배웠던 글쓰기 방법, 즉 거짓으로 모든 걸 오염시키는 방법 때문인 것으로 보인다. 그것은 상황적 특징이 현실에서는 가득 존재할 수 있지만, 기억 속에서는 그렇지 않기 때문이다……. 하지만 나는 가장 사사롭고 본질적인 이유 하나를 발견했다고 생각한다. 이제 나는 그 이유를 쓸 것이다. 사람들이 나를 몽상적이라고 여기더라도 상관없다.

내가 들려준 이야기가 비현실적으로 보인다면 그것은 그 안에 서로 다른 두 사람의 사건들이 뒤섞여 있기 때문이다. 1장에서 말을 타고 온 사람은 테베의 성벽을 적시는 강의 이름을 알고 싶어 한다. 전에 이 도시에 '헤카톰필로스'라는 별칭을 부여했던 플라미니우스 루푸스는 그 강이 이집트라고 말한다. 그러나 이중 그 어떤 것도 그의 말이 아니라, 호메로스의 말이다. 호메로스는 『일리아드』에서 '테베 헤카톰필로스'에 관해 분명하게 언급하고 있다. 그리고 『오디세이아』에서는 프로테우스와 율리시스의 입을 통해 항상 이집트를 나일이라고 부른다. 2장에서 로마인은 불멸을 주는 강물을 마시면서 그리스어로 몇 마디를 말한다. 그 말은 호메로스의 것이며, 그 유명한 선박 이름 목록의 끝에서 찾아볼 수 있다. 그런 다음 현기증을 일으키는 궁전에서 그는 '양심의 가책에 가까운 질책'에 대해 말한다. 그것 또한 이미 그런 공포를 예측했던 호메로스의 말이다. 그런 이상한 것을 깨닫고서 나는 혼란스러웠다. 한편 미학적 성질의 또 다른 불합리한 점들은 내가 진실을 발견하도록 도와주었다. 이런 진실들은 마지막 장에 삽입되어 있다. 거기에는 '나는 스탬퍼드 브리지 전투에서 싸웠고, 불라크에서 선원 신드바드의 모험을 옮겨 적었으며, 애버딘에서 포프의 영어판 『일리아드』를 구독했다.'라고 적혀 있다. 거기서 또한 '비카네르에서는 점성학을 가르쳤으며, 보헤미아에서도 그렇게 했다.'라는 대목을 읽을 수 있다. 이런 증언들 중 그 어떤 것도 틀리지 않았다. 중요한 것은 그것들이 강조되어 부각되어 있다는 점이다. 이와 같은 모든 진술 중에서 첫 번째 것은 무인(武人)에게 어울리는 것처럼 보이지만, 후에는 화자가 호전성에는 그다지 관심을 쏟지 않고, 오히려 인간의 운명에 더욱 관심을 보인다는 사실을 알 수 있다. 그 이후에 나오는 사실들은 더욱 흥미롭다. 잘 알 수 없는 중요한 이유 하나 때문에 나는 그것들을 기록했다. 나는 그것들이 애수에 젖어 있다는 것을 알았기 때문에 그렇게 했다. 로마인 플라미니우스 루푸스가 말한 것은 애상적이지 않다. 하지만 호메로스가 서술한 것은 구슬프다. 호메로스가 13세기에 또 다른 율리시스인 신드바드의 모험을 그대로 옮겨 적고, 수많은 세월이 지난 후 자신의 『일리아드』 같은 형식들을 북부의 어느 왕국에서, 그것도 미개어로 쓰인 것으로 발견한다는 것은 매우 이상한 일이다. 비카네르의 이름을 담고 있는 문장에 관해 말하자면, 여기서는 아주 화려한 어휘들을 보여 주고자 열망하는 (마치 선박 목록을 쓴 작가처럼) 문인이 작성했다는 것을 알 수 있다.*

끝이 가까워지면 기억의 모습들은 남아 있지 않고, 단지 단어만 남는다. 시간이 한때 나를 묘사했던 말과 오랜 세월 동안 나와 함께했던 운명의 상징인 단어들이 혼동될 수도 있다는 사실은 그리 이상하지 않다. 나는 호메로스였다. 간단히 말하자면, 나는 율리시스처럼 '그 누구도 아닌 사람'이 될 것이다. 즉, 나는 모든 사람이 될 것이고, 나는 죽을 것이다.

---

* 에르네스토 사바토는 고서적상 카르타필루스와 『일리아드』의 형성 과정을 토론했던 '지암바티스타'는 지암바티스타 비코일 것이라고 제안한다. 그 이탈리아인은 호메로스가 플루톤이나 아킬레스처럼 상징적인 인물이라는 주장을 지지했다.(저자 주)

1950년의 후기

앞의 출판물로부터 야기된 많은 글 중에서 가장 세련되지는 않지만 가장 흥미로운 것은 성경식으로 제목을 붙인 『형형색색의 코트』(맨체스터, 1948년)이다. 그것은 나훔 코르도베로* 박사가 최고의 인내를 가지고 쓴 작품이다. 이 책은 대략 백여 페이지로 이루어져 있다. 그는 그리스 명언 모음집, 라틴 후기의 명언 선집, 그리고 벤 존슨**에 대해 말한다. 벤 존슨은 세네카***, 알렉산더 로스****의 『베르길리우스의 복음』, 조지 무어*****와 엘리엇******의 독창적인 작품들, 그리고 마지막으로 '고서적상 요셉 카르타필루스의 것이라고 추정되는 이야기'에서 발췌한 문구로 그와 같은 시대를 살고 있는 사람들을 정의했다. 이 책은 1장에서 플리니우스******(『박물지』, 8권)가

---

* 허구적 인물.

** Ben Jonson(1572~1637). 셰익스피어와 동시대에 활동한 영국의 극작가, 시인이자 비평가.

*** Lucius Seneca(기원전 55~39). 스페인 태생의 고대 로마 철학자이자 극작가.

**** Alexander Ross(1590~1654). 스코틀랜드의 작가.

**** George Moore(1852~1933). 아일랜드의 소설가.

***** Thomas Stearns Eliot(1888~1965). 미국 태생의 영국 시인, 극작가이자 문학 평론가.

****** Gaius Plinius Caecilius Secundus(23~79). 로마 제정기의 군인, 정치가이자 학자.

삽입한 짧은 어구, 2장에서는 토머스 드퀸시*(『저작물』, 3권, 439쪽)가 중간에 넣은 명언, 3장에서는 데카르트**가 피에르 샤뉘*** 대사에게 보낸 편지에 끼어 넣은 짧은 글귀, 4장에서는 버나드 쇼****(「므두셀라로 돌아가라」, 5편)가 사용한 짧은 어구들을 비난한다. 그는 이런 점유 혹은 도둑질을 근거로 모든 기록의 출처가 의심스럽다고 유추한다.

내 관점에서 본다면 그런 결론은 받아들일 수 없다. 카르타필루스는 "끝이 가까워지면 기억의 모습들은 남아 있지 않고, 단지 단어만 남는다."라고 썼다. 말, 쫓겨 나와 불구가 된 말, 즉 다른 사람들의 말은 바로 시간과 세기가 그에게 남겨 준 보잘것없는 동냥이었다.

세실리아 잉헤니에로스*****에게

---

* Thomas De Quincey(1785~1859). 영국 수필가이자 비평가.
** René Descartes(1596~1650). 프랑스 수학자, 과학자이자 철학가.
*** Hector Pierre Chanut(1604~1667). 프랑스 외교관으로 스웨덴 주재 대사를 역임했다.
**** George Bernard Shaw(1856~1950). 아일랜드 극작가, 소설가이자 비평가.
***** Cecilia Ingenieros(? ~ ?). 보르헤스의 친구.

죽은 사람

부에노스아이레스 변두리 출신의 한 남자, 열렬한 용기 이외에 내세울 것이라고는 없는 어느 슬픈 무법자가 말들이 뛰노는 브라질 국경의 황량한 미개지로 들어가 밀수꾼 대장이 된다는 것은 무엇보다도 불가능한 일처럼 보인다. 그렇게 생각하는 사람들에게 나는 벤하민 오탈로라의 운명을 이야기해 주고 싶다. 이제 발바네라 지역에서는 아무도 그를 기억하지 않을 것이다. 그는 히우그란지두술 주에서 한 발의 총탄을 맞아 자기가 살아왔던 대로 세상을 떠났다. 나는 그의 모험담에 대해 자세하게 알지는 못한다. 하지만 그에 대한 더 많은 사실들을 알게 되면, 나는 이 글을 수정하고 발전시킬 것이다. 지금은 이 요약문 정도면 충분하리라.

벤하민 오탈로라는 1891년경, 열아홉 살이다. 그는 좁디좁은 이마와 성실한 맑은 눈, 바스크인의 체력과 기운을 띤 건장하고 다부진 청년이다. 어느 운 좋은 칼싸움 덕분에 그는 자기가 용감한 남자라는 사실을 알게 되었다. 그는 상대방이 죽음과 동시에 아르헨티나에서 도망쳐야 한다는 사실에도 아무런 불안을 느끼지 못한다. 그 지역의 두목이 그에게 우루과이의 아세베도 반데이라라는 사람 앞으로 쓰인 편지 한 통을 준다. 오탈로라는 배에 오르고, 배는 심하게 요동하며 삐걱거리며 강을 건넌다. 다음 날 그는 고백할 수 없으며 어쩌면 자기도 모를 슬픔을 느끼며 몬테비데오의 거리들을 정처 없이 방황한다. 그는 아세베도 반데이라를 만나지 못한다. 자정 무렵 그는 파소 델 몰리노의 어느 술집 겸 가게에서 몇몇 마부들이 벌이는 싸움을 목격한다. 단도 하나가 번쩍인다. 오탈로라는 어느 편이 옳은지 알지 못하지만, 노름이나 음악에 매료되는 다른 사람들처럼 위험의 순수한 맛에 이끌린다. 난투 중에 어느 일꾼이 챙 넓은 검은색 모자를 쓰고 판초를 걸친 어느 남자를 향해 비열하게 칼을 찌르나 오탈로라는 그 칼을 막아 준다. 나중에 그 남자는 아세베도 반데이라라고 밝혀진다.(그 사실을 알게 되자 오탈로라는 소개장을 찢어 버린다. 모든 걸 혼자 힘으로 해결하고 싶었기 때문이다.) 아세베도 반데이라는 강인하고 건장한 사람이지만, 오탈로라는 그가 속내를 알 수 없는 위선자이며 사기꾼이라는 인상을 받는다. 계속 지나치게 가까이 있었던 그의 얼굴에는 유대인과 흑인과 원주민의 피가 뒤섞여 있으며, 그의 태도에는 원숭이와 호랑이가 뒤섞여 있고, 그의 얼굴을 가로지르는 칼자국은 뻣뻣한 검은 콧수염처럼 또다른 장식에 불과하다.

술 때문에 벌어진 실수인지 아니면 계획적인 싸움인지는 몰라도, 싸움은 시작이 그랬던 것처럼 순식간에 끝난다. 오탈로라는 마부들과 함께 술을 마시고서 떠들썩한 술잔치에 동행한다. 그런 다음 그들과 함께 구 시가지에 있는 어느 커다란 저택으로 향한다. 이미 해는 중천에 떠 있다. 흙바닥인 안마당 끝에 그들은 침낭을 펼치고 잠자리에 든다. 막연하게 오탈로라는 그날 밤과 그 전날 밤을 비교한다. 이제 그는 친구들과 함께 뭍에 있다. 그는 부에노스아이레스가 그립지 않다는 사실에 약간 양심의 가책을 느낀다. 그건 인정해야만 한다. 그는 아침 기도 시간까지 잠을 잔다. 그때 술에 취해 반데이라를 공격했던 사람이 그를 깨운다.(오탈로라는 이 사람이 즐겁고 떠들썩했던 밤에 다른 사람들과 함께 있었으며, 반데이라가 그를 자기 오른쪽에 앉히고서 계속해서 술을 마시도록 했다는 것을 기억한다.) 이 남자는 오탈로라에게 두목이 그를 찾아오라고 시켰다고 말한다. 아세베도 반데이라는 현관과 접한 일종의 사무실 같은 곳에서 그를 기다리고 있다.(오탈로라는 한 번도 옆문이 달린 그런 현관을 본 적이 없다.) 반데이라는 근사하고 오만무례한 빨간 머리카락의 여자와 함께 있다. 반데이라가 그의 용기를 칭찬하고서 그에게 사탕수수로 만든 술 한 잔을 건넨다. 그러고는 용기 있는 사람처럼 보인다는 말을 되풀이하고서, 다른 사람들과 함께 북부에 가서 소 떼들을 몰고 오지 않겠느냐고 제안한다. 오탈로라는 그 제안을 받아들인다. 새벽 무렵에 그들은 타쿠아렘보 강을 향해 길을 떠난다.

이제 오탈로라의 이전과 다른 삶이 시작된다. 그것은 말 넘새를 풍기는 광활한 새벽과 낮의 삶이다. 그에게는 새로우면서도 이따금씩 혹독한 삶이지만, 그것은 이미 그에게 필수적인 것이 되어 있다. 다른 나라 사람들이 바다를 숭배하고 예감하는 것과 마찬가지로, 우리 아르헨티나 사람들은(이런 상징들을 만들어 내는 사람을 포함하여) 말발굽 아래로 울려 퍼지는 끝없이 펼쳐진 평원을 열망하기 때문이다. 오탈로라는 말몰이꾼들과 짐마차꾼들의 동네에서 자랐다. 그래서 그는 일 년도 지나지 않아 가우초가 된다. 그는 말 타는 법과 목장의 우리에 가축 떼를 몰아넣는 법, 방목한 가축을 도살하는 법, 가축의 목에 올가미 밧줄을 다루는 법, 돌멩이가 달린 올가미로 가축들을 쓰러뜨리는 법을 배운다. 또한 졸음과 폭풍, 서리와 태양을 견뎌 내고, 휘파람과 고함 소리로 가축들을 모는 법을 배운다. 이 수습 기간에 오탈로라는 단 한 번 아세베도 반데이라와 만나지만, 결코 그를 잊지 않는다. 반데이라의 사람이 된다는 것은 상당한 존경과 경외의 대상이 되는 것이기 때문이다. 그리고 가우초들의 말에 의하면 남자다운 기운과 용기를 자랑하는 사람 중에서도 아세베도 반데이라만큼 훌륭한 사람은 없기 때문이다. 어떤 사람은 반데이라가 히우그란지두술 주에 있는 쿠아레임 강의 맞은편에서 태어났다고 주장한다. 이런 사실은 그를 평가 절하하려는 의도임에 분명하지만, 이것은 오히려 그에게 또 다른 차원을 부여한다. 즉, 그가 울창한 밀림과 늪지와 헤아릴 수 없이 무한한 지역과 하나가 되었음을 시사하는 것이다. 점차로 오탈로라는 반데이라의 사업이 여러 개이지만 주된 것은 밀수라는 것을 알게 된다. 말몰이꾼이 된다는 것은 그저 노예가 되는 것에 지나지 않는다. 그래서 오탈로라는 밀수꾼의 지위로 올라가기로 마음먹는다. 어느 날 밤 두 명의 동료가 국경을 넘어 사탕수수 술을 상당량 들여오려는 계획을 세운다. 오탈로라는 그들 중 하나를 성나게 하여 싸움을 걸게 만들고는, 그에게 부상을 입히고 그의 자리를 차지한다. 그는 야심과 은밀한 충성심에 따라 움직인다. 그는 생각한다. '그가 휘하에 있는 우루과이 인들을 모두 합친 것보다 내가 더 가치 있다는 사실을 알게 된다면 좋을 텐데.'

오탈로라는 한 해가 지나서야 다시 몬테비데오로 돌아온다. 그와 그의 일행은 말을 타고 변두리 지역을 지나고는 도시(오탈로라에게는 아주 거대해 보이는)를 가로지른 다음, 두목의 집에 도착한다. 그들은 저택의 뒤쪽 안마당에 침낭들을 펼친다. 며칠이 지나지만, 오탈로라는 반데이라를 만나지 못한다. 그들은 벌벌 떨면서 그가 아프다고 말한다. 그래서인지 까무잡잡한 남자 하나가 찻주전자와 마테 차를 들고 그의 침실로 올라가곤 한다. 어느 날 오후 오탈로라에게 바로 그 일이 주어진다. 그는 막연하게 굴욕을 당한 것처럼 느끼지만, 만족감도 느낀다.

반데이라의 침실은 초라하고 어둡다. 서쪽을 향해 있는 발코니가 하나 있다. 긴 탁자가 하나 있고, 거기에는 말채찍, 생가죽 채찍, 뱃대끈, 화기, 그리고 칼 들이 번쩍이면서 어지럽게 널려 있다. 또한 옛 시절의 거울이 하나 걸려 있는데, 거울 유리는 흐려져 있다. 반데이라는 드러누워 있다. 그는 꿈을 꾸면서 신음한다. 그날의 마지막 햇빛이 강렬하게 그를 비춘다.

커다란 하얀 침대 때문에 그는 더욱 작고 더욱 시커멓게 보인다. 오탈로라는 백발과 피로감과 무기력함과 세월의 주름살에 주목한다. 그런 늙은이가 명령을 내리고 있다고 생각하자, 오탈로라는 격앙된다. 단 한 방이면 침대에 있는 남자를 처리하기에 충분할 거라는 생각이 머리를 스친다. 그 순간 그는 거울을 통해 누군가가 이미 방 안에 들어와 있다는 것을 눈치챈다. 빨간 머리카락의 여자다. 옷을 제대로 입지 않았으며 맨발인 그녀는 차가운 호기심으로 그를 뚫어지게 바라본다. 반데이라는 일어난다. 그리고 농장 일에 관해 말하고 연거푸 마테차를 마시는 동안 그의 손가락은 여자의 머리카락을 만지작거린다. 마침내 오탈로라에게 물러가도 좋다는 허락이 떨어진다.

며칠 후 그들에게 북부로 가라는 명령이 내려온다. 그들은 아주 허름한 목장에 도착한다. 그곳은 끝없는 평원의 어느 곳과 다를 바 없다. 쾌적하게 해 줄 숲도 없고 개울도 없다. 해가 뜰 때부터 해가 질 때까지 그저 태양이 작열할 뿐이다. 목장에는 돌로 만든 우리가 있지만, 모두 초라하고 황폐하다. 그 보잘것없는 목장의 이름은 '한숨'이다.

오탈로라는 둥그렇게 모인 일꾼들에게 반데이라가 머지않아 몬테비데오에서 이곳에 올 것이라는 소식을 듣는다. 그는 이유를 묻는다. 누군가가 가우초가 된 어느 외지인이 주제넘게 그곳을 접수하려고 하기 때문이라고 설명한다. 오탈로라는 그게 농담이라는 것을 알지만, 그런 농담을 주고받을 수도 있다는 생각에 즐거워한다. 나중에 그는 그 방문이 반데이라가 어느 정치 지도자와 다투었고, 그 정치인이 더 이상 그를 도와주지 않게 되었기 때문이라는 사실을 알게 된다. 이 소식을 듣고 그는 기뻐한다.

기다란 무기가 담긴 상자들이 도착한다. 그 여자의 숙소에 놓을 은 항아리와 세면대가 도착한다. 그리고 정교하게 무늬를 수놓은 커튼들이 도착한다. 어느 날 아침 짙은 수염을 하고 판초를 걸친 음침한 얼굴의 남자가 말을 타고 산등성이로부터 찾아온다. 그의 이름은 울피아노 수아레스이며, 아세베도 반데이라의 십장이자 경호원이다. 그는 거의 말을 하지 않으며, 브라질식 억양의 소유자이다. 오탈로라는 그의 과묵함이 적의인지 경멸인지, 혹은 단순한 미개함 때문인지 알지 못한다. 하지만 그는 자기가 획책하고 있는 계획을 실행에 옮기려면 그 남자와 친해져야 할 필요가 있다는 사실만은 알고 있다.

바로 이때 검은 점이 박힌 갈색 말이 벤하민 오탈로라의 운명 속으로 들어온다. 아세베도 반데이라가 남부 지방에서 가져온 그 말은 은박으로 뒤덮인 마구들과 호랑이 가죽으로 테를 두른 안장깔개를 자랑한다. 이 자유분방한 말은 두목이 지닌 권위의 상징이었고, 그래서 그는 그 말을 탐낸다. 또한 증오에 불타는 욕망을 가지고 찬란한 머리카락의 여자를 원하게 된다. 여자, 마구, 그리고 갈색 말은 그가 죽이고자 하는 한 남자의 상징이자 부속물이다.

여기서 이야기는 복잡해지고 더욱 심오해진다. 아세베도 반데이라는 점진적으로 위협하는 기술을 숙달한 사람이다. 즉, 진담과 농담을 배합하면서 점차로 상대방을 굴복시키는 악마적인 능력의 소유자이다. 오탈로라는 그 모호한 방법을 자기가 구상한 어려운 작업에 사용하기로 마음먹는다. 그는 서서히 아세베도 반데이라의 자리를 빼앗기로 결정한다. 그는 평범한 위험으로 가득한 나날을 보내며, 수아레스와 친하게 지내는 데 성공한다. 그러자 수아레스에게 자기 계획을 털어놓고, 수아레스는 그를 돕겠다고 약속한다. 이후 아주 많은 일들이 발생하지만, 내가 알고 있는 건 그중 몇 가지뿐이다. 오탈로라는 반데이라의 명령을 따르지 않는다. 그는 반데이라의 명령을 잊어버리거나, 수정하고, 정반대로 행하기도 한다. 우주가 그와 함께 음모를 꾸미면서 사건들을 재촉하는 것 같다. 어느 날 정오, 타쿠아렘보의 들판에서 히우그란지두술 출신의 사람들과 총격전이 벌어진다. 오탈로라는 반데이라의 자리를 빼앗아 우루과이인들을 지휘한다. 한 발의 총알이 그의 어깨를 관통하지만, 그날 오후 오탈로라는 두목의 갈색 말을 타고 '한숨' 목장으로 되돌아온다. 그리고 그날 오후 그가 흘린 피 몇 방울이 호랑이 가죽을 더럽히고, 그날 밤 그는 반짝이는 머리카락의 여자와 잠을 잔다. 다른 이야기들에서는 이런 사건들의 순서가 뒤바뀌고 그것들이 단지 하루 동안에 일어났다는 것이 부정된다.

그러나 반데이라는 명목상으로 항상 두목이다. 그는 명령을 내리지만, 그 지시는 이행되지 않는다. 벤하민 오탈로라는 습관과 동정에 뒤섞여 그를 건드리지 않는다.

이 이야기의 마지막 장면은 1894년 마지막 날 밤의 소동 중 일어난다. 그날 밤 '한숨' 목장의 사람들은 막 도살한 양고기를 먹고, 툭하면 싸움질을 하게 만드는 술을 마신다. 누군가가 밀롱가 곡을 서툰 기타 솜씨로 끝없이 연주한다. 식탁의 상석에 앉은 오탈로라는 술에 취해 환희에 또 다른 환희를 쌓아 올리고, 환호성에 또 다른 환호성을 덧붙인다. 이런 현기증 나는 탑이야말로 그가 거스를 수 없는 운명의 상징이다. 소리 지르는 사람들 틈에서 아무 말 없이 앉아 있던 반데이라는 밤이 시끌벅적하게 흘러가도록 놓아둔다. 12시를 알리는 종소리가 울리자, 반데이라는 마치 해야만 할 일을 떠올린 사람처럼 일어난다. 그는 자리에서 일어나 여자의 방문을 부드럽게 두드린다. 마치 그 소리를 기다리기나 한 것처럼, 여자는 즉시 방문을 연다. 반쯤 벌거벗은 차림의 그녀는 맨발로 나온다. 두목은 사내답지 못한 달콤한 목소리로 그녀에게 명령한다.

"너와 저 부에노스아이레스 사람은 서로 아주 사랑하고 있어. 그러니 지금 당장 다들 보는 앞에서 저 사람에게 키스를 해."

그는 모질고 음탕한 말을 덧붙인다. 여자는 저항하려고 하지만, 두 사람이 그녀의 팔을 잡고는 오탈로라의 위로 던져 버린다. 눈물을 흘리면서 그녀는 그의 얼굴과 가슴에 입을 맞춘다. 울피아노 수아레스는 이미 권총을 들고 있다. 죽기 전에 오탈로라는 처음부터 그들이 자기를 배신했고, 자기는 이미 죽음을 선고받았다는 것을 깨닫는다. 또한 그들이 자기에게 사랑을 하고 지휘를 하며 승리하도록 허락한 것이, 그를 죽은 사람으로 취급했고, 반데이라에게는 그가 이미 죽어 있는 존재였기 때문이었다는 사실도 깨닫는다.

거의 비웃는 표정으로 수아레스는 방아쇠를 당긴다.

신학자들

정원을 짓밟고 성배와 제단을 모독한 후 흉노족들은 말을 타고서 수도원 도서관으로 난입하여 이해할 수 없는 책들을 찢어 버리고 욕을 퍼붓고는 불살라 버렸다. 아마도 그 글자들이 자기들의 신인 쇠로 만든 언월도(偃月刀)를 모독하는 내용을 숨기고 있을지도 모른다고 두려워했기 때문일 것이다. 그들은 양피지들과 고전 사본들을 불태웠지만, 불길 한가운데의 잿더미 사이로 『신의 도시』* 12권은 거의 온전하게 남아 있었다. 그 책은 플라톤이 아테네에서 모든 것이 수 세기가 지난 후 이전의 상태를 회복할 것이고, 아테네에 있는 자신도 똑같은 청중들 앞에서 그 학설을 가르치게 될 것이라고 한 사실을 서술하고 있다. 불길이 용서해 주었던 그 책은 특별한 숭배를

---

* 성 아우구스티누스의 대표적인 저작물로, 기독교 정치사상을 다루고 있다.

받게 되었고, 그 머나먼 지방에서 그 책을 읽고 또 읽었던 사람들은 저자가 더 훌륭한 반박을 위해 그 학설을 언급했을 뿐이라는 사실을 잊게 되었다. 1세기 후, 아퀼레이아의 보좌 주교인 아우렐리아누스는 도나우 강 유역에 단조(單調)파(또한 환상(環狀)파*라고도 불리는)라는 신흥 종파가 역사는 원이며 과거에 존재하지 않았으며 미래에도 존재하지 않을 것은 아무것도 없다는 것을 주장한다는 것을 알았다. 산악 지대에서 수레바퀴**와 뱀***은 이미 십자가****를 대체한 상태였다. 모두가 두려움에 떨고 있었지만, 모든 사람들은 하느님의 일곱 번째 속성에 관한 글로 유명한 판노니아의 요한*****이 그토록 혐오스러운 이단을 비난할 것이라는 소문에 안심하고 있었다.

아우렐리아누스는 이런 새로운 소식들, 특히 마지막 소식을 유감스럽게 여겼다. 그는 신학이라는 현안에서 위험이 없는 새로운 것은 없다는 사실을 알고 있었다. 또한 순환적 시간이라는 주제는 너무나 이상하고 너무나 놀라워서 심각한 위험이 될 수 없다고 생각했다.(두려워해야 마땅한 이단은 정통 교

---

* 이 명칭은 보르헤스가 만들어 낸 것으로 보인다. 그노시스교라는 집합 용어로 알려진 기독교 분파의 예로 이해해야 한다.
** 시작도 끝도 없는 원형의 형태는 영원성, 단조로움과 사건들의 반복의 상징으로 사용된다.
*** 기독교에서는 그리스도와 성인의 상징이자 동시에 에덴동산에서 유혹자로 가장한 루시퍼를 의미한다. 그러나 일반적으로는 세계를 지배하는 악의 정신을 비유하는 것으로 사용된다.
**** 그리스도의 수난과 죽음을 의미하며, 보상과 구원의 상징이 된다.
***** 허구적 인물. 보르헤스가 헝가리 시인 이아누스 판노니우스를 생각하면서 만든 이름처럼 보인다.

리와 혼동될 수도 있는 것들이다.) 그러나 그를 더욱 가슴 아프게 한 것은 판노니아의 요한이 개입했다는, 즉 주제넘게 나섰다는 사실이었다. 이 년 전, 판노니아의 요한은 『하느님의 일곱 번째 사랑 혹은 영원성에 관하여』라는 장황한 책으로 아우렐리아누스의 전공 영역을 침범했다. 그런데 이제는 시간의 문제가 마치 자기 전공인 것처럼, 요한은 아마도 프로크루스테스*식의 주장**과 '뱀'보다 더 무시무시한 테리이키***로 '환상파' 교도들을 바로잡을 작정이었다……. 그날 밤 아우렐리아누스는 신탁의 실패를 다룬 플루타르코스****의 옛 대화록 페이지를 들춰 보았다. 스물아홉 번째 단락에서 그는 무한히 많은 태양과 달, 그리고 아폴로와 아르테미스와 포세이돈을 지닌 수많은 세상은 영원히 순환한다는 사상을 옹호하는 스토아 학자들을 비웃는 대목을 읽었다. 그러자 그는 그런 발견이 좋은 징조라고 생각했다. 그는 판노니아의 요한을 향해 먼저 기선을 제압하고 '수레바퀴'의 이단을 반박하기로 마음먹었다.

여자를 잊기 위해, 더 이상 그 여자를 생각하지 않기 위해 그 여자의 사랑을 찾는 사람이 있다. 그것과 유사한 방식으로 아우렐리아누스는 판노니아의 요한에게 상처를 입히기 위해

---

* Procrustes. 그리스 신화의 인물. 여행자를 잡아 자기 침대에 눕혀, 자기보다 키가 큰 사람은 다리를 자르고, 작은 사람은 잡아 늘였다.
** 부당하게 재단해서 검증하려는 목표에 억지로 맞추는 방법을 의미한다.
*** 중세 시대에 음용되었던 아편성 해독제.
**** Lucius Mestrius Plutarchus(46~120). 고대 그리스의 철학자이자 작가로 『플루타르코스 영웅전』으로 유명하다.

서가 아니라, 그가 불어넣은 적개심으로부터 자기 자신을 치료하기 위해 그를 뛰어넘고 싶어 했다. 아우렐리아누스는 그저 부지런히 일에 열중하고 삼단 논법을 만들어 내고 모욕적인 언사들을 고안해 내고 '아닌', '반면에', '결코'와 같은 말들을 통해 마음의 평정을 얻었으며, 그런 증오심을 잊을 수 있었다. 그는 삽입구들로 거치적거리는 방대하고 미로와 같은 복합문을 만들었다. 그런 문장에서 드러나는 부주의와 문법적 오류는 마치 경멸감을 표현하는 것 같았다. 그는 동음 반복으로 일어나는 거슬리는 소리 효과도 경멸감의 도구로 이용했다. 그는 요한이 예언자 같은 근엄함으로 '환상파'를 맹렬히 비난할 것이라고 예측했다. 그래서 요한의 방법과 일치하지 않도록 자신의 무기로 조롱을 선택했다. 성 아우구스티누스는 예수가 불경한 자들이 떠도는 순환의 미로에서 우리를 구원해 주는 곧은길이라고 썼다. 아우렐리아누스는 애써서 천박한 방식으로 그들을 익시온*과 프로메테우스**의 간, 시시포스***, 두 개의 태양을 보았던 테베의 왕, 말더듬이, 앵무새, 거울, 메아리, 물방아에 묶인 노새, 그리고 두 개의 뿔 달린 그럴듯한 논법과 비교했다.(이교도의 우화들은 장식품으로 격하된 채

---

* Ixion. 그리스 신화에 나오는 인물로 헤라를 덮치려고 하다가 지옥에 떨어져 영원히 멈추지 않는 수레바퀴에 매달렸다.

** Prometheus. 그리스 신화에 나오는 영웅으로 인간에게 불을 훔쳐다 주는 바람에 제우스의 노여움을 샀다.

*** Sisyphus. 그리스 신화에 등장하는 왕으로, 바위를 산 위로 올리면 바위가 다시 굴러 떨어지고 이를 다시 올리는 일을 한없이 되풀이하는 영겁의 형벌을 받았다.

존속하고 있었다.) 서재를 지닌 모든 사람이 그렇듯 아우렐리아누스도 자기가 소유한 모든 책들을 끝까지 읽어 보지 못한 데 대한 죄책감을 품고 있었다. 그런데 이 논쟁은 그의 태만을 꾸짖는 듯이 보이던 많은 책들을 읽게 해 주었다. 그렇게 그는 오리게네스*의 『원리론』의 한 대목을, 즉 유다 이스가리옷이 다시 예수를 팔 것이며, 바울로는 또다시 예루살렘에서 스테파노의 순교를 목격하게 될 것임을 부정하는 대목을 지기 글에 삽입할 수 있었다. 그는 키케로**의 『아카데미카 I』에서도 한 대목을 가져온다. 이 대목에서 키케로는 루쿨루스***와 이야기를 나누는 동안 무한한 숫자의 또 다른 루쿨루스들과 키케로들이 무한하게 동일한 세계에서 정확히 똑같은 말을 하는 꿈을 꾸는 사람들을 비웃는다. 이 이외에도 그는 '단조파'에 맞서서 신탁이 무용지물이라는 플루타르코스의 작품을 사용했고, '단조파'가 하느님이란 단어를 존중하는 것보다 우상 숭배자가 '자연의 빛'을 더욱 의미 있게 여긴다는 불명예스러운 사실을 비난했다. 그 작업에는 아흐레가 소요되었다. 열흘째 되는 날, 그는 판노니아의 요한이 쓴 반박문의 사본을 받았다.

그것은 보잘것없을 정도로 간결했다. 아우렐리아누스는 경

---

* Origenes(185~254). 알렉산드리아파를 대표하는 기독교의 교부.
** Marcus Tullius Cicero(기원전 106~43). 로마의 정치가의 웅변가, 문학가이며 철학자.
*** Lucius Licinius Lucullus(기원전 118~56) 로마 공화정의 군인이자 정치가.

멸하듯이 그것을 보았지만, 나중에는 두려움을 느끼며 읽어 내려갔다. 첫 부분은 「히브리인들에게 보낸 편지」 9장의 마지막 구절에 관한 해석이었다. 거기에서는 예수가 태초부터 수없이 희생되었던 것이 아니라, '역사의 절정'인 지금 단 한 번만 자기 자신을 희생했다고 말하고 있었다. 두 번째 부분은 이방인들에게 빈말을 되풀이하지 말라는 성경의 가르침(「마태오복음」 6장 7절)과 광활한 우주에서도 두 개의 똑같은 얼굴은 존재하지 않는다고 여기는 플리니우스의 『자연사』 7편의 대목을 제시하고 있었다. 판노니아의 요한도 두 개의 영혼이란 존재하지 않으며, 가장 사악한 죄인도 예수 그리스도가 그를 위해 흘린 피만큼 소중하다고 주장하고 있었다. 그러면서 단한 사람의 행위는 천국에 있는 아홉 개의 동심원 하늘보다 더무겁고, 이런 행위가 사라졌다가 되돌아올 수 있다고 상상하는 것은 요란스러운 경박함에 불과하다고 말했다. 시간은 우리가 잃어버린 것을 복구시켜 주지 않으며, 영원성은 영광과지옥을 위해 시간을 간직한다. 요한의 논문은 명료했고 보편적이었다. 그래서 어느 구체적인 개인이 아니라 아무나, 혹은아마도 모든 사람들에 의해 작성된 것 같았다.

아우렐리아누스는 거의 물리적인 굴욕감을 느꼈다. 그는자기 원고를 파기해야 할지, 아니면 수정해야 할지 고심했다. 그런 다음 그는 적대감을 완전히 보존한 채 글자 하나 수정하지 않고서 그대로 로마로 보냈다. 몇 달 후, 페르가뭄 공의회가 열렸고 (예견되었던 것처럼) 판노니아의 요한이 '단조파'의실수를 공격할 신학자로 임명되었다. 그의 박식하고 논리 정연한 반박은 이교도 교주인 에우포르부스*에게 화형 선고를 받게 만들기에 충분했다. 에우포르부스는 말했다. "이 일은 전에도 일어났고 앞으로도 일어날 것이다. 너희들은 장작더미가 아니라 불의 미로를 지피고 있는 것이다. 만일 나를 태운 모든 불길이 여기에서 합쳐진다면 이 땅에 다 들어갈 수도 없을 것이며, 천사들은 눈이 부셔 아무것도 볼 수 없을 것이다. 나는 수없이 이렇게 말했다." 그런 다음 비명을 질렀다. 화염이 그를 덮쳤기 때문이다.

그렇게 '수레바퀴'가 '십자가' 앞에 떨어졌지만** 아우렐리아누스와 요한은 비밀스러운 전쟁을 멈추지 않았다. 두 사람은 같은 부대에서 복무했고, 동일한 포상을 열망했으며, 같은 적과 맞서 싸우고 있었다. 하지만 아우렐리아누스는 비밀리에 요한을 이기려는 의도가 담긴 말만 썼다. 그들의 결투는 눈에 보이지 않는 싸움이었다. 만일 수많은 색인이 나를 기만하지 않았다면, 미뉴***의 『교부 선집』에 수록된 아우렐리아누스의 수많은 저서에는 '다른 한 사람'의 이름이 한 번도 나오지 않는다.(요한의 저작에서는 단지 스무 개 남짓의 단어들만 살아남았다.) 두 사람은 똑같이 제2차 콘스탄티노플 공의회의 파문 결정을 규탄했다. 두 사람은 모두 성자의 영원한 세대를 부정했던 아리우스주의자들을 박해했다. 두 사람은 지구가 유대

---

* Euphorbs. 트로이 전쟁의 영웅으로 메넬라우스에게 살해되었다.
** 룬의 십자가에는 두 개의 상반되는 상징들이 서로 뒤섞여 공존한다.
*** Jacques Paul Migne(1800~1875). 프랑스 신부, 신학자이자 신학 서적 출판인.

신전처럼 사각형이라고 가르치는 코스마스*의 『기독교 도상학』이 정통임을 입증했다. 불행하게도 지구의 방방곡곡으로 또 다른 광포한 이단이 퍼졌다. 이집트 혹은 아시아에서 태동한(증언들이 서로 다르며, 부세트**는 하르낙***의 논거를 부정하기 때문이다.) 그 이단 종교는 이내 동방의 여러 지역에서 횡행했고, 마케도니아, 카르타고, 트리어에 신전을 세웠다. 그 이단은 마치 모든 곳에 존재하는 것 같았다. 브리타니아 교구에서는 십자가 상들이 거꾸로 걸렸고, 카이사레아에서는 주님의 형상이 거울로 대체되었다는 말이 돌았다. 거울과 그리스 은화가 이런 새로운 종파들의 상징이었다.

역사 속에서 그들은 여러 이름('거울파', '나락파', '카인파')으로 알려져 있다. 그러나 이런 모든 이름 중에서 가장 널리 수용되었던 것은 '광대파'였다. 아우렐리아누스는 그들에게 그 이름을 붙여 주었고 그들은 대담하게 그 이름을 채택했다. 프리지아에서는 그들을 '환영파(幻影派)'라고 불렀고, 다르다니아에서도 그렇게 불렀다. 다마스쿠스의 요한****은 그들을 '형상파'라고 불렀다. 바로 여기서 에르프요르트*****가 이런 논쟁을 거부했다는 사실을 지적할 필요가 있다. 이교도들의 야만적

---

* Cosmas(? ~ ?). 6세기경에 살았던 알렉산드리아의 신학자이자 지리학자.
** Wilhelm Bousset(1865~1920). 독일 신학자로 초기 교회와 그노시스교를 포함한 성경 연구학파의 창시자.
*** Adolf Harnack(1851~1930). 독일의 종교 역사가이자 교부 학자로 그노시스교를 '기독교의 명민한 그리스화'로 공식화한 것으로 유명하다.
**** Iohannes Damascenus(676~749). 초기 시리아 기독교의 수사이자 성인.
***** 허구적 인물.

인 관습을 언급하면서 충격을 표현하지 않는 이교 연구가는 없다. 많은 광대파 신도들은 고행을 주장했다. 그래서 어떤 사람은 오리게네스처럼 수족을 절단했으며, 또 다른 몇몇 사람들은 지하의 하수구에서 살았다. 또한 몇몇은 자신들의 눈을 뽑아 버리기도 했고, '소처럼 풀을 뜯어 먹고 독수리처럼 머리카락을 기르던' 사람들(니트리아의 네부카드네자르파* 사람들)도 있었다. 그들은 종종 고행과 고통에서 범죄로 나아가곤 했다. 그래서 몇몇 공동체는 도둑질을 묵인했고, 살인을 묵인하는 공동체도 있었으며, 남색과 근친상간과 수간을 용인하는 공동체도 있었다. 그들은 모두 신성 모독적이었다. 기독교의 하느님뿐만 아니라 자신들의 판테온에 모셔 놓은 비밀의 신들에게도 욕설을 퍼부었던 것이다. 그들은 성서들도 만들어 냈는데, 학자들은 그것들의 소실을 애석해한다. 1658년경 토마스 브라운 경**은 "시간은 광대파의 불경한 사상을 응징하던 모욕적 언사들이 아니라, 그들의 야심적인 복음서를 없애 버렸다."라고 썼다. 에르프요르트는 그런 모욕적 언사들(그리스어 사본에 보존된)이 바로 잃어버린 복음서라고 제안했다. 광대파의 우주론을 모른다면, 이런 에르프요르트의 말에 대해서는 이해가 불가능하다.

연금술 서적에는 아래에 있는 것은 위에 있는 것과 동일하고, 위에 있는 것은 아래에 있는 것과 같다고 적혀 있다. 『조하

---

* Nebuchadnezzar(기원전 ? ~562). 신 바빌로니아 제국 제2대 왕. 유대를 멸망시킨 후 유대인을 강제 이주시켰다.

** Sir Thomas Browne(1605~1682). 영국의 의사이자 작가.

르』*는 하부 세계가 상부 세계의 반영이라고 말한다. 광대파는 이런 생각을 곡해하여 자신들의 교리를 만들었다. 그들은 「마태오복음」 6장 12절("우리가 우리에게 잘못한 이를 용서하듯이 우리의 잘못을 용서하시고")과, 11장 12절("폭행을 쓰는 사람들이 하늘나라를 빼앗으려고 한다.")을 인용하여 속세가 하늘에 영향을 끼친다는 것을 증명했다. 그리고 「고린토인들에게 보낸 첫째 편지」 13장 12절("우리가 지금은 거울에 비추어 보듯이 희미하게 보지만")을 인용하여 우리가 보는 모든 것은 거짓이라는 사실을 보여 주었다. 아마도 '단조파'에 오염되어 그들은 모든 사람이 두 사람이며, 진정한 사람은 다른 사람, 즉 천국에 있는 사람이라고 상상했던 것 같다. 또한 그들은 우리의 행위가 정반대의 영상을 투영하고 있으며, 그래서 만일 우리가 깨어 있다면 또 다른 우리는 자고 있고, 우리가 간음을 한다면 또 다른 우리는 순결하고, 우리가 도둑질을 한다면 또 다른 우리는 관대하다고 상상했다. 만일 우리가 죽으면 우리는 또 다른 우리와 하나가 되어 그가 될 것이다.(이런 교리들의 일부 반향은 레옹 블루아**에서도 발견된다.) 또 다른 광대파 신자들은 그런 가능성의 숫자가 고갈되는 날이면 세상은 끝날 것이라고 추측했다. 반복이 있을 수 없기 때문에 정의로운 자는 가장 수치스러운 행위들을 제거해야만(범해야만) 하고, 그래야만 이런 행위들이 미래를 더럽히지 않고, 그리스도 왕국의 도래를

---

* 유대교 신비주의인 카발라의 가장 중요한 경전.
** Leon Bloy(1846~1917). 프랑스의 소설가, 평론가이자 논쟁가.

앞당길 수 있다는 것이었다. 한편 세상의 역사가 각 개인 속에서 실현되어야 한다고 주장한 다른 종파들은 이 글을 인정하지 않았다. 대부분의 사람들은 피타고라스*처럼 해방을 성취하기 전에 영혼이 많은 육체를 통해 윤회해야만 할 것이라고 주장했다. 그리고 몇몇 사람들, 즉 프로테우스** 같은 사람들은 "한 번의 생애 동안 사자이기도 하고, 용이기도 하며, 멧돼지이기도 하고, 물이기도 하며, 한 그루 나무이기도 하다."라고 지적했다. 데모스테네스***는 오르페우스를 숭배하는 밀교의 신비로 들어가는 입사자들이 어떻게 진흙탕 정화 의식을 치렀는지 언급한다. 이와 비슷하게 프로테우스적인 사람들은 악을 통한 정화를 추구했다. 카르포크라테스****처럼 그들은 마지막 한 푼까지 갚기 전에는 아무도 감옥에서 나오지 못할(「누가복음」 12장 59절) 것이라고 믿었다. 그러면서 그들은 늘 "나는 양들이 생명을 얻고 더 얻어 풍성하게 하려고 왔다."(「요한복음」 10장 10절)라는 구절로 고행자들을 속이곤 했다. 그들은 또한 악한 자가 되지 않는 것은 사탄의 교만이라고도 말했다……. '광대파' 신자들은 수많은 다양한 신화들을 만들어 냈다. 어떤 사람들은 고행을 설교했고, 다른 몇몇 사람들은

---

* Pythagoras(기원전 580?~500?). 그리스의 철학자이자 수학자로 영혼의 윤회를 믿었다.

** Proteus. 그리스 신화에 나오는 인물로 바다의 예언자이며 바다짐승을 지키는 사람.

*** Demosthenes(기원전 384~322). 고대 그리스의 웅변가이자 정치가.

**** Carpocrates(? ~ ?). 알렉산드리아 출신으로 2세기 전반에 나스틱파를 설립했다.

방종을 설교했다. 이렇게 모두가 혼란을 설교했던 것이다. 베레니체의 광대파 신자인 테오폼푸스는 꾸며 낸 모든 이야기들을 부정하면서, 각 개인은 신성을 투영하는 기관이라 세계를 감지할 수 있다고 말했다.

아우렐리아누스의 교구에 있는 이교도들은 모든 행위는 하늘에 반영된다고 하는 대신, 시간은 반복을 묵인하지 않는다고 주장하는 사람들이었다. 이것은 좀처럼 보기 드문 상황이었다. 로마 당국에 보낸 어느 보고서에서 아우렐리아누스는 그런 사실을 언급했다. 이 보고서를 받게 될 고위 성직자는 황후의 고해 신부였다. 이 까다로운 신부가 황후에게 사색적인 신학의 은밀한 기쁨을 맛보지 못하게 하고 있다는 것을 모르는 사람은 아무도 없었다. 그의 비서 — 예전에는 판노니아의 요한에게 협력하던 자였으나 지금은 적대 관계에 있는 — 는 아주 엄격한 이단 재판관으로 명성을 누리고 있었다. 아우렐리아누스는 제노바와 아킬레아의 비밀 집회에서 알아낸 그대로 이단인 광대파의 설명을 덧붙였다. 그는 몇 단락을 작성했다. 그런데 동일한 두 개의 순간은 없다는 무서운 명제를 쓰려고 할 때 그의 펜이 멈추었다. 필요한 형식을 찾을 수 없었던 것이다. 새로운 교리의 훈계("너는 사람의 눈이 보지 못했던 것을 보고자 하느냐? 그렇다면 달을 보아라. 너는 사람의 귀가 듣지 않았던 것을 듣고 싶으냐? 그렇다면 새들의 노랫소리를 들어라. 너는 사람의 손이 만지지 못했던 것을 만지고 싶으냐? 그렇다면 땅을 만져라. 진실로 말하노니, 하느님이 곧 세상을 창조하시리라.")는 너무나 부자연스럽고 은유적이라 옮겨 적을 수가 없었다. 불현듯 스무 개의 단어로 된 어느 문장이 떠올랐다. 그는 기쁜 마음으로 그 말을 적었다. 그러나 곧바로 그게 누군가의 글일지도 모른다는 의심으로 불안해졌다. 다음 날 그는 자신이 그것을 오래전에 판노니아의 요한이 쓴 『환상파에 반대하며』에서 읽었다는 사실을 기억했다. 그는 그 인용문을 확인했고, 그것은 거기에 있었다. 그런 다음 그는 불안감에 사로잡혀 괴로워했다. 그 말을 바꾸거나 삭제하는 건 말의 표현을 약화시키는 것이었다. 또한 그대로 놔둔다는 것은 자기가 혐오하는 사람의 글을 표절하는 행위였다. 만일 출처를 밝힌다면 그것은 그를 고발하는 결과를 낳을 것이었다. 그는 하느님의 도움을 간청했다. 두 번째 황혼이 시작될 무렵, 그의 수호천사가 절충안을 제안했다. 아우렐리아누스는 그 말을 그대로 두었지만, 앞에 이런 경고문을 적어 놓았다. "우리들의 신앙을 혼란에 빠뜨리기 위해 지금 이교도들이 짖어 대는 것, 그것은 금세기에 어느 박식한 학자가 이미 언급한 바 있다. 그것은 죄라기보다는 경솔함에서 기인한 것이었다." 그러자 두려워했던 일, 학수고대하던 일, 그리고 불가피한 일이 일어났다. 아우렐리아누스는 그 사람이 누구인지를 밝혀야만 했던 것이다. 그래서 판노니아의 요한은 이단적 견해를 주장했다는 이유로 고발당했다.

넉 달 후, 아벤티누스에 거주하는 어느 대장장이가 광대파의 그릇된 설명에 기만당해, 어린 아들의 또 다른 영혼이 날아가는지 보기 위해 아들의 어깨 위에 쇠로 만든 커다란 구체를 놓았다. 그 소년은 죽었다. 이 범죄로 공포심이 야기되었고, 이로 인해 요한의 재판관들은 예외 없이 엄격한 심판을 요구받았다. 요한은 자기주장을 철회하려고 하지 않으면서, 자기 명제를 부정하는 것은 유해한 단조파의 이단에 빠지는 것이라고 되풀이했다. 그는 단조파에 대해 말하는 것이 이미 망각된 것에 관해 말하는 것이라는 사실을 이해하지 못했다.(이해하지 않으려고 했다.) 그는 늙은이처럼 고집을 피우면서, 과거에 자신이 벌였던 논쟁들 중 가장 훌륭하고 복잡한 문장들을 마구 토해 냈다. 하지만 재판관들은 한때 자신들을 도취시켰던 그 말을 듣지도 않았다. 그는 광대파의 사소한 오점에서 자신을 정화하려고 하는 대신, 비난받고 있던 명제들이 철저하게 정통임을 증명하려고 안간힘을 썼다. 그는 자신의 운명을 좌우할 판결을 내릴 사람들과 논쟁을 벌이며, 기지와 풍자를 구사하는 극단적인 어리석음을 범했다. 10월 26일, 사흘 낮과 밤이 걸린 토론 끝에 그는 화형 선고를 받았다.

아우렐리아누스는 처형을 지켜보았다. 그렇게 하지 않으면 자기가 유죄라고 고백하는 것을 의미했기 때문이다. 처형 장소는 한 언덕이었다. 푸른 언덕 꼭대기에는 땅에 깊이 박힌 말뚝이 하나 있었고, 그 주변에는 장작더미가 수북이 쌓여 있었다. 사제가 판결문을 낭독했다. 정오의 태양 아래서 판노니아의 요한은 얼굴을 땅에 대고서 누운 채 짐승처럼 울부짖고 있었다. 그는 땅바닥을 손으로 움켜잡았지만, 사형 집행인들은 땅바닥에서 떼어 놓고는 발가벗기고서 마침내 말뚝에 붙들어 맸다. 그들은 그의 머리에 유황을 칠한 지푸라기 면류관을 씌웠다. 그의 옆에는 유해하기 그지없는 『환상파에 반대하며』가 한 부 놓여 있었다. 전날 밤에 비가 온 탓에 장작은 제대로 타지 않았다. 판노니아의 요한은 그리스어로, 그다음에는 알려지지 않은 언어로 기도했다. 화장용 장작더미가 그를 불태우려는 순간, 아우렐리아누스는 용기를 내서 눈을 들었다. 뜨거운 불길이 멈추었다. 아우렐리아누스는 처음이자 마지막으로 자기가 증오했던 사람의 얼굴을 보았다. 그는 누군가의 얼굴을 떠올렸지만, 그게 누구의 얼굴인지 정확하게 기억할 수는 없었다. 그때 불길이 요한을 집어삼켰다. 그러자 그는 비명을 질렀는데, 그것은 마치 화염이 비명을 지른 것 같았다.

플루타르코스는 율리우스 카이사르가 폼페이의 죽음에 눈물을 흘렸다고 언급한다. 아우렐리아누스는 요한의 죽음에 눈물을 흘리지 않았지만, 그는 이미 자기 삶의 일부가 되어 버린 불치의 병에서 치료된 사람이 느낄 법한 감정을 느꼈다. 아킬레아에서, 에페수스에서, 마케도니아에서 그는 하염없이 세월을 보냈다. 그는 고독을 통해 자기 운명을 깨닫고자 로마 제국의 험난한 경계와 깊은 늪지대, 그리고 명상적인 사막을 찾았다. 사자들이 포효하던 어느 날 밤 그는 마우레타니아의 어느 골방에서 판노니아의 요한에 대한 복잡하고 난해한 죄목을 생각하고 또 생각했으며, 그럴 때마다 판결을 정당화했다. 하지만 자신의 뒤틀린 고발을 합리화한다는 것은 훨씬 더 힘든 일이었다. 루사디르에서 그는 '신에게 버림받은 자의 육체에서 이글거린 빛 중의 빛'이라는 시대착오적인 설교를 했다. 삼림에 둘러싸인 한 히베르니아의 수도원 오두막집에서 어느 날 밤, 그러니까 새벽 무렵에 그는 빗물 소리에 소스라치게 놀랐다. 그는 자디잔 빗소리를 듣고 마찬가지로 깜짝 놀랐던 어느 로마의 밤을 떠올렸다. 정오가 되자 번갯불을 맞아 숲에 불이 붙었고, 아우렐리아누스는 요한이 죽었던 것처럼 죽을 수 있었다.

이 이야기의 끝은 오로지 은유로만 이야기할 수 있다. 그것은 시간이 흐르지 않는 하늘의 왕국에서 일어난 일이기 때문이다. 아마도 아우렐리아누스는 하느님과 이야기를 나누었고 하느님은 종교적 차이에 대해 너무 무관심해서 그를 판노니아의 요한으로 여겼다고 말할 수 있을 것이다. 하지만 그것은 하느님의 신성한 정신이 혼란스럽다는 것을 암시하는 말일 수도 있다. 어쩌면 천국에서 아우렐리아누스가 자기와 판노니아의 요한(정통 교도와 이단자, 증오하는 자와 증오받은 자, 고발인과 희생자)이 불가해한 신에게는 단 한 사람이었다는 사실을 깨달았다고 말하는 게 옳을 것이다.

전사(戰士)와 여자 포로에 관한 이야기

크로체*는 자신의 저서 『시(詩)』(바리, 1942년) 278페이지에서 역사가인 부제(副祭) 파울루스** 의 라틴어 텍스트를 요약하면서 드록툴프트의 삶을 이야기하고 그의 묘비를 인용한다. 나는 이것들에 엄청난 감동을 받았으며, 곧 그 감동의 이유를 깨달았다. 드록툴프트는 롬바르드족의 용사였는데, 라베나 포위 공격 때에 자기 군대를 버리고 자기가 공격했던 도시를 지키다가 전사했다. 라베나 시민들은 그를 사원에 묻고 그곳에 비명을 새겨 주었다. 그 비명에는 감사의 말("그는 우리들을 사랑했기에 사랑하는 부모들***을 경멸했노라.")과 함께 그 야만인

---

* Benedetto Croce(1866~1952). 이탈리아의 정치가이자 철학자.
** Paulus Diaconus(720~799). 베네딕트 수도회 소속의 사제이자 롬바르드족의 역사를 기술한 역사가.
*** '자신의 부족'으로 이해해야 한다.

의 흉악한 모습과 그의 순박함과 다정함을 알려 주는 매우 대조적인 문구가 적혀 있다.

그의 모습은 무시무시했으나 마음씨는 다정했다네.
그의 기다란 수염은 건장한 가슴 위로 내려와 있었네.*

그것이 바로 로마를 수호하다 죽은 야만인 드록툴프트의 운명에 관한 이야기, 혹은 부제 파울루스가 보존할 수 있었던 그에 관한 이야기의 일부이다. 나는 그 사건이 어느 시대에 일어났는지조차 모른다. 그러니까 롬바르드족이 이탈리아의 평원들을 폐허로 만들었던 6세기 중엽인지, 아니면 라베나가 항복하기 전인 8세기인지도 모른다. 이것은 역사서가 아니니, 처음에 언급했던 시기라고 상상해 보자.

보편적이고 영원한 관점에서 드록툴프트를 상상해 보자. 모든 사람들이 그런 것처럼, 의심할 여지없이 그는 유일무이하고 불가해한 사람이었다. 그런 한 개인으로서의 드록툴프트가 아니라 망각과 기억의 산물인 전통이 그를 비롯하여 그와 같은 다른 많은 사람들에게서 만들어 낸 발생론적인 형태로 상상해 보자. 숲과 늪지대의 어두컴컴한 지역을 통해, 전쟁은 그를 도나우 강변과 엘바 섬의 연안에서 이탈리아로 데려갔다. 아마도 그는 자기가 남쪽으로 가고 있다는 것을 모르고 있었을 것이며, 로마라고 불리는 것과 맞서 싸우고 있는지도

---

* 기번도 또한 『쇠락과 멸망』 45장에서 이 행을 옮겨 적고 있다.(저자 주)

모르고 있었을 것이다. 아마도 그의 신앙은 성자(聖子)의 영광이 성부(聖父)의 영광을 반영한다고 주장하는 아리우스파였을 것이다. 하지만 천으로 가린 우상을 소가 끄는 수레에 싣고 이 오두막 저 오두막으로 오가는 '대지', 즉 '헤르타'*의 숭배자라고 상상하는 게 더 어울릴 것이다. 아니면 실로 짠 옷을 두르고 동전과 팔찌를 주렁주렁 달고 있는 조악한 나무 형상인 전쟁과 천둥의 신을 믿는 우상 숭배자라고 여길 수도 있겠다. 그는 멧돼지와 들소가 우글거리는 빽빽한 숲에서 왔다. 피부는 희었고 씩씩했으며, 순진했고 잔인했으며, 우주가 아닌 자기 우두머리와 자기 부족에게 충성하는 사람이었다. 여러 전쟁에 참가하면서 그는 라베나로 왔고, 거기서 이제까지 전혀 본 적이 없었던 것, 혹은 완전하게 보지 못했던 어떤 것을 본다. 그는 낮과 삼나무들과 대리석들을 본다. 그리고 가지각색이지만 무질서하지 않은 집합체를 본다. 그는 도시, 즉 석상과 사원, 정원과 방, 계단식 관람석과 항아리, 기둥과 탁 트인 정연한 공간 들로 이루어진 유기적 조직체를 본다. 그런 제작품들 중의 그 어느 것도 그에게 아름답다는 인상을 주지 않는다.(나는 그걸 알고 있다.) 그것들은 그에게 충격을 준다. 그것은 지금의 우리가 무슨 목적으로 사용되는지는 모르면서도 설계도에서 불멸의 지성을 엿볼 수 있는 복잡한 기계를 볼 때 충격을 받게 되는 것과 마찬가지다. 아마 그에게는 불멸의 로마 문자들로 된 이해할 수 없는 글들이 새겨진 단 한 개의 아

---

* Hertha. 튜턴족이 숭배하던 풍요의 여신.

치를 보는 것만으로도 충분했을 것이다. 그런 계시, 즉 '도시' 때문에 갑자기 눈이 부시지만, 그의 눈은 원상태로 되돌아온다. 그는 그곳에서 자기가 한 마리의 개나 어린애가 될 것이며, 그곳을 이해하기 시작하지조차 못할 것이라는 사실을 알고 있다. 그러나 그는 그곳이 자기가 섬기는 신들과 자기가 맹세한 믿음과 독일의 모든 늪지대들보다 더욱 가치 있다는 사실도 안다. 드록툴프트는 자기 군대를 버리고 라베나를 위해 싸운다. 그는 죽고, 그의 무덤에는 그가 이해하지 못했을 그런 말들이 새겨진다.

그는 우리들을 사랑하면서 사랑하는 부모들을 경멸했노라.
라베나를 자기 조국으로 여겼노라.

그는 배신자가 아니었다.(배신자들에게는 경건한 비문을 새기지 않는다.) 그는 선각자였고, 개종자였다. 몇 세대가 지나자, 그 배신자를 비난했던 롬바르드족은 그가 했던 것과 똑같은 절차를 밟았다. 그들은 이탈리아 사람들, 즉 롬바르드 사람들이 되었고, 아마도 그들 혈통 중의 하나인 알디게르는 알리기에리 가문의 시조들을 낳았을 것이다……. 드록툴프트의 행동에 대해서는 수많은 추측을 해 볼 수 있다. 그중에서 내 추측이 가장 절제된 것이다. 비록 그게 사실적 측면에서 진실이 아닐지라도, 상징적 측면에서는 진실일 것이다.

크로체의 책에서 이 전사의 이야기를 읽었을 때, 나는 형언할 수 없는 감동을 받았다. 나는 마치 내 것이었던 어떤 것을 다른 방법으로 되찾은 것 같은 인상을 받았다. 나는 곧바로 중국을 무한한 목초지로 만들려고 했다가 자신들이 파멸시키고자 염원했던 도시에서 늙어 버리고 말았던 몽고의 기마병들을 떠올렸다. 하지만 그것은 내가 찾고 있던 기억이 아니었다. 마침내 나는 그 기억을 찾아냈다. 그것은 이미 세상을 떠난 내 영국인 할머니에게 언젠가 들은 이야기였다.

1872년 내 할아버지 보르헤스는 부에노스아이레스 지방의 북서 지역과 산타페 지방의 남쪽 지역 국경선을 맡은 책임자였다. 사령부는 후닌에 있었다. 그 너머로 이삼십 킬로미터의 간격으로 전진 기지들이 배치되어 있었고, 전진 기지 너머로는 당시 '팜파스' 혹은 '오지'라고 불리던 지역이 있었다. 어느 날 내 할머니는 반은 놀라워하면서도 반은 농담조로 그 지구 끝으로 쫓겨 온 영국 여성인 자기 운명에 대해 이야기했다. 그러자 사람들은 할머니만 그런 사람은 아니라고 말했고, 몇 달 뒤에 천천히 광장을 가로질러 가던 어느 원주민 여자를 가리켰다. 그녀는 빨간 판초 두 개를 걸친 채 맨발로 걷고 있었다. 그리고 그녀의 머리카락은 금발이었다. 어느 군인이 그 여자에게 또 다른 영국 여자가 이야기를 나누고 싶어 한다고 말했다. 그녀는 고개를 끄덕였다. 두려움을 느끼지는 않았지만 불안감을 숨기지 않으면서 사령부로 들어왔다. 구릿빛 얼굴은 사나운 색깔로 칠해져 있었고, 눈은 영국 사람들이 회색이라고 부르는 '냉담한 푸른색'이었다. 몸은 암사슴처럼 날렵했고, 손은 앙상하고 강인했다. 그녀는 황무지, 그러니까 '오지'에서 왔고, 그래서 모든 것, 가령 문이나 담이나 가구 들이 조그맣다고 여기는 것 같았다.

아마 두 여자는 순간적으로 서로 자매라고 느꼈던 것 같았다. 그들은 사랑하는 섬에서 멀리 떨어진 곳, 즉 도저히 믿을 수 없는 나라에 있었다. 할머니는 그녀에게 이런저런 질문을 했고, 그 여자는 단어들을 찾아 그것들을 반복하면서 마치 옛날의 맛을 보게 되어 놀란 듯이 힘들게 대답했다. 그녀는 십오 년 동안 모국어를 사용하지 않았기에, 그 말을 되찾는다는 것이 쉬운 일은 아니었다. 그녀는 자신이 요크셔 출신이며, 자기 부모들은 부에노스아이레스로 이주했고, 원주민들의 급습으로 부모들을 잃었으며, 원주민들이 자기를 데려갔고, 이제는 추장의 아내로, 그 추장에게 이미 두 아이를 낳아 주었으며, 자기 남편은 매우 용감하다고 말했다. 그녀는 아라우카 부족* 혹은 팜파스 지역의 언어를 뒤섞어 가며 서투른 영어로 이렇게 들려주었다. 그 이야기 뒤에는 야만적이고 거친 삶이 엿보이고 있었다. 말가죽으로 만든 숙소, 마른 분뇨를 지피는 아궁이, 불에 그슬린 고기나 익히지 않은 내장을 먹는 향연들, 동틀 녘의 은밀한 이동, 목장 습격, 함성 소리와 약탈, 전쟁, 웃통 벗은 기수들이 큰 소리를 내며 몰고 가는 가축 떼, 일부다처제, 악취, 그리고 마술 등이 엿보였다. 한 영국 여인이 품위를 잃고 이런 야만적 삶을 살았던 것이다. 동정심과 충격에 이끌려 내 할머니는 그녀에게 돌아가지 말라고 역

---

* 칠레 중부에 기원을 두었지만 이후 부에노스아이레스 지방의 팜파스까지 퍼진 원주민 부족.

설했다. 할머니는 그녀를 보호해 주겠다고 약속했고, 두 아이들도 구해 주겠다고 약속했다. 하지만 그 영국 여인은 행복하다고 대답하더니, 그날 밤 되돌아갔다. 얼마 후에 할아버지인 프란시스코 보르헤스가 '74년 혁명' 중 세상을 떠났다. 아마 그때 할머니는 무자비한 대륙 때문에 찢기고 변했던 또 다른 여자에게서 자기 운명의 가공할 만한 거울을 감지했을 수도 있다…….

금발 머리의 원주민 여자는 매년 후닌이나 라바예 요새의 가게에 도착해서 자질구레한 장신구나 마테 차의 재료를 구입하곤 했지만, 내 할머니와 얘기를 나눈 이후부터 모습을 보이지 않았다. 그러나 그들은 한 번 더 만났다. 할머니는 어느 날 사냥을 나갔다. 습지 근처의 어느 농장에서 한 남자가 양의 목을 베고 있었다. 그때 마치 꿈에서처럼 원주민 여자가 말을 타고 지나갔다. 그녀는 말에서 내려 따뜻한 양의 피를 마셨다. 나는 그녀가 이미 다른 방법으로는 행동할 수 없었던 것인지, 아니면 도전과 그 제스처로써 그렇게 한 것인지 알지 못한다.

그 여자 포로의 운명과 드록튤푸트의 운명 사이에는 천삼백 년이라는 시간과 바다가 가로놓여 있다. 이제 그 두 사람은 똑같이 회복될 수 없는 존재이다. 라베나의 대의명분을 받아들이는 야만인의 모습과 황무지를 택하는 유럽 여자의 모습은 상반된 것으로 보일 수 있다. 그러나 그 두 사람은 어떤 비밀스러운 충동, 즉 이성보다 더 심오한 어떤 충동에 의해 휩쓸렸으며, 그들조차 설명할 수가 없었을 그 충동을 존중했다. 아마도 내가 들려준 두 이야기들은 단 하나의 이야기일지도 모른다. 신에게는 이 동전의 양면이 똑같기 때문이다.

울리케 폰 퀼만*에게

---

* Ulrike von Kühlmann(? ~ ?). 보르헤스의 친구.

타데오 이시도로 크루스
(1829년~1874년)의 전기

나는 세상이 만들어지기 전에 내가 가졌던 얼굴을 찾고 있다.
— 예이츠, 「나선 계단」

1829년 2월 6일 이미 라바예* 장군에게 쫓기면서 로페스** 사단과 합류하기 위해 남쪽으로부터 행군하던 '몬토네로스'*** 들은 페르가미노에서 약 15~20킬로미터 떨어진 이름을 알 수 없는 어느 농장에서 발길을 멈추었다. 새벽녘에 군인들 중의 한 명이 뇌리에서 지울 수 없는 악몽을 꾸었다. 막사의 희미한 어둠 속에서 그의 당황한 비명 소리가 그와 함께 자고 있던 여자를 깨웠다. 그가 무슨 꿈을 꾸었는지는 아무도 모른다.

---

* Juan Galo Lavalle(1797~1841). 아르헨티나의 군인이자 정치인. 독립 전쟁에서 두각을 나타냈으며 내전 동안 군부 지도자로 선출되었다.
** Estanislao López(1786~1838). 독립 전쟁의 영웅이자 지방 호족. '몬토네로스' 전술로 유명하다.
*** 독립 전쟁 이후 일어난 내전에서 가우초들로 이루어진 무장 게릴라. 지방 호족을 지지한 연방군의 일원.

다음 날 4시에 '몬토네로스'들이 수아레스*의 기갑 부대에 의해 패했고, 추격은 음산한 잡초 밭에 이를 때까지 40여 킬로미터에 걸쳐 지속되었기 때문이다. 그 남자는 도랑에서 숨을 거두었고, 그의 두개골은 페루와 브라질과 벌였던 전쟁에서 사용된 칼로 갈라져 있었다. 여자의 이름은 이시도라 크루스였고, 그녀가 낳은 아들은 타데오 이시도로라는 이름을 받았다.

내 목적은 그의 이야기를 되풀이하는 게 아니다. 그 이야기를 구성하는 수많은 낮과 밤 가운데 나는 단지 하룻밤에만 관심이 있다. 나머지 것들은 그 밤을 이해하는 데 불가피한 것을 제외하고는 언급하지 않으려고 한다. 예사롭지 않은 사건은 어느 유명한 책에 기록된다. 다시 말하면, 그 책에 있는 주제는 모든 이에게 모든 것이 될 수 있다.(「고린토인에게 보낸 첫째 편지」, 9장 22절) 그것은 한 권의 책이 거의 무진장한 반복과 변형과 곡해를 할 수 있기 때문이다. 타데오 이시도로의 이야기에 관해 언급한 사람들은 아주 많은데, 그들은 그의 형성 과정에서 대평원이 끼친 영향을 부각시킨다. 그러나 그와 같은 가우초들은 울창한 파라나 강가와 동부 산맥에서 태어나고 죽었다. 그는 단조롭고 지루한 야만의 세계에서 살았다. 1874년에 천연두로 죽을 때까지 그는 결코 산이나 가스등의 불꽃이나 풍차를 보지 못했다. 또한 도시도 보지 못했

---

* 보르헤스 어머니의 외조부인 마누엘 이시도로 수아레스(Manuel Isidoro Suárez, 1759~1843)로 추정된다. 그는 내전 중 중앙군 편에서 싸웠다.

다. 1849년에 그는 프란시스코 하비에르 아세베도 농장의 가축 떼를 몰고서 부에노스아이레스로 갔다. 몰이꾼들은 가진 돈을 모두 써 버리기 위해 시내로 갔다. 하지만 의심 많은 크루스는 가축 수용장 근처에 있던 여관을 결코 떠나지 않았다. 그는 땅바닥에서 잠을 잤고 말을 하지 않았으며 마테 차를 마셨고 동틀 무렵에 일어나 기도를 하며 다시 잠자리에 들면서 많은 나날을 거기서 보냈다. 그는 자신과 도시는 아무런 관계도 없다는 것을(말할 필요도 없고 심지어 이해할 필요도 없이) 깨달았다. 술에 취한 어느 일꾼이 그를 놀렸다. 크루스는 아무 대답도 하지 않았지만, 고향으로 돌아오는 길에 여러 밤 동안 또 다른 일꾼이 모닥불 옆에 앉아 그를 계속 비웃었다. 그러자 그전에는 그 어떤 분노나 심지어 불쾌감조차 보이지 않았던 크루스는 그를 단칼에 죽이고 말았다. 도망자 신세가 되어 버린 그는 늪지대로 몸을 숨겼다. 며칠 밤이 지난 후 차하해오라기의 울음소리가 그에게 경찰에 포위되어 있음을 알려 주었다. 그는 잎사귀를 베어 보면서 칼을 시험했다. 그리고 시간이 되었을 때 거치적거리지 않도록 박차를 떼어 냈다. 그는 항복하기보다 싸움을 택했다. 그는 팔과 어깨와 왼손에 상처를 입었고, 경찰 유격대의 가장 용감한 대원들에게 중상을 입혔다. 손가락 사이에서 피가 흐르기 시작하자, 그는 전에 없이 더 씩씩하게 싸웠다. 새벽녘 무렵에 그는 출혈로 현기증을 느꼈고, 결국 무장 해제되었다. 그 당시에는 군부대가 형무소 기능을 담당하고 있었다. 크루스는 북쪽 국경의 조그만 요새로 이송되었다. 그는 졸병으로 내전에 참가했다. 이따금 그는 고향 지방을 위해 싸우기도 하다가 어떤 때는 고향에 맞서 싸우기도 했다. 1856년 1월 23일 그는 카르도소 습지에서 에우세비오 라프리다 상사의 지휘 아래 이백 명의 원주민과 싸웠던 서른 명의 기독교인들 중의 하나였다. 그 전투에서 그는 창에 찔려 상처를 입었다.

그의 알려지지 않은 용맹스러운 이야기에는 많은 공백이 있다. 1868년 우리는 다시 페르가미노에서 그를 만나게 된다. 결혼을 했거나 가정적이 되었기 때문인지는 몰라도 그는 한 아버지였고, 조그만 땅뙈기의 주인이었다. 1869년에 그는 지방 경찰의 경사로 임명되었다. 그는 이미 과거의 삶을 고친 상태였다. 그즈음에 그는 마음 깊은 곳에서는 행복하지 않았지만, 틀림없이 자기 자신을 행복한 사람으로 여겼을 것이었다.(어느 찬란하고 중요한 밤이 미래에서 비밀스럽게 그를 기다리고 있었다. 그 밤에 그는 마침내 자신의 얼굴을 보았고, 마침내 자신의 이름을 들었다. 충분히 이해할 수 있겠지만, 그날 밤, 다시 말하면 그날 밤의 한순간, 혹은 그날 밤의 한 행위는 그의 모든 이야기를 내포한다. 그것은 행위들이 바로 우리의 상징이기 때문이다.) 아무리 길고 복잡한 운명이라고 할지라도, 모든 삶은 실질적으로 '단 하나의 순간'으로 이루어진다. 그것은 인간이 자기가 누구인지 영원히 알게 되는 순간이다. 마케도니아의 알렉산더 대왕*은 자기의 냉혹한 미래가 아킬레우스의 멋진 이야기 속에 반

---

* Alexander of Macedon(기원전 356~323). 그리스, 페르시아, 인도에 이르는 대제국을 건설한 마케도니아의 왕.

영된 것을 보았으며, 스웨덴의 카를 12세*는 알렉산더 왕에게서 자신의 미래를 보았다고 전해진다. 타데오 이시도로 크루스는 글을 읽을 줄 몰랐기에 그런 지식은 책을 통해 찾아오지 않았다. 그는 백병전과 한 사람에게서 자기 자신을 보았던 것이다. 사건은 이렇게 일어났다.

1870년 6월 말에 그는 두 사람을 살해한 어느 무법자를 체포하라는 명령을 받았다. 그 범죄자는 남부 국경에서 베니토 마차도 대령**이 지휘하던 부대의 탈영병이었다. 그는 술에 취해 한 매음굴에서 흑인 남자 한 명을 죽였다. 그리고 또다시 술에 취해 로하스 지방의 한 주민을 죽였다. 체포 명령서는 그가 라구나 콜로라도 출신이라고 덧붙이고 있었다. 사십 년 전에 이 지역에는 몬토네로스들이 집결했지만, 불행하게도 자신들의 삶을 새와 개들에게 주고 말았다. 빅토리아 광장에서 처형된 마누엘 메사*** — 그의 분노한 목소리가 들리지 않도록 군인들은 북을 두드리고 있었다. — 가 군인으로서 첫발을 내딛은 곳도 그곳이었다. 또한 크루스를 이 세상에 태어나게 하고, 페루와 브라질 전쟁에서 사용된 칼로 두개골이 갈라진 채 도랑에서 죽은 익명의 군인도 바로 그곳 출신이었다. 크루스

---

* Karl XII(1682~1718). 스웨덴의 국왕. 유능한 군사 지도자이자 전략가로 평가된다.
** Benito Machado(1823~1909). 1863년에 남부 팜파스 지대에서 원주민과의 전투를 이끈 사령관.
*** Manuel Mesa(1788~1829). 독립 전쟁과 그 후의 원주민 진압을 위한 국경 전쟁에 참가하여 연방군 편에 있던 군사 지도자.

는 그 지역의 이름을 잊어버렸다. 그러나 대수롭지 않지만 불가해한 불쾌감을 느끼며 그곳을 알아보았다……. 병사들에게 쫓기고 있던 그 범죄자는 말을 타고서 수없이 오가는 기나긴 미로를 짰다. 그렇지만 병사들은 7월 12일 밤에 그를 포위했다. 그는 잡초 밭에 몸을 숨기고 있었다. 거의 앞을 내다볼 수 없는 어둠이 깔려 있었다. 크루스와 그의 부하들은 조심스럽게 걸어서 덤불을 향해 다가갔다. 흔들리고 있던 그 덤불 깊숙한 곳에 비밀의 사내는 숨어 있거나 잠을 자고 있었다. 차하해오라기 한 마리가 울었다. 그러자 타데오 이시도로 크루스는 자기가 그 순간을 이미 살았던 것 같은 인상을 받았다. 범죄자는 병사들과 싸우기 위해 은신처에서 나왔다. 크루스는 무서운 얼굴이 나타나는 것을 흘끗 보았다. 길게 자란 머리카락과 희끗희끗한 수염이 얼굴을 모두 먹어 치우려는 것처럼 보였다. 나는 익히 알려진 이유 때문에 그 싸움에 대해 이야기할 수 없다. 그래서 단지 그 탈영병이 크루스의 여러 부하들을 죽였거나 중상을 입혔다는 것만 떠올리려고 한다. 크루스는 어둠 속에서 싸우는 동안 (그의 육체가 어둠 속에서 싸우는 동안) 이해하기 시작했다. 그는 하나의 운명이 다른 운명보다 더 나을 게 없지만, 모든 사람은 마음속에 품고 다니는 운명을 받아들여야 한다는 것을 깨달았다. 그는 경사의 견장과 제복이 이미 거치적거린다는 것을 깨달았다. 그는 자신의 본질적인 운명이 무리 지어 다니는 개가 아니라 늑대와 같다는 것을 깨달았고, 그 남자가 자기라는 사실을 깨달았다. 무법의 평원에 새벽이 밝아 오고 있었다. 크루스는 경찰모를 땅에 던지고서 용감한 자를 죽이려는 범죄에 가담하지 않겠다고 소리치고는, 탈영병 마르틴 피에로*와 함께 병사들과 맞서 싸우기 시작했다.

엠마 순스

1922년 1월 14일 , 엠마 순스는 '타르부흐 & 로웬탈' 방직 공장에서 집으로 돌아와 건물 현관 안쪽에서 브라질 소인이 찍힌 편지 한 장을 발견했다. 그 편지를 읽고 그녀는 자기 아버지가 사망했다는 것을 알게 되었다. 처음에는 봉투와 우표 때문에 착각했지만, 이내 낯선 필적을 보고서 그녀의 가슴은 두근거렸다. 더러워져 선명하지 않은 아홉 줄, 아니 열 줄의 글들이 거의 편지지 전체를 메우고 있었다. 엠마는 마이에르 씨가 실수로 베로날 수면제를 과다 복용했고, 바제의 병원에서 그달 3일에 죽었다는 내용을 읽었다. 그 편지를 쓴 사람은 그녀의 아버지가 살았던 하숙집의 동료로 히우그란지의 페인, 혹은 파인이라는 사람이었다. 그는 자기가 죽은 사람의 딸에게 편지를 쓰고 있다는 사실을 알 수 없었다.

엠마는 종이를 떨어뜨렸다. 그러고 나서 가장 먼저 몸에서

맥이 풀리고 무릎이 떨리는 느낌을 받았다. 그런 다음 막연한 죄책감과 비현실감, 한기와 두려움을 느꼈다. 그녀는 얼른 그 날이 지나갔으면 하고 바랐다. 그리고 즉시 그녀는 그런 소망이 아무런 소용도 없다는 것을 깨달았다. 아버지의 죽음만이 세상에서 일어난 유일한 사건이었고, 그런 일은 앞으로도 끊임없이 일어날 것이기 때문이었다. 그녀는 종이를 집어 들고는 자기 방으로 갔다. 그러고는 마치 앞으로 일어날 사건들이 어떤 것인지 이미 알고 있는 것처럼 살그머니 그 편지를 서랍 속에 보관했다. 아마도 이미 일어날 사건들을 보기 시작했을 것이다. 그녀는 자기가 되려고 하는 사람이 이미 되어 있었다.

짙어 가는 어둠 속에서 엠마는 마누엘 마이에르의 자살을 슬퍼하며 그날이 끝나기까지 울었다. 행복했던 과거에 그녀의 아버지는 엠마누엘 순스였다. 그녀는 아르헨티나의 조그만 마을인 괄레과이 근처의 조그만 농장에서 보냈던 여름 피서를 떠올렸고, 자기 어머니를 떠올렸으며(아니, 떠올리려고 애를 썼고), 경매로 팔려 버렸던 라누스 지역의 작은 집을 떠올렸고, 한 창문에 새겨진 노란 마름모꼴들을 떠올렸으며, 징역 판결과 치욕을 떠올렸고, '경리 계원의 기금 착복'에 관한 신문 기사를 동봉한 익명의 편지들을 떠올렸으며, 마지막 날 밤에 아버지가 도둑은 로웬탈이라고 맹세했다는 것을 기억했다.(그녀는 그것을 결코 잊지 않았다.) 로웬탈, 전에는 공장 관리자였지만, 지금은 공장 소유주들 중의 하나인 아론 로웬탈이었다. 1916년부터 그녀는 그 비밀을 간직하고 있었다. 그것을 그 누구에게도, 심지어 가장 친한 친구인 엘사 우르스테인에게도 밝히지 않았었다. 아마도 세상 사람들이 믿지 않을지도 몰라서 꺼렸던 것 같다. 아니, 아마도 그 비밀이 자신과 세상에 없는 아버지 사이의 연결 고리라고 여기고 있었는지도 모른다. 로웬탈은 그녀가 알고 있다는 사실을 몰랐다. 엠마 순스는 그 하찮은 사실에서 자기가 유리한 입장에 있다는 느낌을 받았다.

그 밤 내내 그녀는 잠들지 않았다. 첫 아침 햇살이 창문의 사각형을 또렷이 비추었을 때 이미 그녀의 계획은 만들어져 있었다. 그녀는 영영 끝날 것 같지 않던 그날이 다른 여느 날과 똑같도록 애썼다. 공장에서는 파업 소문이 돌고 있었다. 엠마는 평소처럼 어떠한 폭력도 반대한다고 밝혔다. 저녁 여섯 시에 작업이 끝나자, 그녀는 엘사와 함께 체육관과 수영장이 있는 여성 클럽으로 갔다. 두 사람은 그곳에 등록했다. 그녀는 되풀이해서 자신의 이름과 성을 한 자 한 자 또박또박 말해 주어야 했다. 그리고 성과 이름을 다시 확인하면서 되돌아온 저속한 농담에도 찬사를 보내야 했다. 그녀는 엘사와 크론푸스 자매 중 막내와 일요일 오후에 무슨 영화를 볼 것인지에 대해 얘기를 나누었다. 그러고 나서 남자 친구에 대한 말들이 오갔지만, 아무도 엠마가 그런 것에 관해 말을 하리라고는 기대하지 않았다. 4월이 되면 그녀는 열아홉 살이 될 터였지만, 아직도 남자들은 그녀에게 거의 병적일 정도의 공포를 불러일으키는 존재였다⋯⋯. 집으로 돌아오자 그녀는 카사바와 몇몇 야채를 넣어 수프를 만들었다. 그리고 일찍 식사를 마치고서 침대에 누워서 억지로 자려 애썼다. 그렇게 분주했으면서도 특별한 일이 없었던 근무일, 즉 거사의 전야인 15일 금요일 밤이 지나갔다.

토요일에 그녀는 조바심에 잠을 깼다. 초조함이 아닌 조바심, 혹은 마침내 기다리던 날이 되었다는 기묘한 안도감이었다. 이제 더 이상 계획을 세우거나 상상할 필요가 없었다. 몇 시간만 지나면 기정사실이라는 간명한 결과에 이를 것이기 때문이다. 그녀는《라 프렌사》신문에서 말뢰로부터 온 노르트스티아르난 호가 3부두에서 출항할 것이라는 기사를 읽었다. 그녀는 로웬탈에게 전화를 걸어서 그에게 다른 사람들이 모르게 파업에 관한 것을 알려 주고 싶다고 암시했고, 날이 어두워질 무렵 그의 사무실로 들르겠다고 약속했다. 그녀의 목소리는 떨렸지만 그러한 떨림은 밀고자에게는 적합한 것이었다. 그날 아침에는 기억할 만한 다른 사건이 일어나지 않았다. 엠마는 12시까지 일했고, 그런 다음 엘사와 페를라 크론푸스와 함께 일요일 외출에 관해 세부 사항을 확정 지었다. 그녀는 점심을 먹은 후 침대에 누워 눈을 감은 채 이미 짜 놓은 계획을 점검했다. 그러면서 마지막 단계는 첫 단계보다 덜 무서울 것이며, 의심의 여지없이 자기에게 승리와 정의의 맛을 보여 줄 것이라고 그녀는 생각했다. 그러다가 갑자기 화들짝 놀라 벌떡 일어났고 화장대 서랍으로 달려갔다. 그녀는 서랍을 열었다. 전날 밤에 놔두었던 밀튼 실스*의 사진 아래 파인의 편지가 있었다. 그 편지를 볼 수 있었던 사람은 아무도 없었다.

---

* Milton Sils(1882~1930). 미국의 영화배우.

그녀는 그것을 읽기 시작했다. 모두 읽고는 찢어 버렸다.

그날 저녁의 사건들을 어느 정도 사실적으로 자세히 이야기하기는 힘들 뿐만 아니라, 아마 부적당할지도 모른다. 지옥 같은 상태의 한 가지 특징은 비현실이다. 다시 말하면, 지옥 같은 공포를 완화시켜 주는 것 같으면서도 아마도 더욱 가공스럽게 만들 수 있는 특징을 지닌다. 직접 행하려던 그녀조차도 거의 믿을 수 없었던 행동을 어떻게 신뢰할 만하게 만들 수 있겠는가? 오늘날 엠마 순스의 기억이 거부하고 혼동하는 그 짧은 혼돈의 시간을 어떻게 복구할 수 있겠는가? 엠마는 리니에르스 거리에 위치한 알마르고에 살고 있었다. 우리는 그녀가 그날 오후 부두로 갔다는 것을 알고 있다. 아마도 악명 높은 파세오 데 훌리오 거리에서 그녀는 거울 속에서 증식되고, 불빛을 받아 공공연해졌으며, 굶주린 눈에 의해 벌거벗겨진 자신의 모습을 보았을 것이다. 하지만 처음에는 사람들의 눈에 띄지 않은 채 냉담한 거리 속을 방황했으리라고 추측하는 게 보다 사리에 맞을 것이다……. 그녀는 두세 군데의 술집에 들어갔고, 다른 여자들의 상투적인 행동과 교묘한 책략을 보았다. 마침내 그녀는 노르트스티아르난 호의 선원들과 마주쳤다. 그들 중에서 매우 젊은 한 사람을 보았지만, 그녀는 그에게 일종의 사랑을 느끼게 될지도 모른다는 두려움 때문에 다른 사람을 선택했다. 아마도 그녀보다 키가 작고 입정사나울 것 같은 사람이었다. 그것은 순수한 공포심이 줄어들지 않도록 하기 위해서였다. 그 남자는 그녀를 문으로 데려갔고, 그런 다음 어둠침침한 복도를 지나 꾸불꾸불한 층계로 데려갔다. 그러고는 현관 객실로(거기에는 라누스 지역의 집에 있었던 것과 똑같은 마름모꼴의 창문들이 있었다.) 그런 다음에는 복도로, 그리고 마지막으로 어느 방문으로 데려갔다. 그들이 들어가자 방문이 닫혔다. 중대한 사건들은 시간의 흐름에서 벗어나 있다. 그런 사건 속에는 방금 전의 과거가 미래와 단절된 것 같거나, 아니면 그 사건들을 구성하는 부분들은 연속적인 것처럼 보이지 않기 때문이다.

시간에서 벗어난 그 시간 속에서, 어지럽고 잔혹한 느낌들로 뒤죽박죽된 무질서 속에서, 엠마 순스는 '단 한번'이라도 그런 희생심을 불어넣은 죽은 아버지에 대해 생각했을까? 내 생각에 그녀는 단 한 번 아버지를 생각했고, 그 순간 그녀의 필사적인 목표가 위험에 처했을 것이다. 그녀는 이제 그 남자가 자기에게 하고 있는 끔찍한 일을 자기 아버지가 어머니에게 했다고 생각했다.(그렇게 생각할 수밖에 없었다.) 그녀는 무력하게 놀라면서 그것을 생각했고, 즉각 정신적 혼란 속으로 도피했다. 스웨덴 아니면 핀란드 사람인 그 남자는 스페인어를 말하지 못했다. 그에게 엠마가 도구이듯이, 엠마에게 그는 도구였다. 하지만 그녀는 쾌락을 위해 봉사하고 있었고, 그는 정의 구현을 위해 이용되고 있었다.

혼자 남게 되었지만, 그녀는 즉시 눈을 뜨지 않았다. 나이트 테이블에는 남자가 놓아둔 돈이 있었다. 엠마는 일어나 앉았고, 얼마 전에 편지를 찢어 버렸던 것처럼 돈을 찢어 버렸다. 돈을 찢는 것은 빵을 던져 버리는 것처럼 불경한 행위이다. 엠마는 그렇게 하자마자 후회했다. 그것은 하필이면 그날……

저지른 교만의 행위였다. 불길한 두려움은 육체의 슬픔, 즉 혐오감 속으로 녹아들었다. 슬픔과 역겨움이 그녀를 쇠사슬처럼 얽어맸지만, 엠마는 천천히 일어나 옷을 입기 시작했다. 방안에는 이미 밝은 빛이 하나도 남아 있지 않았다. 마지막 석양빛을 받아 모든 게 울적하고 음산해져 있었던 것이다. 엠마는 그 누구에게도 들키지 않은 채 그곳을 빠져나올 수 있었다. 길모퉁이에서 그녀는 서쪽으로 가는 라크로세 전차를 탔다. 그리고 계획대로 사람들이 그녀의 얼굴을 보지 못하도록 맨 앞좌석을 골랐다. 아마도 그녀는 거리의 무미건조한 혼잡 속에서 방금 전에 일어났던 일이 모든 것들을 오염시키지 않았다는 것을 확인한 후 기운을 얻은 것 같았다. 그녀는 갈수록 집들이 띄엄띄엄 나타나는 을씨년스러운 동네들을 지났다. 그리고 그녀는 그런 동네들을 본 즉시 잊어버렸다. 그녀는 와르네스 정거장에서 내렸다. 역설적으로 그녀의 피로는 오히려 힘이 되고 있었다. 그것이 임무 완수에 필요한 세세한 것들에게 정신을 집중하게 만들어 주면서 그것의 진정한 성격과 최종 목표를 숨기고 있었기 때문이다.

모든 사람들에게 아론 로웬탈은 올곧은 사람이었다. 그러나 몇 안 되는 그의 측근들은 그를 수전노라고 여기고 있었다. 그는 공장 건물 최상층에 혼자 살고 있었다. 황폐한 빈민가에서 살고 있었기에 그는 도둑을 두려워했다. 공장 안마당에는 커다란 개가 한 마리 있었고, 책상 서랍에 권총 한 자루가 있다는 사실을 모르는 사람은 아무도 없었다. 지난 해 그는 아내의 뜻하지 않은 죽음을 점잖게 슬퍼했다. 그녀는 상당한 지참

금을 가져왔던 가우스 가문의 여자였던 것이다! 그의 진정한 열정은 돈이었다. 아무도 모르는 창피한 일이지만, 그는 자기가 돈을 붙잡고 있는 것보다 돈을 버는 일에 더 소질이 없다는 사실을 알고 있었다. 그는 매우 신심이 깊은 사람이었다. 그는 자기가 하느님과의 밀약, 즉 기도와 예배에 대한 답례로 선행을 베풀어야 한다는 의무를 면제받았다고 믿고 있었다. 벗겨진 머리에 상복을 입은 뚱뚱한 몸, 검은 안경알이 박힌 코안경을 걸치고 금빛의 수염을 기른 그는, 창가에 서서 여직원 순스의 비밀 보고서를 기다리고 있었다.

그는 그녀가 대문을 밀고서 (그는 일부러 대문을 조금 열어 두었다.) 어두운 안마당을 가로질러 오는 것을 보았다. 그리고 묶여 있던 개가 짖자 그녀가 약간 우회하는 것도 보았다. 엠마의 입술은 낮은 목소리로 기도하는 사람처럼 부산하게 움직이고 있었다. 피로에 지친 입술은 로웬탈이 죽기 직전에 듣게 될 말들을 되뇌고 있었다.

일은 엠마가 예견했던 대로 일어나지 않았다. 전날 새벽부터 그녀는 굳게 권총을 겨누면서 그 빌어먹을 작자에게 그가 범한 야비한 죄를 고백하게 만들고, 하느님의 정의가 인간의 정의에 승리를 거둘 수 있도록 해 줄 대담한 책략을 설명하겠다고 수없이 꿈꾸었다.(그것은 두려움 때문이 아니라, 그녀가 단지 그런 정의를 실천에 옮길 도구가 되어 처벌을 받지 않으려 했기 때문이다.) 그런 다음 가슴 한복판에 단 한 발의 총알을 쏴서 그의 목숨에 종지부를 찍고자 했다. 그러나 일은 그렇게 일어나지 않았다.

아론 로웬탈 앞에 있게 되자, 엠마는 자기가 겪었던 모욕에 대해 벌주는 것이 (아버지에 대한 복수를 하겠다는 절박한 마음보다) 급하다고 느꼈다. 너무나 철저하게 망신을 당했기에 그녀는 그를 죽이지 않을 수 없었다. 또한 연극조의 말을 하면서 허비할 시간도 없었다. 소심하게 앉아서 그녀는 로웬탈의 용서를 구했고 (밀고자를 가장하여) 충성에 따르는 의무를 지켜 달라고 간청했으며, 몇 사람의 이름을 언급했고, 또 다른 사람들의 이름을 암시했으며, 마치 두려움에 사로잡힌 것처럼 문득 말문을 닫았다. 엠마는 로웬탈이 물 한 컵을 가져오기 위해 나가게 만드는 데 성공했다. 이런저런 부탁을 하면서 안절부절못하는 그녀의 태도를 의심하면서도 너그럽게 이해하던 그가 부엌에서 돌아왔을 때, 이미 엠마는 서랍에서 무거운 권총을 꺼낸 상태였다. 그녀는 방아쇠를 두 번 당겼다. 상당한 거구의 몸뚱이가 마치 총성과 연기에 의해 분쇄된 듯이 고꾸라졌다. 물컵은 깨졌고, 그의 얼굴은 경악과 분노로 그녀를 바라보았으며, 그 얼굴의 입은 스페인어와 이디시어로 그녀에게 욕설을 퍼부었다. 더러운 욕설은 그치지 않았다. 그래서 엠마는 다시 한 번 총탄을 발사해야만 했다. 마당에서는 쇠사슬에 묶여 있던 개가 짖어 대기 시작했다. 그런 동안 피가 그의 음탕한 입술로부터 갑작스럽게 솟구쳐 나와 그의 턱수염과 옷을 더럽혔다. 엠마는 준비해 놓았던 고소문을 시작했지만 ("나는 우리 아버지의 복수를 했고, 따라서 나는 처벌받지 않을 것이다…….") 그걸 끝맺을 수는 없었다. 로웬탈 씨가 이미 죽어 있었기 때문이다. 그녀는 그가 자기 말을 제대로 들었는지 결코 알 수 없었다.

　포악한 개 짖는 소리는 그녀에게 아직 쉴 수가 없다는 사실을 떠올려 주었다. 그녀는 안락의자를 헝클어 놓고, 시체의 재킷 단추를 풀었으며, 피가 튀긴 코안경을 벗겨 서류함 위에 올려놓았다. 그런 다음 전화기를 들고 수없이 되풀이해온 말을 반복했다. "뭔가, 믿을 수 없는 일이 일어나고 말았어요……. 로웬탈 씨가 파업을 핑계로 저를 여기 오라고 해서…… 그 사람이 저를 강간했고, 제가 그를 죽였어요……."

　사실 그 이야기는 믿을 수 없는 말이었지만, 본질적으로 사실이었기에 모든 사람들을 납득시켰다. 엠마 순스의 말투는 진실이었고, 그녀가 느낀 수치심도 사실이었고, 그녀의 증오도 진실이었다. 또한 그녀가 겪었던 능욕도 사실이었다. 단지 주변 정황과 시간, 그리고 한두 개의 이름들만이 거짓이었다.

아스테리온의 집*

그리고 왕비는 아스테리온이라는 이름의 아들을 낳았네.
— 아폴로도루스** 『도서관』 3편 1장

나는 내가 거만하다거나 아마도 사람을 싫어한다고, 혹은 미쳤다고 비난받는다는 사실을 알고 있다. 그런 비난은 (때가 되면 내가 벌할) 우습기 짝이 없는 소리다. 내가 집 밖으로 나가지 않는다는 것은 사실이지만, 내 집의 문(그 숫자는 무한하다.)***이 사람들뿐만 아니라 동물들에게도 밤낮으로 열려 있다는 것 또한 사실이다. 원하는 사람은 누구든 들어올 수 있다. 그런 사람은 여기서 그 어떤 여성스러운 호화로운 장관이

---

* 아폴로도루스의 『도서관』에 의하면, '별로 장식된'이라는 의미의 '아스테리우스'는 미노스의 아버지였다. 미노타우로스 역시 아스테리우스라고 불린다. 아스테리온은 아스테리우스의 대격이다. 중성 단어 '아스테리온'은 미지의 식물 혹은 거미를 뜻하기도 한다.

** Apollodorus(기원전 180?~120?). 그리스의 철학자이자 문법학자.

*** 원문은 '열네 개'라고 말하지만, 아스테리온의 입에서 그 수량 형용사가 '무한'을 의미한다고 유추할 수 있는 이유는 너무나 많다.(저자 주)

나 궁궐에서 볼 수 있는 웅장한 장식을 발견하지 못할 테지만, 조용함과 고독만은 발견할 것이다. 또한 지구상에서 다른 예를 찾아볼 수 없는 집을 발견할 것이다.(이집트에 이것과 유사한 집이 있다고 주장하는 사람들은 거짓말하는 것이다.) 나를 비방하는 사람들조차 내 집에 '단 하나의 가구'도 없다는 사실은 인정한다. 또 다른 종류의 황당한 이야기는 내가, 즉 아스테리온이 죄수라는 것이다. 잠긴 문이 하나도 없다는 것을 또다시 이야기해야 할까? 자물쇠 역시 하나도 없다는 것을 덧붙여야 할까? 더군다나 나는 어느 날 해 질 녘 거리에 발을 내딛었다. 내가 밤이 되기 전에 돌아온 것은 마치 손바닥처럼 평평하고 핏기가 없는 사람들의 얼굴을 보고 두려움을 느꼈기 때문이다. 이미 해가 졌지만, 한 꼬마의 난감한 눈물과 평민들의 투박한 기도는 그들이 나를 알아보았다는 신호였다. 사람들은 내 앞에서 기도했고 도망쳤으며 부복했다. 어떤 사람들은 도끼 신전의 축대 위로 기어 올라가기도 했고, 또 다른 사람들은 돌을 한데 모으기도 했다. 나는 누군가 바닷속에 숨어 들어갔다고 생각한다. 우리 어머니가 왕비였다는 사실은 무의미하지 않았다. 내가 겸허하게 평민이 되고자 한들, 나는 그들과 뒤섞일 수가 없었기 때문이다.

사실 나는 유일무이한 존재이다. 나는 어떤 사람이 다른 사람들에게 전할 수 있는 것에 관심이 없다. 철학자처럼 나는 글쓰기의 기술을 통해 전달될 수 있는 것은 아무것도 없다고 생각한다. 내 정신 속에는 분노를 자아내는 하찮은 것들이 들어갈 자리가 없다. 내 정신은 단지 위대한 것만을 수용할 수 있다. 그래서 나는 결코 한 글자와 다른 글자 사이의 차이를 결코 파악할 수 없었다. 참을성이 그다지 많지 않기 때문에 나는 글을 배울 수 없었다. 가끔 나는 그것을 유감스럽게 여긴다. 밤과 낮이 너무나 길기 때문이다.

당연하지만 내게 소일거리가 없는 건 아니다. 나는 돌진하려는 양처럼 어지러워 바닥에 나동그라질 때까지 돌로 만든 복도를 뛰어다닌다. 또한 우물 지붕의 그늘이나 복도의 한쪽 모퉁이에 쭈그리고서 나를 잡는 술래잡기 놀이를 한다. 그리고 지붕 위에서 뛰어내려 내 몸을 피로 물들이기도 한다. 나는 아무 때나 눈을 감고 거친 숨을 쉬면서 자는 척하는 놀이도 할 수 있다.(이따금씩 나는 정말로 잠을 자기도 하고, 눈을 뜨면 날의 빛깔이 바뀌어 있을 때도 종종 있다.) 그러나 그토록 많은 놀이들 중에서 내가 가장 좋아하는 것은 또 다른 아스테리온의 놀이이다. 나는 그가 나를 찾아오고 그에게 우리 집을 보여 주는 척한다. 나는 아주 정중하게 인사하면서 "그러면 이전의 교차로로 갑시다."나 "이제 또 다른 마당으로 나가 봅시다." 혹은 "나는 당신이 이 도랑을 좋아하시리라는 걸 알지요."나 "이제 모래로 가득한 저수조를 보시게 될 겁니다." 또는 "어떻게 지하실이 두 갈래로 갈라지는지 보시게 될 겁니다." 따위의 말을 한다. 가끔씩 나는 실수를 범하고, 그러면 우리 둘은 기분 좋게 웃는다.

나는 단지 그런 놀이들만 상상한 게 아니다. 또한 나는 집에 대해서도 깊이 생각했다. 집의 모든 부분들은 수없이 되풀이된다. 그 어떤 장소도 다른 장소가 된다. 하나의 우물, 하나의 마당, 하나의 물통, 하나의 구유가 있는 것이 아니라, 열네 개(그것은 무한한 숫자이다.)의 구유와 열네 개의 물통과 열네 개의 마당과 열네 개의 우물이 있다. 집은 세상만큼 크다. 다시 말하면, 그것은 세상이다. 그러나 우물이 있는 각각의 마당과 회색 돌로 지어지고 먼지로 뒤덮인 복도를 온 힘을 다해 지칠 때까지 돌아다니면서 나는 거리로 나올 수 있었고, 도끼 신전*과 비디를 보았다. 나는 어느 날 밤 꿈에서 바다와 신전 역시 열네 개(그것은 무한한 숫자이다.)라는 것이 밝혀졌을 때에야 비로소 그걸 이해했다. 모든 것은 수없이, 즉 열네 번씩 반복된다. 그러나 세상에는 단 한 번만 존재하는 것처럼 보이는 것이 두 개 있다. 그것은 위에 있는 복잡한 태양과 아래에 있는 아스테리온이다. 아마도 내가 별들과 태양과 거대한 집을 만들었을지도 모르지만, 나는 더 이상 기억할 수가 없다.

구 년마다 아홉 사람들이 집으로 들어오고, 그래서 나는 모든 악에서 그들을 구해 낸다. 나는 돌로 만든 복도 안쪽에서 그들의 발자국 소리나 목소리를 듣고서, 기쁜 마음으로 그들을 찾으러 달려간다. 의식은 단지 몇 분만 지속된다. 내 손이 피로 물들지도 않았는데 그들은 차례로 하나씩 쓰러진다. 그들이 쓰러진 곳에 그들은 남고, 시체들은 한 복도를 다른 복도들과 구분하는 데 도움을 준다. 나는 그들이 누구인지 모르지만, 그들 중의 하나가 죽으면서 언젠가 나의 구원자가 도착

---

* 크레타 섬 남부의 신전. 리디아어에 기원을 둔 그리스어 'labrys'는 양날 도끼를 의미하는데, 이것은 종종 황소의 모습과 연관된다. 바로 이 단어에서 미로 (labyrinth)라는 단어가 유래한 것으로 추정된다.

할 것이라고 예언했다는 것을 알고 있다. 그때부터 나는 고독이 고통스럽지 않다. 그건 나를 구해 줄 사람이 살고 있고, 마침내 그가 일어나 먼지 위로 강림할 것임을 알기 때문이다. 내귀가 세상의 모든 소리들을 들을 수 있다면, 나는 그의 발자국 소리를 들을 수 있을 것이다. 나를 복도들이 더 적고 문들이 더 적은 곳으로 데려다 준다면 좋으련만. 내 구원자는 어떻게 생겼을까? 나는 생각한다. 그는 황소일까 아니면 사람일까? 혹시 사람의 얼굴을 지닌 황소일까? 아니면 나처럼 생겼을까?

아침 햇살이 청동 검에 비쳤다. 이제 칼에는 피의 흔적이 하나도 남아 있지 않았다.

"믿을 수 있어, 아리아드네?" 테세우스가 말했다. "미노타우로스는 거의 방어하려고도 하지 않았어."

마르타 모스케라 이스트맨에게

또 다른 죽음

대략 이 년 전이라고 추측되는데, 가논*이 아르헨티나의 괄레과이추에서 내게 편지를 써서(나는 그 편지를 잃어버렸다.) 랠프 월도 에머슨**의 「과거」라는 시의 번역본을, 아마도 최초의 스페인어 번역이 될 시를 보내 주겠다고 알려 주었다. 그러면서 추신에 나도 어느 정도 기억하고 있는 페드로 다미안 씨가 며칠 전 밤에 폐울혈로 세상을 떠났다고 덧붙였다. 가논에 의하면, 고열에 시달리던 그는 혼수상태에서 피비린내 나는 마소예르 전투의 하루를 다시 떠올렸다. 내게 그 소식은 익히 예측 가능하고 심지어는 진부하게 보였다. 그것은 페드로 씨

---

* Patricio Gannon(? ~ ?). 영문학 전문가이며 셰익스피어의 작품을 스페인어로 번역한 보르헤스의 친구.
** Ralph Waldo Emerson(1803~1882). 미국의 시인이자 수필가.

가 열아홉 살 또는 스무 살 때에 아파리시오 사라비아*의 깃발을 따라다녔기 때문이다. 리오네그로 혹은 파이산두의 어느 농장에서 막노동자로 일하고 있던 그는 1904년의 봉기에 참가했다. 페드로 다미안은 엔트레리오스 지방 출신, 그러니까 괄레과이에서 태어난 사람이었다. 자기 친구들처럼 기백은 넘쳤지만 무지했던 그는 친구들이 간 곳으로 따라갔다. 그는 백병전과 마지막 전투에서 싸웠다. 1905년에 송환되자 그는 겸허하고 고집스럽게 다시 들판에서 일했다. 내가 알고 있는 바에 의하면, 그는 자기 마을을 다시는 떠나지 않았다. 그는 냥카이 계곡에서 5~10킬로미터가량 떨어진 아주 작고 고독한 농장에서 생애의 마지막 삼십 년을 보냈다. 1942년경의 어느 날 오후 나는 바로 그 외진 장소에서 그와 얘기를 나누었다.(어느 날 오후 나는 그와 대화를 하려고 애썼다.) 그는 과묵하고 그다지 배운 게 없는 사람이었다. 그의 이야기는 마소예르 전투의 함성과 분노로 가득 차 있었다. 그래서 그가 죽음을 기다리던 순간에 그것을 다시 떠올렸다는 것은 내가 보기에 전혀 놀라운 사실이 아니었다……. 나는 앞으로 다미안을 만나지 못할 것임을 알고 있었기 때문에 그를 기억하고자 했다. 하지만 나의 시각적 기억은 너무 형편없어서 단지 가논이 찍은 그의 사진 한 장만 떠올릴 수 있었다. 1942년 초에 단 한 번 그를 만났을 뿐 수도 없이 사진만 보았다는 사실을 고려한다면, 그건 전혀 이상할 게 없는 일이다. 가논은 내게 그 사진을 보냈

---

* Aparicio Saravia(1856~1904). 우루과이 국민당의 정치인, 군인이며 호족.

지만, 나는 그것을 분실했고, 이제는 그걸 더 이상 찾지 않는다. 오히려 그 사진을 발견하면 두려움을 느낄 것 같다.

두 번째 일화는 몇 달 후 몬테비데오에서 일어났다. 그 엔트레리오스 사람의 고열과 죽음의 신음은 내게 마소예르 전투의 패배에 관한 환상적인 작품을 구상하게 해 주었다. 내가 그 작품에 관한 줄거리를 에미르 로드리게스 모네갈*에게 들려주자, 그는 그 전투를 이끌었던 디오니시오 타바레스 대령에게 몇 줄의 소개장을 써 주었다. 대령은 저녁 식사 후에 나를 맞이했다. 안마당의 그물 침대에 앉아 흔들거리면서 그는 지나간 시간을 애틋한 사랑을 가지고 두서없이 기억했다. 그는 결코 도착하지 않았던 탄환과 피로에 지친 말들, 꾸벅꾸벅 졸면서 행진의 미로를 짜던 지저분한 사람들에 관해 말했다. 또한 "가우초들이 도시를 두려워하기 때문에" 몬테비데오에 입성할 수 있었지만 도망쳐 버린 사라비아, 목뼈까지 잘려 나간 사람들, 내가 보기에는 두 군대의 싸움이라기보다는 오히려 어느 무법자의 꿈과도 같던 내전에 관해 이야기했다. 그는 이예스카스 전투, 투팜바에 전투, 그리고 마소예르 전투에 관해 말했다. 너무나 정확하게 시간 순서대로 아주 생생한 어조로 말을 했기 때문에, 나는 그가 똑같은 그런 이야기를 이미 여러 번 반복했다는 것을 알았고, 그 말들 뒤로는 그 어떤 기억도 남아 있지 않을까 두려웠다. 그가 잠시 쉬는 틈을 이용해 나는

---

* Emir Rodríguez Monegal(1921~1985). 우루과이의 비평가이며 보르헤스의 친구로 보르헤스 전기를 썼다.

다미안의 이름을 입에 올릴 수 있었다.

"다미안? 페드로 다미안 말이오?" 대령이 말했다. "그는 나와 함께 복무했소. 청년들이 다이만*이라고 불렀던 원주민 얼굴의 친구라오." 대령은 큰 소리로 웃기 시작했지만, 정말로 못마땅한 것처럼, 아니면 못마땅한 체하면서 갑자기 웃음을 멈추었다.

목소리를 바꾸더니 그는 전쟁이란 여자와도 같이 남자들을 시험하는 데 도움이 된다고 말하더니, 전쟁터로 들어가기 전에는 그 누구도 자기가 어떤 사람인지 알지 못한다고 지적했다. 누군가는 자기를 겁쟁이라고 생각하지만 아주 용감한 사람일 수도 있고, 정반대의 경우도 있을 수 있는 것이다. 그 불쌍한 다미안에게 바로 그런 일이 일어났다. 그는 흰색 리본**을 달고 뽐내면서 술집을 돌아다녔지만 나중에 마소예르에서 그 태도가 무너져 버리고 말았다. 그는 우루과이 정부군들과 벌인 어느 총격전에서는 아주 남자답게 행동했다. 그러나 양쪽 군대가 싸우고, 대포가 불을 뿜고, 그 누구나 오천 명의 적군들이 자기를 죽이려고 한데 모였다는 느낌에 사로잡히게 되는 때가 오자 사정은 완전히 달라졌다. 양들을 씻기며 평생을 보내다 갑자기 국가를 수호하라는 부름에 휘말려 들어갔던 그 불쌍한 원주민…….

황당하게도 나는 타바레스 대령의 이야기를 듣고서 당혹감

---

* 마소예르 인근에 '다이만(Dáyman)'이라는 강이 있다.
** 보수당 계열의 백색당과 자유당 계열의 적색당이 1830년대에 벌인 전쟁을 의미한다. 흰색 리본은 백색당의 지도자인 사라비아의 추종자임을 뜻한다.

을 느꼈다. 아마도 사건들이 그런 식으로 일어나지 않았기를 바라고 있었던 것 같다. 아주 오래전 어느 날 오후에 늙은 다미안을 만났을 때, 나는 나도 모르게 일종의 우상을 만들어 냈지만, 타바레스의 이야기는 그것을 산산조각 내고 말았다. 갑자기 나는 다미안이 왜 말을 삼가면서 고집스럽게 고독하게 살아왔는지 깨달았다. 그것은 겸손함 때문이 아니라 수치심 때문이었다. 나는 비겁한 행위로 괴로워하는 사람이 단순히 용감한 사람보다 더 복잡하고 흥미롭다고 마음속으로 되뇌었지만 모두 소용없는 일이었다. '가우초 마르틴 피에로는 로드 짐*이나 라주모프**보다 덜 기억에 남는 사람이야.'라고 나는 생각했다. 그랬다. 그러나 다미안은 가우초로서 마르틴 피에로처럼, 특히 우루과이 가우초들 앞에서는 그렇게 되어야만 했다. 나는 타바레스가 말했거나 말을 하지 않은 것 속에서 아르티가스 주의***라고 불리는 투박한 맛을 느꼈다. 그것은 우루과이가 우리의 아르헨티나보다 더 소박하며 따라서 더욱 용감하다는 (아마도 논의의 여지가 없는) 자각이었다……. 나는 그

---

* 조지프 콘래드(Joseph Conrad, 1857~1924)의 소설 『로드 짐』의 주인공으로 비겁하면서도 용감한 모호한 성격의 대표적 인물.
** 조지프 콘래드의 소설 『서구인의 눈으로』에 나오는 대학생.
*** 스페인인들과 신흥 아르헨티나 인들에 대항하여 투쟁했던 호세 헤르바시오 아르티가스(José Gervasio Artigas, 1764~1850)의 생애와 관점에 의거한 행동. 아르티가스는 라플라타 강 동쪽 지역인 우루과이가 독립국이 되어야 한다면서, 우루과이가 스스로의 정신을 지니고 있다고 주장했다. 그리고 무기력한 부에노스아이레스의 사람들은 우루과이의 가우초들을 낭만화시켰을 뿐 정신은 전혀 지니고 있지 않으며, 따라서 그들을 진정으로 이해할 수 없다고 지적했다.

날 밤 우리가 과장된 감정을 분출하며 헤어졌다는 것을 기억하고 있다.

그해 겨울에 내 환상적 이야기에 한두 가지 세부 사항들이 부족한 바람에(내 이야기는 적절한 형식을 고집스럽게도 발견하지 못하고 있었다.) 나는 타바레스 대령의 집을 다시 찾아야만 했다. 그는 나이 지긋한 또 다른 신사와 함께 있었다. 파이산두 출신의 후안 프란시스코 아마로 박사였는데, 그 역시 사라비아의 반란에 용사로 참가했던 사람이었다. 익히 예측할 수 있듯이, 마소예르에 대한 이야기가 오갔다. 아마로는 몇 가지 일화들을 들려준 뒤 마치 큰 목소리로 생각하고 있는 사람처럼 천천히 이렇게 덧붙였다.

"내 기억에 의하면, 우리는 산타 이레네 농장에서 밤을 보냈소. 그런데 몇몇 사람들이 우리 부대에 합류했다오. 그들 중에는 어느 프랑스 수의사가 있었는데, 그는 전투가 벌어지기 전날 밤 죽었소. 그리고 엔트레리오스 출신의 어느 양털 깎는 사람이 있었소. 페드로 다미안이라는 사람이었다오."

나는 급히 그의 말을 막았다.

"저도 이미 알고 있어요." 내가 말했다. "총격전이 벌어지자 겁쟁이가 되었던 아르헨티나 청년이지요."

나는 말을 멈추었다. 두 사람이 나를 어리둥절한 표정으로 바라보고 있었던 것이다.

"당신이 잘못 알고 있는 것 같소." 마침내 아마로가 입을 열었다. "페드로 다미안은 모든 남자들이 죽고 싶어 하는 방식으로 죽었소. 아마 오후 4시쯤이었을 것이오. 적색당의 보병

부대*는 산 정상에 요새를 만들었소. 우리 병사들은 창을 가지고 그들을 향해 돌격했다오. 다미안은 고함을 지르며 맨 앞에서 공격을 이끌었는데, 총알 하나가 그의 가슴 한가운데를 명중했소. 그는 갑자기 멈추더니 꼼짝하지 않았고, 고함을 멈추더니 땅으로 굴러떨어져 말발굽에 마구 밟혔소. 그는 이미 죽어 있었소. 마소예르의 마지막 공격에서 전사한 것이오. 스무 살도 채 되지 않았지만, 아주 용감한 청년이었소."

의심할 나위 없이 그는 또 다른 다미안에 관해 말하고 있었다. 그러자 나도 모를 무언가가 떠올랐고, 나는 그 젊은 청년이 뭐라고 고함을 질렀는지 물어보았다.

"욕지거리라오." 대령이 말했다. "돌격할 때 지르는 소리지요."

"그랬을지도 모르오." 아마로가 말했다. "하지만 "우르키사 만세!"라고도 소리를 질렀다오."

우리들은 입을 다물었다. 마침내 대령이 나직하게 말했다.

"마소예르가 아니라, 마치 백 년 전에 카간차나 인디아 무에르타에서 싸우는 것 같았소."**

그런 다음 솔직하게 당혹한 표정을 지으며 덧붙였다.

"내가 그 부대를 지휘했지만, 다미안이라는 청년에 대해 말

---

* 붉은 군대는 우루과이 정부군이다. 반면에 사라비아의 군대는 흰색이었다. 붉은 군대는 일반적으로 좋은 무기로 무장되어 있었고 잘 훈련된 군인들이 대부분이었지만, 흰 군대는 대부분 가우초들로 이루어진 비정규군이었다.

** 다미안이 참가했던 마소예르 전투는 1904년에 있었지만, "우르키사 만세!"라는 고함은 우르키사가 지휘하는 적색당의 연방군이 백색당의 중앙군과 싸웠던 카간차 전투(1839년)나 인디아 무에르타 전투(1845년)에서도 들렸을 것이라는 의미이다.

하는 걸 들은 건 이번이 처음이라고 맹세할 수 있소."

우리는 그에게 기억을 떠올리게 할 수 없었다.

대령의 망각에 나는 등골이 오싹했고, 그런 오싹함은 부에노스아이레스에서도 반복되었다. 어느 날 오후 미첼의 영어책 서점의 지하에서 11권으로 이루어진 유쾌한 에머슨 전집 앞에서 나는 파트리시오 가논을 만났다. 나는 그에게 「과거」의 번역에 관해 물었다. 그는 그 작품을 번역할 계획이 없으며, 스페인 문학은 에머슨 없이도 충분히 따분하다고 말했다. 나는 그에게 다미안의 죽음에 관해 쓴 편지에서 그 시의 번역본을 보내 주기로 한 약속을 상기시켰다. 그러자 그는 다미안이 누구냐고 물었다. 나는 다미안에 관해 말했지만 아무 대답도 이끌어 낼 수 없었다. 나는 공포감을 느끼기 시작하면서, 그가 의아해하며 내 말을 듣고 있다는 것을 깨달았다. 나는 에머슨, 그러니까 불행한 포*보다 더욱 복잡하고 더욱 재주가 많으며 의심할 여지없이 더욱 훌륭한 시인을 비방하는 사람들에 관한 문학 논쟁을 언급하면서 난처한 상황을 벗어났다.

내가 기록해야만 할 사건이 몇 가지 더 있다. 4월에 나는 디오니시오 타바레스 대령의 편지 한 통을 받았다. 그는 이제 더 이상 헛갈리는 일 없이, 마소예르 돌격 전투의 선봉에 섰고, 그날 밤 그의 동료들이 산기슭에 묻어 주었던 엔트레리오스 출신의 청년을 아주 잘 기억했다. 6월에 나는 괄레과이추로

---

* Edgar Allan Poe(1809~1849). 미국의 시인이자 소설가. 미국 낭만주의를 대표하는 작가.

지나갔지만, 다미안의 농장을 찾을 수 없었다. 이제는 그 누구도 그를 기억하지 않고 있었던 것이다. 그의 죽음을 지켜보았던 가게 주인 디에고 아바로아에게 물어보려고 했지만, 그는 겨울이 되기 전에 이미 세상을 떠나 있었다. 나는 다미안의 얼굴을 떠올리려고 했다. 그런데 몇 달 후 앨범을 뒤적거리다가 나는 내가 떠올려 냈던 음울한 얼굴이 오셀로 역을 맡았던 유명한 테너 가수 탐베를리크*의 얼굴이라는 것을 깨달았다.

이제 추측으로 넘어가고자 한다. 가장 단순하지만 가장 만족스럽지 않은 추측은 두 명의 다미안, 그러니까 1946년경에 엔트레리오스에서 죽은 겁쟁이 다미안과 1904년 마소예르에서 죽은 용감한 다미안이 있다는 걸 가정한다. 이 추측의 결점은 진짜 수수께끼 같은 것을 설명해 주지 못한다는 점에 있다. 즉, 흥미롭게도 이리저리 오가는 타바레스 대령의 기억, 즉 불과 얼마 전까지만 해도 기억했던 사람의 모습과 심지어는 이름까지도 완전히 잊어버린 망각이 그것이었다.(나는 내 첫 번째 기억이, 어쩌면 그의 기억을 꿈꾼 것에 지나지 않을지 모른다는 지극히 단순한 가정을 받아들이지 않을 것이며 받아들이고 싶지도 않다.) 보다 흥미로운 것은 울리케 폰 퀼만이 고안했던 초자연적 추측이다. 울리케는 페드로 다미안이 전투에서 사망했고, 임종 순간에 하느님에게 자기를 엔트레리오스로 돌아가게 해 달라고 간청했다고 말했다. 하느님은 잠시 망설이다가 그에게 그런 은총을 내려 주었다. 은총을 부탁한 사람은 이미 죽어

---

* Enrico Tamberlick(1820~1889). 이탈리아의 테너 가수.

있었고, 몇몇 사람들이 그가 죽은 모습을 보았다. 과거를 바꿀 수는 없지만 과거의 인상들을 바꿀 수 있는 하느님은 죽음의 모습을 의식 불명의 모습으로 바꾸었고, 엔트레리오스 사람의 그림자는 자신의 고향으로 돌아갔다. 그는 돌아갔지만, 우리는 그가 그림자라는 사실을 기억해야만 한다. 그는 아내도 없고 친구들도 없이 고독 속에서 외롭게 살았다. 그는 모든 것을 사랑했고 모든 것을 소유했지만, 마치 유리창 건너편에 있는 것처럼 멀리서 희미하게 그렇게 했던 것이다. 그는 '죽었지만' 그의 희미한 인상은 물속의 물처럼 영위되고 있었던 것이다. 이런 추측은 잘못된 것이지만 아주 단순하면서도 동시에 전대미문의 진정한 가정(오늘날 내가 진실이라고 믿는 그런 가정)을 암시해 준 것은 틀림없다. 나는 피에르 다미아니*의 「전지전능에 관하여」라는 글에서 거의 마술적으로 그것을 발견했다. 나는 단테의 『신곡』 천국편의 스물한 번째 노래에 나오는 두 개의 행 덕분에 그 글을 찾아내었는데, 그 행들은 바로 동일성의 문제를 다루고 있었다. 피에르 다미아니는 그 책의 5장에서 아리스토텔레스와 투르의 프레데가리우스**의 의견과는 달리, 하느님은 언젠가 존재했던 것을 전혀 존재하지 않은 것으로 만들 수 있다고 주장한다. 나는 이 케케묵은 신학 논쟁을 읽었고, 페드로 다미안 씨의 비극적인 이야기를 이해하기 시작했다. 나는 이렇게 상상한다.

---

* Pier Damiani(1007~1072). 이탈리아의 신학자이자 교회 개혁자.
** Fredegarius de Tours(? ~ ?). 7세기경에 활동했으며 프랑크 왕국의 역사에 대한 연대기 작가로 추정된다.

다미안은 마소예르 전투에서 겁쟁이처럼 행동했고, 그 나약했던 수치의 순간을 바로잡기 위해 평생을 바쳤다. 그는 엔트레리오스로 돌아왔다. 그리고 그 누구에게도 손을 들지 않았고, 그 누구에게도 '흔적을 남기지' 않았으며, 용감한 사람의 명성을 추구하지도 않았다. 하지만 냥카이의 들판에서 그는 아무도 살지 않는 숲과 다루기 힘든 가축과 싸우면서 강인해졌다. 그는 자신도 의식하지 못한 채 기적을 준비하고 있었다. 그는 마음 깊이 이렇게 생각했다. '만일 운명이 나를 또 다른 전쟁터로 데려간다면, 난 어떻게 그 전투에 걸맞게 행동해야 하는지 알겠지.' 사십 년 동안 그는 막연한 희망을 가지고 그 전투를 기다렸고, 마침내 죽음의 순간에 운명은 그를 전쟁터에 데려갔다. 비록 정신 착란의 형태로 그를 전쟁터에 보냈지만, 어차피 그리스 사람들은 우리가 꿈의 그림자라는 사실을 알고 있었다. 그는 죽음의 고통을 느끼며 자기가 참가했던 전투를 되살렸다. 그는 남자답게 싸웠고 마지막 돌격을 이끌었다. 총알 하나가 그의 가슴 한가운데에 명중했다. 그렇게 기나긴 수난과 열정의 은총 덕분에 1946년에 페드로 다미안은 1904년의 겨울과 봄 사이에 벌어진 마소예르 전투에서 패배하면서 사망했다.

『신학 대전』*은 하느님이 이미 일어났던 일을 일어나지 않은 것으로 할 수 있다는 사실을 부정하지만, 원인과 결과의 얽

---

* 토마스 아퀴나스(Thomas Aquinas, 1225?~1274)의 대표작으로, 합리적 추론으로도 신의 존재를 알아낼 수 있다는 것을 보여 주면서 지성과 신앙의 조화를 꾀한다.

히고설킨 연관성에 관해서는 아무 말도 하지 않는다. 사실 연관성은 너무 방대하고 비밀스러워서 현재를 무효화하지 않고는 아무리 하찮은 것이라도 단 하나의 머나먼 사건조차 폐기할 수 없다. 과거를 변경한다는 것은 단 하나의 사건을 바꾸는 것이 아니다. 그건 그 결과들을 무효로 만드는 것인데, 그 결과들은 무한하게 확장되는 경향이 있기 때문이다. 다시 말하자면, 그것은 두 개의 세계사를 만드는 행위이다. 우리가 첫 번째라고 부를 수 있는 역사에서, 페드로 다미안은 1946년 엔트레리오스에서 세상을 떠났다. 그리고 두 번째 역사에서는 1904년 마소예르에서 전사했다. 이 두 번째 것이 지금 우리가 살고 있는 역사다. 하지만 첫 번째 역사는 즉각적으로 폐기되지 않았고, 그래서 내가 언급했던 모순들을 만들어 냈던 것이다. 디오니시오 타바레스 대령에게서 우리는 이런 과정이 여러 단계로 이루어졌다는 것을 볼 수 있다. 처음에 그는 다미안이 겁쟁이처럼 행동했다고 기억했다. 그러고 나서 그를 완전히 잊어버렸다. 이후 그는 다미안이 장렬하게 전사했다고 기억했다. 가게 주인 아바로아의 경우도 대령에 못지않은 확실한 증거가 된다. 내가 이해하는 바로는 그는 페드로 다미안에 관해 너무 많은 기억을 갖고 있었기 때문에 죽었던 것이다.

나에 관해 말하자면, 나는 그와 비슷한 위험에 빠지지 않을 거라고 생각한다. 나는 인간들이 도달할 수 없는 하나의 과정, 즉 합리적 사고의 틀에서 어긋난 생각을 예측했고 기록했다. 그러나 그런 가공할 만한 특권을 누그러뜨리는 몇몇 정황들이 있다. 우선 나는 내가 항상 진실만을 기록했는지 확신하지 못한다. 나는 내 이야기 속에 거짓 기억이 있을지도 모른다고 의심한다. 나는 페드로 다미안이 (만일 그가 정말로 존재했다면) 페드로 다미안이라고 불리지 않았을지도 모르며, 내가 그이름으로 그를 기억하고 있는 것은 피에르 다미아니의 논지로 인해 그의 이야기를 연상했다고 언젠가 믿기 위해서가 아닐까 하는 의심을 해 본다. 내가 첫 번째 단락에서 언급했고 과거는 돌이킬 수 없다는 것을 주제로 다루고 있는 그 시와 관련해서도 비슷한 일이 일어난다. 1951년경에, 나는 내가 환상적 성격의 단편소설 하나를 썼다고 생각하게 될 것이며, 실제로 일어난 사건을 이야기했다고 믿게 될 것이다. 마찬가지로 이천 년쯤 전에 순진한 베르길리우스는 자기가 한 사람의 탄생을 전하고 있다고 믿으면서 하느님의 탄생을 예언했던 것이다.

불쌍한 다미안! 그는 자기가 알지도 못했던 슬픈 전쟁과 스스로 만든 전쟁터에서 스무 살의 나이로 숨을 거두었다. 그러나 그는 마음으로 열망하던 것을 이루었고, 그것을 얻는 데 오랜 세월이 걸렸다. 하지만 아마도 그것보다 더 큰 행복은 없을 것이다.

독일 레퀴엠

어차피 그의 손에 죽을 몸, 아무 바랄 것도 없지만
─「욥기」 13장 15절

나의 이름은 오토 디트리히 추어 린데이다. 내 선조 중의 한 사람인 크리스토프 추어 린데는 초른도르프 전투에서 승리를 결정지은 기병대 돌격에서 전사했다. 증조할아버지인 울리히 포르켈은 1870년의 마지막 나날에 프랑스 저격병들에 의해 마르셰누아르 숲에서 살해되었다. 우리 아버지 디트리히 추어 린데 대위는 1914년에 있었던 나무르의 포위 공격과 이 년 후에 벌어진 도나우 강의 도하 작전에서 혁혁한 전공을 세웠다.* 나에 관해 말하자면, 나는 고문자이자 살인자라는 이유로 총

---

* 화자의 가장 유명한 조상인 신학자이자 헤브라이어 학자인 요하네스 포르켈 (1799년~1846년)을 빠뜨린 것은 의미심장하다. 그는 헤겔의 변증법을 그리스 도론에 적용했으며, 몇몇 경외서의 직역본은 헹스텐베르크의 비난을 받았고, 틸로와 게세니우스의 승인을 받았다.(편집자 주) ─ (이 작품의 편집자 주는 보르헤스가 단 것이다.)

살될 것이다. 법원은 공정하게 처신했다. 처음부터 내가 죄를 범했다고 고백했기 때문이다. 내일 감옥의 시계가 9시를 알리면, 나는 이미 죽음의 세계로 들어가 있을 것이다. 내가 선조들을 생각하는 건 당연한 일이다. 그것은 내가 선조들의 그림자와 너무나 가까이 있고, 어쨌든 나는 그들이기 때문이다.

재판이 이루어지는 동안 (다행히도 오래 지속되지 않았다.) 나는 말하지 않았다. 내가 결백을 주장했다면 판결은 방해받았을 것이고, 비겁한 행동으로 보였을 것이다. 그러나 이제 상황은 달라졌다. 그래서 처형당하기 전날인 오늘 밤 나는 두려워하지 않고서 말할 수 있다. 나는 사면을 바라지 않는다. 그것은 내가 죄책감을 느끼지 않기 때문이다. 하지만 이해받고 싶다. 내 말을 귀 기울여 듣는 사람은 독일 역사와 세계 미래사를 이해하게 될 것이다. 나는 나와 같은 경우들, 그러니까 지금은 예외적이고 충격적인 사건들이 머지않아 진부해질 것임을 알고 있다. 나는 내일이면 죽을 것이다. 그러나 나는 미래에 다가올 세대들에게 하나의 상징이 될 것이다.

나는 1908년 마리엔부르크에서 태어났다. 지금은 거의 잊혀 버린 두 개의 열정, 즉 음악과 형이상학 덕분에 나는 용감하고, 심지어는 행복감을 느끼며 오랜 불행한 시절들과 맞설 수 있었다. 내 은인들의 이름을 모두 열거할 수는 없지만, 도저히 빼놓을 수 없는 이름 두 개가 있다. 바로 브람스와 쇼펜하우어이다. 또한 나는 시를 자주 접했다. 그 두 개의 이름에 나는 또 다른 거대한 독일계 이름인 윌리엄 셰익스피어를 덧붙이고자 한다. 예전에는 신학에 관심을 보였지만, 나는 그런 공상적인 학문(그리고 기독교 신앙)에서 영원히 멀어졌다. 쇼펜하우어는 직접 논증*을 통해, 그리고 셰익스피어와 브람스는 무한하게 다양한 그들의 세계를 통해 내가 그렇게 되도록 도와주었다. 이런 축복받은 사람들의 작품 가운데 어떤 장면 앞에 경탄을 금치 못하며 멈춘 채 사랑과 감사의 마음으로 전율하는 사람들은 나 역시, 그러니까 극악무도한 나 역시 그런 대목에 눈을 고정시켰다는 사실을 알아주기 바란다.

1927년경에 니체와 슈펭글러가 내 삶 속으로 들어왔다. 18세기의 어느 작가는 그 누구도 동시대 사람들에게 그 어떤 빚도 지려 하지 않는다고 지적한다. 나는 억압적이라고 느낀 어느 영향에서 벗어나기 위해 「슈펭글러 청산하기」라는 제목의 글을 썼다. 거기에서 나는 슈펭글러가 '파우스트적'이라고 지칭한 특징들을 가장 분명하게 보여 주는 기념비는 괴테의 각종 희곡 작품이 아니라**, 20세기 전에 쓰인 「사물들의 본성에 관하여」*** 라는 시라고 지적했다. 하지만 나는 그 역사 철학자의 솔직함과 철저하게 독일적(kerndeutsch)이고 군인다운 정신에

---

* 어떤 행위자가 M을 선택하지 못하여 M이 N의 원인이 된다는 사실을 선택하지 못한다면, 그 행위자는 N을 선택할 수 없다는 것.

** 다른 국가들은 자기 자신을 위해서나 자신들 속에서 마치 광물이나 운석처럼 아무것도 모른 채 살고 있다. 반면에 독일은 모든 것, 즉 세계의식(das Weltbewußtsein)을 수용하는 우주의 거울이다. 괴테는 그런 보편적 정신의 전형이다. 나는 그를 비난하지 않지만, 그가 슈펭글러의 글에서 말하는 파우스트적인 사람이라고 보지는 않는다.(저자 주)

*** 로마의 시인인 루크레티우스(Titus Lucretius Carus, 기원전 95~55)가 쓴 교훈적이고 철학적인 시.

는 경의를 표했다. 나는 1929년에 당에 입당했다.

　나의 수습 시절에 대해서는 거의 말하지 않을 작정이다. 나는 다른 많은 사람들보다 몹시 힘든 시간을 보냈다. 용기가 부족한 것은 아니었지만 폭력에 대한 소명 의식을 전혀 느끼지 않고 있었기 때문이다. 하지만 나는 우리가 바야흐로 새로운 시대의 문턱에 있으며, 이슬람교나 기독교 초기와 비교될 수 있는 그 시대는 새로운 사람들을 요구하고 있음을 깨달았다. 개인적으로 내 동료들은 나를 못마땅하게 여겼다. 나는 우리를 하나로 만들어 주는 고결한 목표를 위해 우리의 개인적 성향을 억압해야 한다고 합리화하려고 애썼지만 모두 쓸데없는 일이었다.

　신학자들은 지금 글을 쓰고 있는 내 오른손에서 하느님이 단 일 초라도 한눈을 판다면, 이 손은 마치 빛이 없는 시커먼 불길에 휩싸여 사라지는 것처럼 무(無) 속으로 빠질 것이라고 주장한다. 나는 정당화 없이는 그 누구도 존재할 수 없고, 그 누구도 물 한 잔을 맛볼 수 없으며, 빵 한 조각을 떼어 먹을 수도 없을 것이라고 말한다. 그런 합리화는 각각 개인마다 상이하다. 나는 우리의 믿음을 시험할 냉혹한 전쟁을 기다렸다. 나는 내가 전쟁터의 군인이 될 것임을 아는 것만으로도 충분했다. 언젠가 나는 영국과 러시아의 비겁함이 우리를 실망시키지 않을까 두려워했다. 그런데 우연(혹은 운명)이 나의 미래를 다르게 짜고 말았다. 1939년 3월의 첫날 해 질 녘에 틸시트에서 소요 사태가 일어났다. 그 사건은 신문에 실리지 않았다. 유대 회당 뒷길에서 두 발의 탄환이 내 다리를 관통했고, 나는 다리를 절단해야만 했다.* 며칠 후 우리 군대는 보헤미아에 입성했다. 사이렌 소리가 입성을 알렸을 때, 나는 외딴 병원에서 쇼펜하우어의 책에 몰두하여 나 자신을 잊으려고 애쓰고 있었다. 허영에 들뜬 내 운명의 상징인 크고 뚱뚱한 고양이가 창가에서 잠자고 있었다.

『부산물과 찌꺼기』**의 1권에서 나는 태어나는 순간부터 죽는 순간까지 한 사람에게 일어날 수 있는 모든 일들은 그 사람에 의해 미리 결정되어 있다는 대목을 또다시 읽었다. 그래서 모든 실수는 고의적인 것이고, 모든 우연한 만남은 사전에 약속된 것이며, 모든 굴욕은 속죄의 행위이고, 모든 실패는 설명할 수 없는 승리이며, 모든 죽음은 자살이다. 우리가 우리 자신의 불행을 선택했다는 생각만큼 더 훌륭한 위로는 없다. 그래서 이런 개인 목적론은 비밀의 질서를 드러내고, 놀랍게도 우리를 신과 혼동하도록 만든다. 그날 저녁에 내가 그 탄환들과 절단 수술을 찾아낸 것에는 도대체 어떤 목적(나는 골똘히 생각했다.)이 숨어 있을까? 나는 그것이 전쟁에 대한 두려움은 아니라는 걸 알고 있었다. 그것보다 더 깊은 무언가가 있었다. 마침내 나는 알게 되었다고 믿었다. 종교를 위해 죽는 것은 완전히 종교적 삶을 사는 것보다 더 단순하다. 에페수스에서 맹수들과 싸우는 것은(알려지지 않은 수많은 순교자들이 그렇게 했다.) 예수 그리스도의 종인 사도 바울로가 되는 것보다 덜 힘

---

* 그 상처의 결과는 매우 심각했다는 소문이 있다.(편집자 주)
** 쇼펜하우어의 저서 제목.

든 일이다. 한 번의 행동은 사람의 전 생애보다 빠른 법이다. 전투와 영광은 '수월한' 것이다. 그러니까 라스콜리니코프*의 일은 나폴레옹의 일보다 더욱 지난했다. 1941년 2월 7일 나는 타르노비츠 집단 수용소의 부소장으로 임명되었다.

그 직책을 수행하는 것은 내게 즐거운 일이 아니었지만, 나는 결코 태만의 죄를 범하지 않았다. 비겁한 사람은 칼 속에서 그런 비겁함을 증명한다. 반면에 자비로운 사람, 즉 신심이 돈독한 사람은 감옥과 타인의 고통 속에서 시험을 받고자 한다. 나치즘은 본질적으로 도덕적 행위, 그러니까 이미 부패한 노인에게 옷을 벗겨 새 사람에게 옷을 입히려는 행위이다. 지휘관들의 고함 소리와 아우성이 난무하는 전쟁터에서 그런 변환은 흔히 일어나는 일이다. 그러나 음험한 동정심이 옛날의 사랑스러운 일들로 우리를 유혹하는 빌어먹을 감방에서는 그렇지가 않다. 나는 동정심이란 단어를 공연히 쓰는 게 아니다. 그것은 잘난 사람이 베푸는 동정심이란 차라투스트라 최후의 죄이기 때문이다. 나 자신 역시 (고백하건대) 불후의 시인 다비드 예루살렘이 브로추아프에서 우리에게 이송되었을 때 그런 죄를 범할 뻔했다.

예루살렘은 50대의 남자였다. 이 세상에서 재산도 없는 가난뱅이였고, 박해받았고 거부당했으며 중상모략을 받았던 그는 자신의 재능을 행복을 노래하는 것에 바쳤다. 나는 알베르

---

* 도스토예프스키(Fyodor Mikhailovich Dostoevskii, 1821~1881)의 소설 『죄와 벌』의 주인공.

트 쇠르겔*이 『시간의 시』라는 책에서 그를 휘트먼**과 비교했다는 것을 떠올린다. 하지만 그런 비교는 정확하지 않다. 휘트먼은 연역적이고 일반적이며 거의 무덤덤한 방식으로 우주를 찬양하지만, 예루살렘은 세심한 사랑으로 각각의 사물에서 기쁨을 느낀다. 그는 절대로 열거하거나 목록을 만들지 않는다. 아직도 나는 「호랑이 화가, 츠양」이라는 제목이 붙은 그 심오한 시를 이루는 수많은 6보격의 행들을 외울 수 있다. 그 시는 마치 호랑이들의 줄무늬 같으며, 조용히 누워 있는 호랑이들을 서로 엇갈리게 포개어 높이 쌓아 놓은 것 같다. 또한 나는 「로젠크란츠, 천사와 말하다」라는 독백도 잊지 못할 것이다. 그 작품에서 16세기 런던의 어느 전당포 주인은 죽으면서 자신의 무죄를 주장하려고 헛되이 노력한다. 그러나 자기의 삶에 대한 비밀스러운 합리화가 자기 고객들 중의 한 사람(그가 단 한 번만 보았고, 또한 기억하지 못하는 사람)에게 샤일록***이란 인물을 창조하도록 영감을 주었다는 사실을 전혀 눈치채지 못한다. 잊지 못할 눈과 누르스름한 피부, 그리고 거뭇거뭇한 턱수염을 지닌 다비드 예루살렘은 세파르디 유대인****의 전형이었다. 그러나 사실 그는 타락하고 가증스러운 아슈케나침*****에

---

* Albert Söergel(1880~1958). 독일의 문학 비평가.
** Walt Whitman(1819~1892). 미국의 시인.
*** 셰익스피어의 『베니스의 상인』에 등장하는 유대인 고리대금업자.
**** 스페인과 포르투갈의 유대인과 그 후손들.
***** '아슈케나츠'의 복수로 독일을 의미한다. 이 말은 중세 독일과 프랑스에 살던 유대인의 후손들뿐만 아니라 폴란드와 러시아에 사는 유대인을 지칭한다.

속해 있었다. 나는 그를 엄하게 대했다. 동정심이나 그의 명성에 사로잡혀 그를 측은하게 여기는 법은 없었다. 나는 오래전에 이 세상의 모든 것은 있음 직한 지옥의 씨앗을 지니고 있다는 사실을 깨달았다. 얼굴 하나, 말 한 마디, 나침반 한 개, 담배 광고 하나, 그런 것들이 머릿속에서 떠나지 않게 된다면 사람을 미치게 만들 수 있다. 만일 어떤 사람의 머릿속에 계속해서 헝가리 지도가 나타난다면 미쳐 버리지 않겠는가? 나는 이런 원리를 우리 수용소의 징계 체제에 적용하기로 마음먹었으며……* 1942년 말에 예루살렘은 미쳐 버렸고, 1943년 3월 1일 스스로 목숨을 끊는 데 성공했다.**

나는 예루살렘이 내가 자신을 파멸시킨 것이 나의 연민을 파괴하기 위해서였다는 사실을 알고 있었는지 잘 모르겠다. 내 눈앞에서 그는 사람이 아니었고, 심지어 유대인도 아니었다. 그는 이미 내 영혼이 혐오하는 지역의 상징으로 변해 있었기 때문이다. 나는 그와 함께 고통을 받았고 그와 함께 죽었으며, 어쨌든지 그와 함께 미쳤다. 그것이 내가 그를 무자비하게 다루었던 이유였다.

---

* 여기서 불가피하게 몇 줄을 삭제해야만 했다.(편집자 주)
** 문서철뿐만 아니라 쇠르겔의 작품에도 예루살렘의 이름은 나오지 않는다. 또한 독일 문학사도 그의 이름을 기록하지 않고 있다. 그러나 나는 그가 가공의 인물이라고 생각하지 않는다. 오토 디트리히 추어 린데의 명령에 의해 수많은 유대 지식인들이 타르노비츠에서 고문을 당했는데, 그중에는 여성 피아니스트 엠마 로젠츠바이크도 있었다. '다비드 예루살렘'은 아마도 여러 개인들의 상징일 수도 있다. 그는 1943년 3월 1일에 죽었으며, 화자는 1939년 3월 1일에 틸시트에서 부상당했다고 전해진다. (편집자 주)

그러는 동안 우리는 승리로 가득한 전쟁의 위대한 낮과 위대한 밤을 즐겼다. 우리가 숨 쉬던 공기에는 사랑과 비슷한 감정이 있었다. 갑작스럽게 근처에서 바다를 느낀 것처럼, 우리 가슴은 놀라움과 흥분으로 고동쳤다. 그 시기에는 모든 게 달랐다. 심지어 꿈의 맛까지도 그랬다.(아마도 내가 완전히 행복했던 적은 결코 없었을지 모르지만, 불행이란 실낙원을 필요로 한다는 사실은 익히 알려져 있다.) 충만한 삶, 즉 향유할 수 있는 모든 경험을 열망하지 않는 사람은 하나도 없다. 또한 자기가 지닌 그런 무한한 유산의 일부를 탈취당하지 않을까 두려워하지 않는 사람 역시 존재하지 않는다. 그러나 내 세대는 모든 것을 가졌다. 그것은 처음에는 승리했다가 나중에 패배했기 때문이다.

1942년 10월인가 11월에 내 동생인 프리드리히가 이집트의 모래밭에서 벌어진 두 번째 엘 알라메인 전투에서 목숨을 잃었고, 몇 달 후 공중 폭격으로 내 고향 집이 파괴되었다. 1943년 말에는 또 다른 공중 폭격으로 내 실험실이 파괴되었다. 드넓은 대륙들의 공격을 받으면서 제3제국은 죽어 가고 있었다. 제3제국은 홀로 모두와 맞서 싸우고 있었고, 모두가 제3제국과 맞서 싸우고 있었다. 지금에 와서야 이해할 것 같은데, 그때 놀라운 일이 일어났다. 나는 분노의 잔을 단숨에 비울 수 있다고 믿고 있었지만 앙금에 이르렀을 때, 전혀 기대하지 않았던 맛, 즉 신비롭고 거의 가공할 만한 행복의 맛 때문에 멈추고 말았다. 나는 다양한 설명들을 시험해 보았지만, 그 어떤 것도 충분하지 않았다. 나는 생각했다. '난 패배를 기뻐하고 있어. 그것은 내가 아무도 모르게 죄가 있다는 사실을 알고 있고, 처벌만이 나를 구원해 줄 수 있기 때문이야.' 또한 나는 이렇게 생각했다. '난 패배를 기뻐하고 있어. 그것은 끝이고 나는 너무 지쳐 있기 때문이야.' 그리고 나는 이렇게도 생각했다. '난 패배를 기뻐하고 있어. 그것은 이미 일어난 일이기 때문이며, 현재와 과거와 미래의 모든 행위들과 무한하게 연결되어 있기 때문이고, 단 하나의 실제 행위를 비난하거나 개탄하는 것은 우주를 모독하는 것이기 때문이야.' 나는 이런 식의 설명을 시험했고, 마침내 진정한 해석에 이르게 되었다.

모든 사람들은 아리스토텔레스 학파나 플라톤 학파로 태어난다는 말이 있다. 이것은 모든 추상적 성격의 논쟁은 아리스토텔레스와 플라톤이 벌인 논쟁의 반복에 지나지 않는다고 공언하는 것과 다름없다. 수 세기를 지나고 수많은 지역을 거치면서 이름과 방언과 얼굴은 바뀌지만, 영원한 적대자들은 그렇지 않다. 마찬가지로 국가들의 역사 또한 비밀스러운 연속임을 기록하고 있다. 아르미니우스*는 어느 늪지에서 바루스**가 이끄는 군인들의 목을 잘랐을 때 자기가 독일 제국의 선구자라는 사실을 알지 못했다. 성경 번역자인 루터***는 자기 목표가 영원히 성경을 파괴할 민족을 만드는 것임을 전혀 의심

---

* Arminius(기원전 17?~21). 로마 제국에 대항한 게르만족의 지도자로, 게르만족의 지파인 체루스키 부족의 추장.
** Publius Quinctilius Varus(기원전 46~서기 9). 로마 제정 초기 아우구스투스 시대의 정치가이자 장군.
*** Martin Luther(1483~1546). 독일의 종교 개혁자.

하지 않았다. 1758년 러시아의 총탄에 맞아 전사했던 크리스토프 추어 린데는 어쨌거나 1914년의 승리를 준비했다. 히틀러는 '하나의' 국가를 위해 싸운다고 믿었지만, 그는 '모든' 국가, 심지어 그가 공격했고 증오했던 나라들을 위해 싸웠다. 그의 자아가 그런 사실을 몰랐다는 사실은 중요하지 않다. 그의 피와 그의 의지가 그런 사실을 알고 있었기 때문이다. 세상은 유대주의와 예수를 믿는 유대주의의 병에 걸려 죽어 가고 있었다. 우리는 유대주의에게 폭력과 칼에 대한 믿음을 가르쳤다. 그 칼은 우리를 죽이고 있고, 우리는 미로를 짜고 목숨이 다할 때까지 그 안에서 떠돌아다녀야 하는 마법사, 혹은 이방인을 심판하고 사형 판결을 내린 뒤에 '네가 바로 그 사람이다.'라는 계시를 듣는 다윗과 비교될 수 있다. 새로운 질서를 세우기 위해서는 수많은 것을 파괴해야만 한다. 이제 우리는 독일이 바로 그것들 중의 하나였다는 것을 알고 있다. 우리는 우리의 목숨보다 더한 것을 주었고, 사랑하는 우리 조국의 운명을 바쳤다. 혹자는 욕하고 혹자는 울더라도 상관없다. 나는 우리에게 주어진 선물이 둥근 원이며 완전하다는 사실에 기뻐한다.

이제 무자비한 시대가 세상 위로 펼쳐지고 있다. 우리가 그런 시대를 만들었고, 이제 우리가 그런 시대의 희생자이다. 영국이 망치가 되고, 우리가 대장간의 모루가 된들 무슨 상관인가? 중요한 것은 비굴한 기독교의 소심함이 아니라 폭력이 지배하는 것이다. 만일 승리와 불의와 행복이 독일의 것이 아니라면, 다른 국가들의 것이 되어도 좋다. 비록 우리가 있는 곳이 지옥이라 할지라도 천국이 존재하기를.

나는 내가 누구인지를 알기 위해, 그리고 죽음에 직면한다면 앞으로 몇 시간 내에 어떻게 행동할 것인지 알기 위해 거울 속에서 내 얼굴을 바라본다. 내 육체는 두려움을 느낄 수 있지만, 나는 그렇지 않다.

아베로에스의 탐색

비극이란 빌려 온 예술과 다름없다는 사실을 상상해 보라…….
— 에르네스트 르낭*『아베로에스』48(1861년)

아불 왈리드 무함마드 이븐 아흐마드 이븐 무함마드 이븐 루시드(백 년이 지나서야 이 기나긴 이름은 '벤라이스트'와 '아벤 리스' 그리고 심지어는 '아벤 라사드'와 '필리우스 로사디스'를 거쳐 '아베로에스'가 된다.)는 『타하푸트 올 타하푸트(파괴의 파괴)』라는 작품의 11장을 쓰고 있었다. 그 책에서 그는 『타하푸트 올 팔라시파(철학자들의 파괴)』의 저자인 페르시아의 금욕주의자 알 가잘리**에 반대하면서, 신은 단지 우주의 일반적인 법칙, 즉 단일 개체가 아니라 종(種)과 관련되는 것만 알고 있다고 주장한다. 그는 오른쪽에서 왼쪽으로 천천히 또박또박한 글씨로 글을 쓰고 있었다. 삼단 논법을 구성하고 방대한 단락

---

* Joseph Ernest Renan(1823~1892). 프랑스의 언어학자, 철학자이자 종교사가.
** Abu Hāmed Mohammad ibn Mohammad al-Ghazzālī(1058~1111). 무함마드 이후의 가장 위대한 무슬림이라고 일컬어진 신학자.

들을 연결시키는 지난한 작업이었지만, 그래도 그는 행복한 상태에 있는 것처럼 자기를 에워싸고 있는 시원하고 깊숙한 집을 느끼고 있었다. 낮잠을 자는 시간 중 사랑에 빠진 비둘기들이 목청껏 노래 부르고 있었다. 보이지 않는 어느 안마당에서는 분수의 속삭임이 솟아오르고 있었다. 아랍 사막에서 온 조상들을 둔 탓인지, 아베로에스의 육체 속에서 무언가가 끊임없이 들려오는 물소리에 감사를 표하고 있었다. 아래쪽에는 정원들과 채소밭이 있었고, 그 아래에는 바쁘게 흘러가는 과달키비르 강이 있었고, 강 너머에는 사랑스러운 도시 코르도바가 있었다. 그 도시는 바그다드나 카이로에 버금가는 명성을 얻고 있었고, 마치 복잡하고 섬세한 악기 같았다. 그리고 코르도바 주변(아베로에스 역시 그것 느끼고 있었다.)은 스페인 영토의 끝을 향해 펼쳐져 있었다. 스페인 땅에는 특별한 게 별로 없었지만, 그것들 각각은 실질적이고 영원한 방식으로 존재하는 것 같았다.

그의 펜은 종이를 가로질렀고 그의 주장들은 반박의 여지가 없도록 서로 결합되고 있었으나 대수롭지 않은 걱정거리 하나가 아베로에스의 행복에 먹구름을 드리우고 있었다. 그렇게 만든 것은 의도하지 않은 작품인『타하푸트』가 아니라, 모든 이 앞에서 그를 규정해 줄 기념비적인 작품과 관련된 문헌학적 성격의 문제, 즉 아리스토텔레스에 대한 그의 해석이었다. 모든 철학의 원천인 이 그리스인은 사람들이 알 수 있는 모든 것을 가르치도록 점지된 사람이었다. 아베로에스가 자신에게 부여한 목표는 마치 회교 율법학자들이『코란』을 해석하는 것과 같이 그의 책들을 해석하는 것이었다. 그 아랍인 의사는 자기 자신과 14세기나 떨어져 있는 사람의 사상에 전념했다. 그런 그의 헌신보다 더 아름답고 감동적인 것은 역사상 그리 많이 남아 있지 않을 것이다. 이런 작업이 갖는 내재적 어려움 이외에도 우리는 시리아어와 그리스어를 모르는 아베로에스가 번역본에 대한 번역에 관해 작업하고 있었다는 사실을 덧붙여야만 한다. 전날 밤 그는 『시학』의 시작 부분에 나오는 확실치 않은 두 단어 때문에 멈춰야 했다. 그 단어들은 '비극'과 '희극'이었다. 이미 몇 년 전에 그는 『수사학』 3권에서 그 단어들을 발견한 바 있었다. 그런데 이슬람권에서는 그것들이 무엇을 의미하는지 예측할 수 있는 사람이 아무도 없었다. 그는 아프로디시아스의 알렉산더*가 쓴 글들을 꼼꼼히 살펴보았고, 네스토리우스 교파의 학자 후나인 이븐 이스하크**와 아부 바샤르 마타***의 번역본을 비교해 보았지만 아무 도움이 되지 않았다. 이 두 개의 불가해한 단어들은 『시학』 텍스트의 곳곳에 우글거리고 있었고, 따라서 그 단어들을 피할 수는 없었다.

아베로에스는 펜을 놓았다. 그는 우리가 찾는 것은 아주 가까이 있다고 생각하고서 (단, 과신하지 않고) 『타하푸트』 원고를

---

* Alexander of Aphrodisias(160~220). 고대 그리스 철학자로 아리스토텔레스 저작의 주석자.

** Hunain Ibn-Ishaq(808~873). 고대 그리스어를 아랍어로 옮긴 번역자.

*** Abu-Bashar Mata(870?~940). 아리스토텔레스의 작품을 옮긴 시리아 번역자.

치워 두었다. 그러고 나서 페르시아 필경사들이 필사해 놓은 장님 아벤시다*의 『모흐캄』**이 진열된 책장 선반으로 향했다. 물론 그가 아직 여러 권으로 이루어진 그 사전을 참고하지 않았으리라고 상상하는 것은 웃기는 일이었다. 하지만 그는 다시 그 사전들을 들춰 보면서 한가로이 기쁨을 만끽하려는 유혹을 받았다. 그런 현학적인 기분 전환에서 한눈을 팔게 한 것은 일종의 노랫가락이었다. 그는 발코니의 창살들 너머로 밖을 내다보았다. 좁고 흙이 드러난 안뜰에서 웃옷을 입지 않은 아이들이 놀고 있었다. 한 아이는 다른 아이의 어깨 위에 서 있었다. 기도 시간을 알리는 이슬람교 승려 흉내를 내며 놀고 있는 게 분명했다. 그 아이는 두 눈을 꼭 감고서 "알라신 이외의 다른 신은 없네."라는 노래를 부르고 있었다. 꼼짝하지 않고 그 아이를 받치고 있던 다른 아이는 첨탑 역할을 하고 있었다. 또 다른 아이는 흙바닥에서 무릎을 꿇고 경배를 드리면서 회당에 모인 신도들의 흉내를 내고 있었다. 그 놀이는 오래가지 않았다. 모두가 기도 시간을 알리는 승려 역할을 하기를 원했고, 아무도 경배하는 신도나 탑의 역할을 맡고자 하지 않았기 때문이다. 아베로에스는 아이들이 자국어, 그러니까 이베리아 반도에 사는 평민 이슬람교도들이 사용하던 초기 스페인어로 말다툼하는 소리를 들었다. 그는 할릴의 『키타브 울 아인』***을

---

* Abensida 혹은 Ibn Sida(? ~1066). 아랍의 문헌학자.
** 중세에 관해 가장 권위 있는 아랍 사전.
*** 최초의 아랍어 사전.

펼쳤고, 코르도바 전역에서 (아마도 알 안달루스* 전역을 통틀어) 아미르 야쿱 알만수르**가 탕헤르에서 보냈던 이 사전만큼 완벽한 작품의 사본은 없다고 자랑스럽게 생각했다. 그 항구 이름을 생각한 그는 모로코에서 돌아온 여행가 아불카심 알 아샤리와 함께 그날 저녁 코란 학자 파라치의 집에서 저녁 식사를 해야 한다는 것을 떠올렸다. 아불카심은 진나라의 영토까지 갔다고 말하고 다녔다. 하지만 그를 비방하는 사람들은 증오에 점철된 특별한 논리로 그가 결코 중국 땅을 밟아 본 적이 없으며, 그 땅의 사원들에서 알라신의 이름을 모독했다고 주장하고 있었다. 그 모임은 불가피하게 몇 시간 정도 걸릴 것이었다. 그런 뒤 아베로에스는 서둘러 『타하푸트』 원고를 다시 집었다. 그는 해 질 녘까지 작업했다.

파라치의 집에서 나눈 대화는 타의 추종을 불허하는 총독의 우수함에서 그 형제인 왕의 미덕으로 옮겨 갔다. 그런 다음 그들은 정원에서 장미에 관해 말했다. 그런 장미를 본 적이 없었던 아불카심은 그 어떤 장미도 안달루시아의 주택들을 장식하고 있는 장미와 비교할 수 없다고 단언했다. 파라치는 그런 아부에 넘어가지 않았다. 그는 박학다식한 이븐 쿠타이바***가 엄청나게 다양한 종류의 '영원한' 장미에 관해 설명하고 있다고 지적했다. 그리고 그 장미들은 힌두스탄의 정원에서 볼 수

---

* 안달루시아를 지칭하는 아랍어이지만, 일반적으로 스페인에서 아랍인이 점령하고 있던 영토를 지칭한다.
** Ya'qub al-Mansur(1160~1199). 알모하드 왕조의 세 번째 군주.
*** Ibn Qutaiba(? ~ ?). 바그다드 출신의 무슬림 문인.

있으며, 새빨간 색의 장미 꽃잎들은 '알라신을 제외한 그 어떤 신도 없으며, 무함마드는 그의 예언자다.'라는 글자들을 보여 준다고 설명했다. 그러면서 그는 아불카심이 틀림없이 그 장미들을 알고 있을 것이라고 덧붙였다. 아불카심은 화들짝 놀라면서 그를 쳐다보았다. 만일 그렇다고 대답한다면 모든 사람들이 가장 교활하고 가장 쓸 만한 사기꾼이라고 판단할 것이었고, 그것은 어느 정도 일리가 있는 판단이었다. 한편 그가 아니라고 대답한다면, 그는 믿음이 없는 사람으로 간주될 것이었다. 그는 감추어진 사물의 열쇠는 알라신의 손에 있고, 이 지구상에 있는 푸른 것이건 시든 것이건 그의 책 안에 기록되지 않은 것은 없다고 생각에 잠겨 말하는 편을 택했다. 그 말은 『코란』의 전반부에 나오는 구절이었고, 따라서 그들은 경건하게 속삭이면서 그 말들을 받아들였다. 이런 변증법의 승리에 의기양양해진 아불카심은 알라신은 그분의 작품 속에서 완전하며 헤아릴 수 없다고 말하려고 했다. 하지만 그때 아베로에스는 아직도 문제가 되고 있는 흄*의 주장을 일찍이 예견하면서 이렇게 말했다.

"저는 이 땅이 신앙을 고백하는 장미를 꽃피운다는 사실을 받아들이는 것보다는 학식이 높은 이븐 쿠타이바 혹은 그의 책을 복사한 필경사들이 실수를 저질렀음을 받아들이는 쪽이 더 어렵지 않으리라 생각합니다."

"그렇지요. 위대하고 진실한 말이군요." 아불카심이 말했다.

---

* David Hume(1711~1776). 영국의 철학자이자 역사가.

그러자 시인 압달말리크가 기억을 떠올렸다. "어떤 여행자는 한 나무에 관해 말했는데, 그 나무의 과실은 녹색의 새입니다. 저에게는 글자를 지닌 장미보다는 그 나무를 믿는 쪽이 훨씬 덜 괴롭습니다."

그러자 아베로에스가 말했다. "새들의 색깔이 그런 경이로움을 조장하는 것 같습니다. 그것 이외에도 열매와 새들은 자연의 세계에 속합니다. 하지만 글자는 예술입니다. 잎사귀에서 새로 옮겨 가는 것이 장미에서 글자로 옮겨 가는 것보다 더 쉬운 일이지요."

다른 손님 하나는 분노하면서 글자가 예술이라는 것을 부정했다. '모든 책의 어머니인'『코란』의 원본은 천지 창조보다 앞서고 천국에 보관되어 있기 때문이었다. 또 다른 손님은 『코란』이 사람의 형상이나 동물의 형상을 취할 수 있는 본질이라고 말한 바스라의 차히즈에 대해 이야기하면서, 이것은 『코란』이 두 개의 얼굴을 가지고 있다는 사람들의 생각과 일치한다고 말했다. 파라치는 정통 교리를 길게 설명했다. 그는 『코란』이 알라신의 자비처럼 그분의 속성 중의 하나이며, 그것은 책에 그대로 적힐 수도 있고, 말로 소리 내어 읽을 수 있으며, 가슴속에서 기억될 수 있지만, 언어와 기호와 글자는 인간의 작품이라고 말했다. 하지만 『코란』은 결정적이고 영원하다고 지적했다. 『국가론』에 관한 해설을 썼던 아베로에스는 모든 책의 어머니는 플라톤의 모델과 같다고 말할 수도 있었지만, 신학은 아불카심이 전혀 접근할 수 없는 주제라는 것을 눈치챘다.

마찬가지로 그런 사실을 알아챈 다른 사람들은 아불카심에게 놀라운 이야기를 해 달라고 졸랐다. 지금과 같이 그 당시에도 세상은 흉악한 장소였다. 대담한 자들은 세상을 떠돌아다닐 수 있었을 테지만, 또한 무엇에나 굽실거리는 가진 것 없는 자들 역시 그럴 수 있었을 것이다. 아불카심의 기억은 그가 남모르게 행한 비겁함을 비추는 거울이었다. 그러니 그가 무엇을 이야기할 수 있었을까? 게다가 사람들은 그가 보았던 놀라운 것들을 이야기해 달라고 요구하고 있었는데, 놀라움이란 아마도 전달할 수 없는 것일 터였다. 가령 벵골의 달은 예멘의 달은 똑같지 않음에도, 그것을 똑같은 단어로 묘사해야 하는 것이다. 아불카심은 머뭇거리더니 입을 열었다.

"갖가지 기후와 도시를 떠돌아다니는 사람은 말입니다." 그가 자못 감정적인 목소리로 말하기 시작했다. "충분히 믿을 만한 수많은 것들을 보게 됩니다. 가령 이것은 제가 터키의 왕에게만 들려주었던 것입니다. '생명의 강'이 바다와 만나는 신칼란(광둥)에서 일어난 일입니다."

파라치는 그 도시가 이스칸다르 술 카르나인*(마케도니아의 알렉산드로스 대왕)이 곡과 마곡**을 막기 위해 세웠던 성벽에서 아주 멀리 떨어져 있느냐고 물었다.

"두 곳 사이에는 넓은 사막들이 가로놓여 있습니다." 아불

---

* Iskandar(기원전 356~323). 알렉산드로스 제국을 건설한 마케도니아 왕국의 왕 알렉산더의 아랍식 이름.
** 성경의 「창세기」와 「에제키엘」에 나오는 이름. 아랍 문학은 곡과 마곡을 사탄의 지배 아래 있는 두 개의 힘과 결부시킨다.

카심이 무심결에 거드름을 피우며 말했다. "카필라(카라반) 속도로 가면 사십 일이 걸려야 그곳 탑들의 모습을 희미하게나마 볼 수 있으며, 사람들 말에 의하면 거기서 또다시 사십 일을 가야 그 장소에 이르게 됩니다. 신 칼란에서 저는 그 도시를 본 사람도, 그리고 그곳을 보았다는 사람을 본 사람도 만나 본 적이 없습니다."

굉장히 무한한 것과 단순한 공간, 그리고 전적으로 물질인 것에 대한 두려움이 순간적으로 아베로에스를 엄습했다. 그는 대칭형의 정원을 쳐다보았고, 그러자 자신이 늙고 쓸모없으며 비현실적이라고 느꼈다. 아불카심이 계속 말했다.

"어느 날 오후 신 칼란의 이슬람교도 상인들은 페인트가 칠해진 목조 가옥으로 저를 데려갔습니다. 거기에는 많은 사람들이 살고 있었습니다. 그 집이 어땠는지는 도저히 설명할 수 없습니다. 차라리 층층이 쌓여 있는 상자들이나 노대들이 여러 줄로 늘어선 단칸방이라고 말하는 게 맞을 것 같습니다. 그런 벽감 같은 곳 안에서 먹고 마시는 사람들이 있었습니다. 바닥에서도 마찬가지였고, 테라스에서도 그랬습니다. 붉은 가면을 쓰고 기도를 하던 열댓 명, 어쩌면 스무 명을 제외하고는, 그 테라스에 있는 사람들은 북과 비파를 연주하고 노래를 부르며 대화를 하고 있었습니다. 가면 쓴 사람들은 감금되어 고난 받았지만 그 누구의 눈에도 감옥은 보이지 않았습니다. 그들은 말을 타고 있었지만 그 누구의 눈에도 말은 보이지 않았습니다. 그들은 전투를 하고 있었지만 그들의 칼은 갈대로 만들어져 있었습니다. 그들은 죽었지만, 이내 다시 서 있었습니다."

그러자 파라치가 말했다. "미친 사람들의 행동은 정상인의 상상을 초월하는 법이지요."

"그들은 미친 사람들이 아니었습니다." 아불카심은 설명해야만 했다. "어느 상인은 내게 그들이 하나의 이야기를 공연하고 있는 거라고 말해 주었습니다."

아무도 이해하지 못했고 이해하려고 하는 것 같지도 않았다. 당황한 아불카심은 그들이 귀를 기울여 듣던 이야기를 멈추고 맥 빠진 설명을 했다. 그는 양손을 움직여 보이며 이렇게 말했다.

"어떤 사람이 이야기를 말로 들려주는 대신 그것을 보여 준다고 상상해 봅시다. 이 이야기가 에페수스의 '잠자는 사람들' 이야기*라고 가정해 보겠습니다. 우리는 그들이 동굴로 피신하는 것을 보고 그들이 기도하고 잠드는 것을 보게 됩니다. 우리는 그들이 눈을 뜨고 잠자는 것을 보고, 그들이 잠자는 동안에 자라는 것을 봅니다. 그리고 309년이 지난 후에 우리는 그들이 잠에서 깨어나게 되는 것을 보게 됩니다. 우리는 그들이 한 상인에게 옛날 주화를 건네는 것을 보고, 그들이 천국에서

---

* 스페인 그라나다 지방에 있는 로하의 유명한 전설. 데키우스 황제의 박해를 받은 에페수스의 일곱 기독교인은 로하 시에서 멀지 않은 동굴로 피신한다. 로마 병사들은 그들을 굶어 죽게 하려는 의도로 동굴 입구를 봉쇄한다. 그런데 이백여 년 후인 테오도시우스 2세의 시절에 어느 목동이 동굴 입구를 열고 그곳에서 이미 깨어 있던 일곱 명의 '잠자는 사람들'을 발견한다. 16세기 초에 이 동굴은 유명한 순례 장소가 되었다.

깨어나는 것을 보며, 그들이 개와 함께 깨어나는 것을 보게 됩니다. 이와 비슷한 것을 그날 오후 테라스에 있던 사람들이 우리에게 보여 주었습니다."

"그 사람들은 말을 했습니까?" 파라치가 물었다.

"물론 말을 했습니다." 이제 거의 기억나지도 않을뿐더러 그를 상당히 짜증 나게 했던 그 공연의 예찬자가 되어 버린 아불카심이 말했다. "말도 했고 노래도 했으며 장광설을 늘어놓기도 했습니다!"

그러자 파라치가 말했다. "그런 경우라면 스무 명이나 되는 사람들이 있을 필요는 없었겠군요. 말솜씨 좋은 사람이 한 명만 있어 무슨 이야기든 할 수 있었을 테니까요. 그 이야기가 아무리 복잡했더라도 말이오."

모두가 그의 견해에 고개를 끄덕였다. 그들은 아랍어는 알라신이 천사들에게 말할 때 사용하는 언어라고 칭송하고 나서 아랍의 시를 극찬했다. 압달말리크는 아랍 시에 걸맞은 당연한 찬사를 한 뒤, 다마스쿠스나 코르도바에서 목가적 이미지들과 베두인 족의 어휘를 고집하는 시인들에게 구식이라는 꼬리표를 붙였다. 그는 어떤 사람이 자기 눈앞에 과달키비르 강이 펼쳐져 있는데도 우물의 물을 찬양하는 것은 어처구니없는 일이라고 말했다. 그러면서 오래된 은유들이 쇄신되어야 할 필요가 있다고 주장했다. 그는 주하이르*가 운명을 눈먼 낙타와 비교했을 때 그런 비유는 사람들을 감동시킬 수 있

* Zuhair 혹은 Zuhayr(520~609). 이슬람 제국 이전 아랍의 대시인.

었지만, 5세기에 걸쳐 사람들의 감탄을 받으면서 이제는 아무런 가치도 없이 되어 버렸다고 말했다. 모두가 이 견해에 수긍했다. 이미 수많은 사람들의 입에서 수없이 그 비유를 들어 왔던 것이다. 아베로에스는 입을 다물고 있었다. 마침내 그가 입을 열었다. 다른 사람들에게 말하기보다는 자기 자신에게 말하는 것 같았다.

"더 설득력 있는 말로 한 것은 아니었습니다만." 아베로에스가 말했다. "그러나 유사한 논지로 나는 언젠가 압달말리크가 지지하는 그 주장을 옹호했습니다. 알렉산드리아에서는 이미 죄를 저지르고 뉘우친 사람만이 그 죄를 짓지 않을 수 있다는 말이 있습니다. 잘못된 의견을 내지 않기 위해, 저는 우리가 언젠가 그런 실수를 이미 고백했어야만 한다고 덧붙이고 싶습니다. 주하이르는 『무알라카』*에서 고통과 영광으로 점철된 팔십 년의 세월 동안 마치 눈먼 낙타처럼 운명이 인간들을 갑자기 짓밟아 쓰러뜨리는 것을 수없이 보았다고 말합니다. 압달말리크는 이런 비유가 더 이상 우리를 감탄시키지 않는다는 것을 알고 있습니다. 이런 반론에 대해서는 여러 가지로 반박할 수 있습니다. 첫째, 만일 시의 목적이 놀라움을 주는 것이라면, 시의 시간은 백 년이라는 단위로 측정되는 것이 아니라 날과 시간, 그리고 아마도 초로 측정될 것이라는 사실입니다. 둘째, 유명한 시인은 발명가라기보다는 발견자라는 것입니다. 베르하

---

* 이슬람 제국 이전부터 내려오던 일곱 편의 아랍 장편 시를 일컫는다. 이것은 '걸려 있는 시'를 의미하는데 이것은 이 시들이 메카의 카바에 걸려 있기 때문이다.

의 이븐 샤라프를 칭송하기 위해, 사람들은 오직 그 시인만이 잎사귀가 나무에서 떨어지듯이 새벽의 별들이 천천히 떨어진다고 상상할 수 있다고 수없이 되풀이했습니다. 이런 말이 틀림없다면, 이것은 심상이 진부하다는 것을 증명해 주는 말일 겁니다. 오직 한 사람만이 고안해 낼 수 있는 심상은 그 누구도 관심을 보이지 않는 심상입니다. 지구상에는 무한히 많은 것들이 존재합니다. 그것들 중의 무엇인가는 다른 것들 중의 무엇인가와 비교될 수 있습니다. 별을 잎사귀에 비교하는 것은 별을 물고기나 새에 비교하는 것만큼 자의적인 것입니다. 반면에 모든 사람은 적어도 한 번은 운명이 강력하지만 꼴사납고, 순수하지만 또한 비정하다는 것을 느꼈을 겁니다. 순간적일 수도 있고 지속적일 수도 있지만 그 누구도 피할 수 없는 그런 확신을 말하기 위해 주하이르는 그런 시를 쓴 것입니다. 거기서 언명된 것보다 더 멋진 말은 그 누구도 할 수 없을 겁니다. 그것 이외에도 (아마도 이것이 제 생각의 요체일 겁니다.) 성채를 파괴하는 시간은 시를 풍요롭게 만듭니다. 주하이르가 아라비아에서 지었던 그 시는 늙은 낙타와 운명이라는 두 개의 이미지를 대조시키는 데 사용되었습니다. 그런데 지금 그걸 되풀이하면, 우리가 주하이르를 떠올리고, 우리의 불행을 그 죽은 아랍인의 고초와 혼동하는 데 쓰이게 됩니다. 그 비유는 두 가지 것 사이의 관계였지만, 이제는 네 가지 것끼리의 관계입니다. 시간은 시의 범위를 확장시킵니다. 저는 음악처럼 모든 사람에게 모든 것이 되는 몇 편의 시를 알고 있습니다. 그래서 코르도바에 대한 기억으로 괴로워하며 저는 몇 년 전에 마라케시에서 아브드 알라흐만*이 알 루사이파흐의 정원에서 어느 아프리카 종려나무를 보고 외친 경탄을 되풀이해서 부르면서 마음을 달래곤 했습니다.

아, 종려나무여, 너도 마찬가지구나!
이 땅에서 이방인이기는…….

동양을 그리워하는 어느 왕이 쓴 말들이 멀리 떨어진 아프리카에서 스페인에 대한 향수병에 걸린 저의 기운을 북돋아 주었습니다. 그것이 시의 특별한 은혜입니다."

그런 다음 아베로에스는 최초의 시인들, 그러니까 '무지의 시대', 즉 이슬람 제국 이전에 이미 사막의 무한한 언어로 모든 것들을 말했던 시인들에 관해 이야기했다. 이븐 샤라프의 무의미한 운율에 놀란 그는 어느 정도 근거를 가지고, 옛날 사람들과 『코란』에 모든 시가 들어 있다고 말했다. 그리고 혁신을 위한 소망을 무식하고 허세적인 것이라고 비난했다. 나머지 사람들은 흐뭇한 표정을 지으며 그의 말을 들었다. 그것은 그가 옛것을 옹호하고 있기 때문이었다.

이슬람 승려들이 새벽 기도 시간을 외칠 때가 되어서야 비로소 아베로에스는 다시 서재로 들어왔다. (규방에서는 검은 머리카락의 여종들이 붉은 머리카락의 여종을 괴롭혔지만, 아베로에스는 저녁이 되어서야 그것을 알게 되었다.) 무엇인가가 이미

---

* Abdurrahman 혹은 Abd ar-Rahman(731~788). 스페인 코르도바 이슬람 왕국(후우마이야 왕조)의 시조.

그가 알지 못하고 있던 두 단어의 뜻을 드러내고 있었다. 그는 강건하고 공들인 글자로 원고에 이렇게 몇 줄을 덧붙였다. "아리스투(아리스토텔레스)는 찬사를 비극이라고, 풍자와 저주의 말을 희극이라고 이름 붙였다.『코란』과 이슬람 사원에 있는『무알라카』에는 훌륭한 비극과 희극들이 가득하다."

그는 졸음을 느꼈고, 약간의 오한을 느꼈다. 터번을 풀고 그는 구리거울을 쳐다보았다. 나는 그의 눈이 무엇을 보았는지 모른다. 그의 얼굴 모양을 묘사한 역사가가 한 명도 없었기 때문이다. 나는 마치 불빛 없는 불에 타 버리기라도 한 듯 그가 갑자기 사라졌으며, 그와 함께 집과 눈에 보이지 않는 분수와 책들과 원고, 그리고 비둘기와 수많은 검은 머리카락의 여종들과 벌벌 떨고 있는 붉은 머리카락의 여종, 파라치, 아불카심, 장미 덩굴, 그리고 아마 과달키비르 강마저 사라졌다는 것만을 알고 있다.

앞의 이야기에서 나는 좌절과 실패의 과정을 서술하고자 했다. 우선 나는 하느님이 존재한다는 것을 보여 주겠다던 그 캔터베리의 대주교를 생각했다. 그리고 '철학자의 돌'을 찾았던 연금술사들을 생각했다. 그런 다음 임의각(任意角)을 3등분하는 방법을 알고 있다고 믿는 허황된 사람들, 주어진 원과 같은 면적을 갖는 정사각형을 찾는 사람*들을 생각했다. 그러고 나

---

* 이것들은 유클리드 시대부터 19세기까지 수학자들이 해결하려고 노력했던 3대 작도 문제 중의 두 개이다.

서 나는 다른 사람들에게는 금지되어 있지 않지만 자기에게
는 금지된 어떤 목표를 찾고자 하는 사람의 경우가 더욱 시적
일 것이라고 생각했다. 나는 이슬람 영역에 갇혀 결코 '비극'
과 '희극'이라는 용어의 의미를 알 수 없었던 아베로에스를 떠
올렸다. 나는 그의 경우를 서술했다. 이 글을 쓰면서, 나는 버
튼*이 언급했던 그 신, 그러니까 황소를 만들겠다고 했다가 들
소를 만들었던 그 신이 느낄 수밖에 없었을 것을 느꼈다. 나는
이 작품이 나를 비웃고 있다는 느낌을 받았다. 나는 연극이 무
엇인지 감지하지도 못한 채 희곡이 무엇인지 상상하려고 했
던 아베로에스가 르낭과 레인**, 그리고 아신 팔라시오스***의 짧
은 글 몇 개 이외의 다른 자료들 없이 아베로에스를 상상해 보
고자 했던 나만큼이나 우스꽝스럽다고 느꼈다. 나는 마지막
페이지에서 내가 들려준 이야기는 이것을 쓰고 있는 동안 과
거에 나였던 사람의 상징이라고 느꼈고, 이 이야기를 쓰기 위
해서는 내가 그 사람이 되어야만 했고, 내가 그 사람이 되기
위해서는 이 이야기를 써야만 했으며, 그렇게 무한히 계속될
것이라는 사실을 알았다.(또한 내가 아베로에스를 믿는 걸 그만
두는 바로 그 순간에 그는 사라진다.)

---

* Sir Richard Francis Burton(1821~1890). 영국의 탐험가, 작가이자 번역가.
『천 하룻밤의 이야기』를 번역한 것으로 유명하다.
** Edward Lane(1801~1876). 영국의 동양학자, 번역가이자 사전 편찬자.
*** Miguel Asín Palacios(1871~1944). 1930년대 아랍 연구의 열풍을 가져온
스페인의 아랍 연구자.

자히르*

부에노스아이레스에서 자히르는 20센타보짜리의 평범한 동전이다. N 자와 T 자, 그리고 숫자 2는 면도날 혹은 연필깎이 칼날로 긁혀 있다. 동전 앞면에는 1929라는 날짜가 새겨져 있다.(18세기 말 구자라트에서 자히르는 호랑이였다. 자바에서는 신도들이 돌을 던졌던 수라카르타 이슬람 사원의 장님이었다. 페르시아에서는 나디르 샤**가 바다로 던져 버리라고 명령했던 천체 관측기였다. 1892년경에 마흐디*** 감옥에서는 루돌프 칼 폰 슬

---

* '눈에 보이는' 혹은 '분명한'이라는 뜻을 지닌 아랍어. 이것은 『코란』 57장 3절에 언급된 알라신의 속성 중의 하나이다. "그분은 처음이자 마지막이시며, 눈에 보이시며(zahir), 숨겨진(batem) 분이시다." '눈에 보이는'과 '숨겨진'의 이분법은 『코란』을 해석하는 두 가지 방법으로 반영된다. '자히르'는 『코란』을 글자 그대로 읽는 것이며, '바템'은 숨겨진 의미 혹은 비밀의 의미를 찾는 것이다.
** Nādir Shāh(1688~1747). 도적 떼의 두목으로 1736년에 이란의 왕이 되었다.
*** '안내받은 자'라는 의미이다. 여기서는 1881년에 이집트 지배에 맞서 반란

라틴*이 만졌던 터번 주름 속에 싸 놓은 조그만 나침반이었다. 초텐베르크**에 따르면 코르도바의 유대교 회당에서는 천이백 개 기둥 중의 하나에 있던 대리석 돌결이었다. 그리고 테투안의 유대인 거주 지역에서는 어느 우물의 밑바닥이었다.) 오늘은 11월 13일이다. 그런데 6월 7일 새벽에 자히르가 내 손에 들어왔다. 나는 당시의 내가 아니지만, 아직 나는 일어났던 일을 기억할 수 있고, 아마도 그 일화를 이야기할 수도 있을 것이다. 비록 부분적이지만 아직도 나는 보르헤스이다.

6월 6일에 테오델리나 비야르가 세상을 떠났다. 1930년경에 그녀의 사진들은 통속 잡지들을 장식했다. 아마도 이렇게 여기저기 나타났다는 사실은 그녀가 몹시 아름다웠다는 사실과 깊은 관련이 있는 것 같다. 그러나 그녀의 모든 사진들이 이런 가정을 무조건적으로 지지하지는 않는다. 그것 이외에도 테오델리나 비야르는 아름다움보다는 완전함에 더욱 관심을 보였다. 유대인들과 중국인들은 인간에게 일어날 수 있는 모든 정황들을 항목별로 요약했다. 『미슈나』***에는 토요일의 일몰이 시작되면 재봉사는 바늘을 가지고 거리로 나가면 안 된다는 대목이 적혀 있다. 『예기』****는 손님이 첫 번째 술잔을 받으면 근엄한 표정을 짓고, 두 번째 잔을 받으면 예의 바르고 만족스러운 표정을 지어야 한다고 말한다. 테오델리나 비야르가 스스로에게 요구했던 강경한 엄격함은 이것들과 유사하지만 훨씬 더 힘들고 상세했다. 그녀는 유생이나 탈무드 신봉자처럼 흠잡을 데 없이 올바르게 행동하는 것을 추구했지만, 그녀의 노력은 그들보다 더 훌륭했고 더 엄밀했다. 그것은 그녀가 지니고 있던 신념의 법칙이 영원하지 않으며 수시로 변하는 파리나 할리우드의 변덕에 종속되어 있었기 때문이다. 테오델리나 비야르는 올바르다고 인정된 장소에, 그리고 적절한 시간에 단정한 차림새로 예의에 어긋나지 않게 세상에 대한 권태를 드러내며 모습을 드러내곤 했다. 그러나 테오델리나 비야르의 말에 의하면, 이런 세속적 지루함과 차림새, 그리고 시간과 장소는 즉시 시대에 뒤진 것이 되어 버릴 것이고, 한물간 취향을 규정하기 위해 사용될 요소들이었다. 그녀는 플로베르*처럼 절대적인 것을 추구했지만, 그것은 순간적으로만 지속되는 절대성이었다. 그녀는 모범적인 일생을 살았지만, 내면의 절망은 끊임없이 그녀를 갉아먹었다. 그녀는 자기 자신에게서 도망치려는 것처럼 끝없는 변신을 시도했다. 머리카락 색깔과 헤어스타일은 유명해질 정도로 자주 변했다. 또한 미소와 피부와 눈짓도 자주 변하곤 했다. 1932년부터 그녀는 학구적으로 보일 만큼 깡말라 있었다……. 전쟁은 그

---

* Gustave Flaubert(1821~1880). 프랑스 사실주의 문학의 창시자로 여겨지는 소설가. 『보바리 부인』, 『감정 교육』 등의 작품으로 유명하다.

녀에게 생각할 거리를 많이 주었다. 독일군에게 파리가 점령되었는데, 어떻게 유행을 따라갈 수 있을까? 그녀가 항상 불신했던 한 외국인은 상당량의 원통형 실크해트를 팔기 위해 그녀의 이런 훌륭한 마음씨를 악용했다. 그러나 일 년도 지나지 않아 그런 황당한 디자인을 '파리에서 착용했던 사람은 아무도 없었고', 따라서 그것들은 모자가 아니라 공인되지 않은 제멋대로의 기행일 뿐이라는 것이 밝혀졌다. 불행은 겹쳐서 오는 법이다. 비야르 박사는 아라오스 거리로 이사를 해야만 했고, 그의 딸 사진은 이제 화장용 크림과 자동차 광고를 장식하기 시작했다.(그녀가 너무나 많이 바르던 화장용 크림과 이제는 가지고 있지 않은 자동차였다!) 그녀는 자기 솜씨를 제대로 발휘하려면 많은 돈이 필요하다는 것을 알고 있었고, 그래서 도중에 그만두느니 차라리 은퇴하고자 했다. 게다가 별 볼 일 없는 하찮은 계집애들과 경쟁해야 한다는 사실이 괴로웠다. 그러나 아라오스 가의 음산한 아파트는 너무나 참고 견디기 힘들었다. 6월 6일 테오델리나 비야르는 남부 지역의 한가운데서 죽는 결례를 범했다. 아르헨티나 사람들의 가장 진실한 열정, 즉 속물근성에 감화되어 내가 그녀를 사랑했으며, 그녀의 죽음 때문에 눈물까지 흘렸다는 사실을 고백해야만 할까? 아마 독자는 이미 그것을 눈치챘을 것이다.

장례를 치르는 동안 부패가 진행되기에 사람들은 시체를 예전의 얼굴로 되돌려 놓는다. 엿새 동안의 혼란스러웠던 밤 가운데 어느 한순간 테오델리나 비야르는 마술을 부린 듯이 이십 년 전의 모습을 띠고 있었다. 그녀의 얼굴은 오만과 돈, 젊음과 사교계의 꽃이라는 의식, 상상력의 부족과 그런 능력의 한계, 그리고 둔감함이 부여하는 권위를 회복했던 것이다. 나는 대략 이렇게 생각했다. 그토록 내 마음을 설레게 했던 그녀의 얼굴 중에서 이것처럼 내 기억 속에 오래 남을 것은 없을 것이며, 이것이 그녀의 첫 번째 얼굴일 수도 있기에 마지막 모습이 될 수도 있을 거라고. 나는 꽃 속에 경직된 그녀의 몸이 누워 있으면서 세상에 대한 그녀의 경멸이 죽음 속에서 점차 완성되도록 놔두었다. 내가 그곳을 나왔을 때는 새벽 2시였던 것 같다. 밖에는 단층집과 이층집들이 흔히 떠올릴 수 있는 그대로, 두 줄로 늘어서서 추상적인 모양을 하고 있었다. 어둠과 정적이 집들을 비슷해 보이게 만드는 밤이 되면 늘 볼 수 있는 모습이었다. 거의 개인적인 감정이 섞이지 않은 동정심에 취해 나는 거리를 걸었다. 나는 칠레 거리와 타쿠아리 거리가 만나는 길모퉁이에서 문을 닫지 않은 술집을 보았다. 내게는 불행하게도 그 술집 안에서는 세 사람이 트루코 놀이*를 하고 있었다.

'모순어법'이라는 수사법에서는 명사에 적용된 형용사가 명사의 의미와 모순되어 보인다. 그렇게 그노시스 주의자들은 '어두운 빛'에 대해 말했고, 연금술사들은 '검은 태양'에 관해 말했다. 테오델리나 비야르를 마지막으로 방문하고 나온 뒤, 어느 가게에서 독주 한잔을 마시는 것은 일종의 '모순어법'이었다. 그것이 상스러운 행위임과 동시에 시름을 잊게 하는 것이라는 사실에 나는 유혹을 받았다.(카드놀이를 하는 주변 환경

---

* 판돈을 거는 카드놀이로 아르헨티나와 우루과이에서 가장 널리 행해진다.

이 그런 대조를 강화시키고 있었다.) 나는 브랜디와 오렌지 주스 한 잔을 시켰다. 주인은 거스름돈으로 내게 자히르를 주었다. 나는 잠시 그것을 쳐다보았고, 거리로 나갔다. 아마도 고열이 시작되었던 것 같았다. 나는 역사나 전설을 통틀어 끝없이 반짝이는 동전들을 상징하지 않는 동전은 없다고 생각했다. 나는 카론*의 은화를 생각했다. 그리고 벨리사리우스**가 구걸했던 은화를 생각했고, 유다***의 은전 서른 닢도 생각했다. 나는 창녀인 라이스****의 드라크마 은화를 생각했으며, 에페수스의 '잠자는 사람들' 중의 하나가 내밀었던 옛날 동전을 생각했다. 또한 나중에 원반 모양의 종이로 변해 버리는 『천 하룻밤의 이야기』에 나온 마법사의 반짝이는 동전들도 생각했다. 그리고 한없이 나오는 이삭 라케뎀*****의 로마 동전들을 생각했다. 나는 어느 서사시의 각 행마다 은화를 하나씩 주어 모두 육만 개가 되었지만, 그것들이 금이 아니라는 이유로 피르두시******가 왕에

---

* Charon. 그리스 신화에 나오는 인물로, 매장 의식을 거친 죽은 사람들의 영혼을 태워 스틱스 강과 아케론 강 사이를 건너게 하는 임무를 맡았으며, 그 대가로 시체의 입에 들어 있는 동전을 받았다.

** Belisarius(505?~565). 비잔틴 제국의 장군. 유스티니아누스 황제가 그를 장님으로 만들어서 늘그막에는 길거리에서 구걸할 수밖에 없었다는 전설이 있다.

*** Judas Iscariot. 예수의 열두 사도 중의 한 사람으로, 예수를 배신했다.

**** Laïs of Hyccara. 고대 그리스의 유명한 창녀. 가장 비싼 화대를 받은 것으로 유명하다.

***** Issac Laquedem. 프랑스와 베네룩스에서 '방황하는 유대인'을 지칭하는 이름. 알렉산더 뒤마의 미완성 소설에서도 등장한다.

****** Firdusi 혹은 Firdousi(935?~1020). 페르시아의 시인으로 페르시아 민족 최대의 서사시 『왕들의 책』을 썼다.

게 되돌려 주었던 은화들을 생각했다. 또한 아합*이 돛대에 박아 놓도록 했던 1온스짜리 금화를 생각했다. 나는 레오폴드 블룸**의 되돌아올 수 없는 은화를 생각했다. 그리고 루이 16세***의 얼굴을 새겨 놓은 바람에 바렌느 근처에서 도망치던 그의 정체를 드러내 버린 루이 금화를 생각했다. 마치 꿈을 꾸듯이, 모든 동전들이 그런 유명한 함축적 의미를 갖고 있다고 생각하자, 나는 그것들이 설명은 불가능하지만 엄청난 중요성을 지니고 있다고 느꼈다. 나는 점점 더 속도를 내면서 텅 빈 거리들과 아무도 없는 광장들을 돌아다녔다. 드디어 나는 피로를 이기지 못해 어느 길모퉁이에 멈추었다. 그리고 슬픔에 잠긴 쇠 울타리를 보았다. 그리고 그 너머로 콘셉시온 성당 입구의 검고 흰 타일들을 보았다. 나는 원을 그리며 돌아다녔던 것이다. 이제 나는 자히르를 받았던 가게에서 한 블록 떨어진 곳에 있었다.

나는 길모퉁이를 돌았다. 멀리서 보이는 그 거리의 길모퉁이는 어둠에 잠겼고, 그것은 이미 술집 문이 닫혔다는 것을 내게 알려 주고 있었다. 벨그라노 거리에서 나는 택시를 탔다. 잠을 이루지 못해 뭔가에 홀린 듯이 거의 행복한 마음으로 나는 돈보다 더 물질적이지 않은 것은 없다고 생각했다. 사실상 어떤 동전이든지(가령 20센타보짜리 동전) 가능한 미래의 창고

---

* Ahab 혹은 Achab(기원전 869?~850?). 북부 이스라엘 왕국의 7대 왕.
** 제임스 조이스(James Aloysius Joyce, 1882~1941)의 소설 『율리시스』의 주인공.
*** Louis XVI(1754~1793). 1774년부터 1792까지 프랑스를 통치한 부르봉 왕가 출신의 왕.

이기 때문이다. 나는 "돈은 추상적이다. 돈은 미래의 시간이다."라고 되풀이했다. 그것은 외곽 지역에서의 어느 오후일 수도 있고, 브람스*의 음악일 수도 있으며, 지도일 수도 있고, 체스일 수도 있으며, 커피일 수도 있고, 황금을 경멸하도록 가르치는 에픽테투스**의 말일 수도 있다. 그것은 파로스 섬의 프로테우스보다 훨씬 더 변화무쌍한 프로테우스이다. 그것은 예측할 수 없는 시간, 즉 이슬람이나 스토아학파의 경직된 시간이 아니라 베르그송***의 시간이다. 결정론자들은 이 세상에 단 하나의 가능한 사건, 그러니까 '일어날 수 있었던' 단 하나의 사건만이 존재한다는 사실을 부인한다. 그리고 하나의 동전은 우리의 자유 의지를 상징한다.(나는 이런 '생각들'이 자히르와 그것의 악마적 영향을 처음으로 보이려는 초기 형태에 반대하려는 술책임을 의심치 않았다.) 나는 오랫동안 골똘히 생각하다가 잠들었지만, 내가 괴수 그리핀이 지키고 있는 동전들이 되는 꿈을 꾸었다.

다음 날 나는 내가 술에 취했다고 생각하기로 했다. 또한 내마음을 흔들고 있는 동전에서 해방되기로 마음먹었다. 나는 그 동전을 쳐다보았다. 몇 개의 긁힌 자국을 제외하면 특별한 점은 하나도 없었다. 정원에 파묻거나 서재 한쪽 구석에 숨기는 게 가장 좋은 방법일 것 같았지만, 나는 그 동전의 활동 범위에서 멀어지고 싶었다. 나는 그것을 잃어버리고 싶었다. 그

---

* Johannes Brahms(1833~1897). 독일의 낭만주의 작곡가.
** Epictetus(55?~135?). 스토아학파의 대표적 철학자.
*** Henri Bergson(1859~1941). 프랑스의 철학자.

날 아침, 나는 장례 미사가 열릴 필라르 성당에도 가지 않았고, 그녀가 묻힐 묘지에도 가지 않았다. 나는 지하철을 타고 콘스티투시온 광장으로 갔고, 콘스티투시온 광장에서 산후안과 보에도로 갔다. 나는 아무 생각 없이 우르키사 역에서 내렸다. 그런 다음 서쪽과 남쪽으로 걸어갔다. 나는 신중한 계획도 없이 몇몇 길모퉁이를 돌았다. 그리고 다른 모든 거리들과 똑같아 보이는 어느 거리에서 가장 먼저 내 눈에 띈 싸구려 술집으로 들어갔다. 나는 술 한 잔을 주문했고, 자히르로 술값을 치렀다. 나는 시커먼 안경알 뒤로 지그시 눈을 감았다. 그렇게 집들의 주소와 거리 이름을 보지 않는 데 성공했다. 그날 밤 나는 신경 안정제 한 알을 먹고 편안하게 잠들었다.

나는 6월 말까지 환상적인 단편 한 편을 쓰느라고 다른 생각을 할 여념이 없었다. 그 이야기는 두세 개의 수수께끼 같은 완곡한 표현들을 담고 있다. 가령 '피' 대신 '칼의 물'이라고 말하고, '금' 대신 '뱀의 침대'라고 말한다. 그것은 1인칭으로 쓰여 있었다. 화자는 인간 사회를 버리고 일종의 광야에서 사는 수도자이다.(이 장소의 이름은 그니타헤이드르*이다.) 소박하고 순수한 삶을 살기 때문에 어떤 사람들은 그를 천사로 여긴다. 그것은 일종의 경건한 과장이다. 그것은 죄에서 자유로운 사람은 아무도 없기 때문이다. 멀리 떨어진 예를 들 것도 없이, 그는 자기 손으로 아버지의 목을 잘랐다. 그의 아버지가

---

* 고대 아이슬란드 볼숭가 전설에 등장하는 지역 이름. 거인인 파프니르가 자신의 아버지를 죽이고 금을 훔친 곳이다.

마술을 이용해 셀 수 없이 많은 보물을 차지한 유명한 마법사였다는 사실은 잘 알려져 있다. 인간들의 불건전한 탐욕에서 보물을 지키는 것이 그의 목표였고, 그것을 위해 수도자는 일생을 바쳤던 것이다. 그는 밤낮으로 그것에서 눈을 떼지 않는다. 이내, 아마도 아주 금방 이런 감시는 끝이 날 것이다. 별들이 그런 임무를 영원히 잘라 버릴 칼이 이미 만들어졌다고 그에게 말해 주었기 때문이다.(그 칼의 이름은 그람이다.) 갈수록 견강부회하는 문체에서 화자는 화사하게 빛나고 유연한 자기 신체를 곰곰이 생각한다. 어느 단락에서 그는 건성으로 비늘에 관해 말한다. 다른 장면에서는 자기가 지키는 보물이 번쩍거리는 황금과 빨간 반지로 이루어졌다고 말한다. 마지막 대목에서 우리는 그 수도자가 파프니르 뱀이며, 그가 똬리를 틀고 누워 있는 보물은 니벨룽들의 보물임을 알게 된다. 지구르트가 출현하면서 이 이야기는 갑자기 끝난다.

나는 앞에서 이런 하찮은 작품이 (이 작품 중간에 나는 『파프니르의 노래』*의 한두 행을 잘난 체하듯이 삽입했다) 동전을 잊어버리게 해 주었다고 말했다. 그것을 잊어버릴 수 있었다고 너무 확신한 나머지 오히려 자발적으로 그것을 기억했던 밤이 여러 번 있었다. 확실한 것은 내가 그 순간들을 마구 남용했다는 사실이다. 기억하기 시작하는 것이 기억에 종지부를 찍는 것보다 훨씬 쉬웠던 것이다. 나는 니켈로 만든 그 역겨운 동전이 매일 이 손에서 저 손으로 넘어가는 동일하고 무한하며 무

---

* 고대 아이슬란드의 문학 작품집 『에다』에 수록된 볼숭가 전설의 하나.

해한 다른 모든 주화들과 전혀 다를 바가 없다고 되뇌곤 했지만 모두 소용없는 일이었다. 이런 생각에 이끌려서 나는 다른 동전을 생각하려고 했으나 그럴 수가 없었다. 또한 5센타보와 10센타보짜리의 칠레 동전과 2센타보짜리의 우루과이 동전을 가지고 행했던 실패한 실험도 기억난다. 7월 16일 나는 1파운드짜리 영국 동전을 손에 넣었다. 낮에는 그것을 쳐다보지 않았지만, 그날 밤 (그리고 다른 여러 밤에도) 그것을 확대경 아래에 놓고, 강력한 전등 불빛 아래서 살펴보았다. 그런 다음 나는 종이를 대고 연필로 동전의 본을 떴다. 그러나 불빛과 용과 성 게오르기우스*도 아무 소용이 없었다. 내 머리에 달라붙은 개념을 바꿀 수 없었던 것이다.

8월에 나는 정신과 의사에게 상담을 하기로 마음먹었다. 나는 그에게 나의 황당한 이야기를 모두 털어놓지는 않았다. 나는 그에게 불면으로 고통 받고 있으며, 이런저런 물체, 가령 포커 칩이나 동전의 모습이 항상 나를 뒤쫓고 있다고 말했다. 얼마 후 나는 사르미엔토 거리에 있는 어느 서점에서 율리우스 바를라흐의 『자히르의 역사에 관한 기록과 이야기』**(브레슬라우, 1899년)이라는 책을 찾아냈다.

그 책에는 내 병이 분명하게 설명되어 있었다. 서문에 의하면, 저자는 "이 한 권의 간편한 8절판 책에 하비흐트 문서 보관소에 소장된 네 편의 글과 필립 메도우스 테일러의 보고서

---

* Georgius(? ~303). 초기 기독교의 순교자이자 14성인 가운데 한 사람. 일반적으로 칼이나 창으로 용을 찌르는 백마 탄 기사의 모습으로 그려진다.
** 허구적 인물의 허구적 작품.

원본 원고를 포함하여 자히르의 미신에 관한 모든 자료를 한데 모으고자" 생각했다. 자히르에 대한 믿음은 이슬람교에서 유래하며, 그것은 18세기로 거슬러 올라가는 것처럼 보인다.(바를라흐는 초텐베르크가 아불페다*가 쓴 것이라고 말하는 대목들을 비난한다.) '자히르'는 아랍어로 '저명한', '눈에 보이는'이라는 뜻을 지니고 있으며, 그런 의미에서 그것은 하느님의 아흔아홉 개 이름 중의 하나이다. 이슬람의 땅에서 평민들은 그 말을 "잊을 수 없는 무시무시한 속성을 지니고, 그것의 모습을 본 사람을 미쳐 버리게 만드는 어떤 존재나 사물"을 의미하기 위해 사용한다. 아무도 이의를 제기할 수 없는 첫 번째 증거는 페르시아 사람인 루트프 알리 아수르**의 증언이다. 이런 증거를 뒷받침하는 글은 『불의 사원』이라는 제목의 인물 백과사전에 수록되어 있다. 여기서 독심술가이며 이슬람교 수도사인 알리 아수르는 시라즈의 어느 학교에 청동 천체 관측기가 있는데, "한 번이라도 그것을 쳐다본 사람은 다른 것을 생각하지 못하도록 만들어져 있기 때문에, 왕은 사람들이 우주를 잊지 않도록 그것을 깊은 바닷속에 던져 버리라고 명령했다."라고 쓰고 있다. 보다 상세한 것은 하이데라바드의 군주에게 봉사했고 유명한 소설 『살인 청부업자의 고백』을 쓴 메도우스 테일러의 보고서에 실려 있다. 1832년경 테일러는 부흐 근교에서 "정말로 그는 호랑이를 쳐다보았다."라는 좀

---

* Abulfeda 혹은 Abu al-Fida(1273~1331). 아랍의 지리학자이자 역사학자.
** Luft Ali Azur(1711~1781). 페르시아의 시인이자 전기 작가.

처럼 힘든 표현을 들었는데, 그것은 바로 '광기' 또는 '거룩함'을 의미했다. 사람들은 그 말이 어느 마술적인 호랑이를 가리키며, 아무리 멀리서라도 그 호랑이를 보았던 모든 사람들은 모두가 죽는 날까지 그것에 대해 계속 생각했기 때문에 미쳐 버리고 말았다고 말해 주었다. 어떤 사람은 그런 불행한 사람들 중의 하나가 미소레로 도망쳤으나, 그곳의 한 궁전에는 호랑이의 모습이 그려져 있었다고 말했다. 몇 년 후 테일러는 그 왕국의 여러 감옥을 찾아갔다. 니투르의 감옥에서 총독은 그에게 어느 감방을 보여 주었는데, 그곳의 바닥과 벽과 원형 천장에는 이슬람의 어느 탁발승이 그려 놓은 무한한 호랑이(시간이 흘러 완전히 지워지기 전 희미해진 야만적인 색깔로)가 있었다. 그 호랑이는 수많은 호랑이들과 극도로 어지러운 기법으로 그려져 있었다. 수많은 호랑이들이 그 호랑이와 교차되어 있었고, 그 호랑이에는 다른 호랑이들의 줄이 새겨져 있었을 뿐만 아니라, 바다와 히말라야 산맥, 그리고 또 다른 호랑이들처럼 보이는 여러 무리가 포함되어 있었다. 그 그림을 그린 수도승 화가는 바로 그 감방에서 오래전에 세상을 떠났다. 그는 신드 혹은 아마도 구자라트 출신이었고, 그의 애초 목표는 세계 지도를 그리는 것이었다. 그 기괴한 그림 속에는 그 목표의 흔적들이 남아 있었다. 테일러는 이 이야기를 포트윌리엄 출신의 무함마드 알 예메니에게 들려주었다. 그러자 알 예메니는 테일러에게 이 세상에는 '자히르(Zaheer)'*의 성향이 없는

---

* 테일러가 이 단어를 이렇게 썼다.(저자 주)

피조물은 하나도 없지만, 전지전능하신 분은 두 개의 사물이 동시에 그렇게 되는 것을 허락하지 않으시며, 그것은 하나만 존재해야 사람들을 매혹시킬 수 있기 때문이라고 말해 주었다. 그는 항상 하나의 자히르만 존재하고, '무지의 시대'에는 그것이 '야우크'라고 불렸던 우상이었고, 그 후에는 보석으로 번쩍번쩍 빛나는 베일 또는 황금 가면을 썼던 호라산의 예언자였다고 말했다.* 또한 하느님은 불가해한 존재라고 말했다.

나는 바를라흐의 글을 읽고 또 읽었다. 나는 내가 어떤 느낌을 받았는지 설명하고 싶지 않다. 나는 그 어떤 것도 나를 구원하지 못할 것이라는 사실을 깨달았을 때의 절망감을 기억한다. 그리고 내가 나의 불행에 책임이 없다는 것을 알았을 때 마음속으로 안도했고, 동전이 아니라 하나의 대리석 조각이나 하나의 호랑이인 자히르를 가졌던 사람들에게 부러움을 느꼈다는 것을 기억한다. '호랑이 한 마리에 대해 생각을 그만두는 건 정말 쉬운 일이지!'라고 나는 생각했다. 또한 다음 대목을 읽었을 때 느낀 특이한 불안감을 기억한다. "『굴샤니 라즈』**의 어느 주석자는 자히르를 본 사람은 곧 '장미'를 보게 될 것이라고 말하면서, 아타르***의 『아스라르 나마(알려져 있

---

* 바를라흐는 야우크가 『코란』에 나타나며, 예언자는 알모카나(베일에 가려진 예언자)이고, 불가사의한 정보원 필립 메도우스 테일러를 제외하면 그런 두 개의 상징을 자히르와 연결시킨 사람은 아무도 없었다고 밝힌다.(저자 주)
** '비밀의 장미 화원'이란 뜻으로 14세기의 가장 유명한 페르시아 시인 중의 하나인 마흐무드 샤비스타리(Mahmūd Shabistarī, 1288~1340)의 작품이다.
*** Abū Hamīd bin Abū Bakr Ibrāhīm(1145?~1221?). 중세 페르시아의 신비주의 시인으로 '아타르(Attar)'는 필명이다.

지 않은 것들의 책)』*에 삽입된 "자히르는 '장미'의 그림자이고 '베일'의 구멍이다."라는 시구를 인용한다."

테오델리나의 초상을 치르던 날 밤, 나는 문상객들 가운데 그녀의 여동생인 아바스칼 부인이 보이지 않아 소스라치게 놀랐다. 10월에 그녀의 친구 중의 하나가 내게 말했다.

"불쌍한 훌리아! 너무나 이상하게 되어 버려서 보슈 병원에 입원해야만 했어요. 숟가락으로 떠서 밥을 먹여 주어야 하니, 간호사들이 죽을 지경일 거예요. 모레나 사크만의 운전사와 마찬가지로 계속해서 동전 이야기만 하고 있어요."

시간은 기억을 무르게 만든다. 그러나 시간이 흐를수록 자히르에 대한 기억만은 더욱 선명해진다. 예전에 나는 동전의 앞면을 상상했고, 그런 다음에 뒷면을 떠올렸다. 하지만 지금은 동시에 양면을 본다. 그런 일은 마치 자히르가 유리로 되어 있지 않은 이상 일어날 수 없다. 한쪽 면이 또 다른 면과 겹쳐 있지 않기 때문이다. 오히려 그것은 마치 나의 시각이 구체 형태로 되어 있고, 자히르가 중앙에 있는 것 같기 때문에 일어나는 일이다. 자히르가 아닌 것은 무엇이든지 마치 체질이라도 한 것처럼, 그리고 멀리 있는 것처럼 내게 부분적으로만 다가온다. 테오델리나의 거만한 모습과 육체적 고통이 바로 그것이다. 언젠가 테니슨**은 만일 우리가 한 송이의 꽃을 이해할 수 있다면, 우리가 누구이고 세상이 어떤 것인지 알게 될 것이

---

* 이 시는 죽음과 부활에 대한 묵상을 주로 다루고 있다.
** Alfred Tennyson(1809~1892). 영국 빅토리아 시대의 대표적 시인.

라고 말했다. 아마도 그는 아무리 하찮은 사실이라도 우주의 역사와 무한한 인과론적 연결 관계와 연관되지 않은 것은 없다는 것을 의미했을 것이다. 또한 쇼펜하우어가 말했듯이 의지가 각각의 개인에게 고스란히 표현되는 것과 마찬가지로, 눈에 보이는 세계는 각각의 모습 속에 고스란히 보일 수 있다고 말하고자 했을 것이다. 카발라주의자들은 인간이 소우주, 즉 우주의 상징적 거울이라고 이해했다. 만일 테니슨에 의하면, 모든 것이 그렇게 될 것이다. 모두, 심지어 참을 수 없는 자히르까지도 그렇게 될 것이다.

1948년이 되기도 전 홀리아의 운명은 벌써 나를 따라잡을 것이다. 나는 다른 사람의 도움을 받아야 음식을 먹거나 옷을 입게 될 것이고, 저녁인지 아침인지도 알지 못하게 될 것이며, 누가 보르헤스인지도 모를 것이다. 그 미래를 끔찍스럽다고 평가하는 것은 잘못된 생각이다. 그런 미래의 상황들 중에서 그 어떤 것도 내게 일어나지 않을 것이기 때문이다. 두개골이 절개될 때 마취된 환자가 느끼는 고통을 누군가는 '끔찍스럽다'고 할 수도 있겠지만 말이다. 나는 더 이상 우주를 보지 않을 것이고, 오로지 자히르만 볼 것이다. 관념론의 가르침에 의하면 '살다'와 '꿈꾸다'라는 동사는 모든 점에서 동의어이다. 나에게 있어 수천 가지 모습들은 단 하나의 모습이 될 것이다. 또한 지극히 복잡한 꿈은 지극히 단순한 꿈으로 화할 것이다. 다른 사람들은 내가 미쳤다는 꿈을 꿀 테지만, 난 자히르를 꿈꿀 것이다. 세상의 모든 사람들이 밤낮으로 자히르를 생각한다면, 무엇이 꿈이고 무엇이 현실이겠는가. 지구 아니면 자히르?

인적 끊긴 밤 시간에 아직도 나는 거리를 걸어 다닐 수 있다. 나는 자히르가 장미의 그림자이며 베일의 구멍이라고 말하는 『아스라르 나마』의 그 대목을 생각하면서(생각하려고 애쓰면서) 가라이 광장의 벤치에 앉아 있다가, 갑자기 밝아 온 새벽에 종종 놀라곤 한다. 나는 그 말을 어떤 사실, 즉, 하느님에게 몰두하기 위해서 수피교도들은 자신들의 이름이나 아흔아홉 개의 신성한 이름들이 더 이상 아무런 의미를 갖지 않을 때까지 그것들을 되풀이한다는 것과 연결시킨다. 나는 그 길을 걷고자 염원한다. 아마도 나는 쉬지 않고 자히르를 생각하고 또 생각하면서, 그것이 닳아 없어지게 할 수도 있을 것이다. 그러면 아마도 동전 뒤에서 하느님을 볼 수도 있을 것이다.

월리 세너에게

신의 글

    감방은 깊고 돌로 만들어져 있다. 그것의 형태는 거의 완벽
한 반구(半球) 모양이다. 하지만 바닥(역시 돌로 된)은 커다란
원보다는 조금 작은데, 이런 사실은 어쩐지 억눌려 있으며 거
대하다는 느낌을 더욱 가중시킨다. 감방은 중앙의 벽에 의해
두 개로 분리된다. 벽은 아주 높지만 원형 천장의 꼭대기까지
이르지는 못한다. 나는 그 벽의 한쪽 편에 있다. 나, 치나칸은
페드로 데 알바라도*가 불살라 버린 '카올롬'** 피라미드의 마
술사이다. 벽의 다른 쪽에는 재규어 한 마리가 있는데, 그것은
은밀하고 일정한 보폭으로 감금되어 있는 시간과 공간을 측

---

* Pedro de Alvarado(1485~1541). 1519년에 에르난 코르테스의 멕시코 원정대
에 합류한 스페인 정복자 중의 하나.
** Qaholom. 마야어족의 하나인 키체어로 '아버지'를 의미하며, 천지를 창조한
첫째가는 신을 일컫는다.

정한다. 중앙 벽 한가운데에는 쇠창살이 쳐진 긴 창문이 있는데, 그것은 바닥과 맞닿아 있다. 그림자 없는 시간(정오)이 되면 높은 천장에서 조그만 뚜껑 문이 열리고, 세월과 더불어 점차 시력이 희미해져 가는 간수 한 명이 철제 도르래를 움직여 밧줄 끝에 매단 물 항아리와 고기 조각들을 우리에게 내려 준다. 그러면 햇빛이 둥근 천장으로 들어오고, 그 순간 나는 재규어를 볼 수 있다.

나는 내가 어둠 속에 몇 해나 누워 있는지 그 숫자는 잊어버렸다. 나는 한때 젊었고, 이 감옥 안을 걸어 다닐 수 있었지만, 이제는 내가 죽을 자세로 신들이 내게 정해 주신 종말을 기다리는 것 이외에는 다른 어떤 것도 하지 않는다. 짙은 색깔의 규석 칼로 나는 희생 제물들의 가슴을 가르곤 했지만, 이제는 마술의 도움 없이는 먼지에서 내 몸을 일으킬 수조차 없을 것이다.

피라미드가 불타기 바로 전날 밤 커다란 말에서 내린 사람들은 이글거리는 쇳덩이로 나를 고문하면서 보물이 감추어진 장소를 대라고 강요했다. 그들은 내가 보는 앞에서 신상(神像)을 쓰러뜨렸지만, 신은 나를 버리지 않았고 나는 여러 차례 고문을 받으면서도 침묵을 지켰다. 그들은 내 살을 찢었으며, 나를 짓밟고 불구로 만들었다. 그런 다음 나는 이 감옥에서 눈을 떴고, 이제는 결코 살아서 이곳을 떠나지 못할 것이다.

무언가를 하고 어떻게든 시간을 보내야 한다는 불가피성에 이끌려 나는 나의 어둠 속에서 내가 알고 있는 모든 것을 떠올리고자 했다. 나는 돌에 새겨진 뱀들의 순서와 숫자, 혹은 약초의 모양을 정확하게 기억하면서 수많은 밤을 하얗게 새웠다. 그렇게 나는 흘러가는 세월을 정복하게 되었고, 그렇게 점차로 과거에 내 것이었던 것들을 소유하게 되었다. 여행자가 바다를 보기 전에 가슴이 마구 뛰는 것을 느끼는 것처럼, 어느 날 밤 나는 정확한 기억을 향해 자신이 다가가고 있음을 느꼈다. 몇 시간 후 나는 그 기억의 윤곽을 감지하기 시작했다. 그것은 신에 관한 전설 중의 하나였다. 세상의 마지막 날에 수많은 불행과 재앙이 일어날 것임을 예견하면서, 신은 창조의 첫날에 그런 불행들을 피할 수 있는 마술적인 글을 하나 썼다. 그 글을 쓴 이유는 신이 머나먼 세대들에게 그 말을 전하고, 그 말이 우연에 종속되지 않도록 하기 위함이었다. 아무도 신이 어디에 그것을 썼고 어떤 문자로 썼는지 알지 못하지만, 우리는 그것이 비밀스럽게 존속되고 있으며 어느 선택된 사람이 읽게 될 것이라는 사실을 확신한다. 나는 평소와 마찬가지로 우리가 세상의 종말 가운데 있고 신의 마지막 사제로서 나의 운명이 그 글을 직관적으로 이해할 수 있는 특권을 줄 것이라고 생각했다. 내가 감옥에 갇혀 있다는 사실도 그런 희망을 막지는 못한다. 아마도 나는 이미 수천 번이나 '카올롬'의 글을 보았지만 단지 그것의 의미를 이해하지 못하고 있었을지도 몰랐다.

그런 생각은 내게 기운을 북돋았고, 그러자 일종의 현기증이 나를 엄습했다. 지구라는 땅에는 오래된 모습들, 즉 부패하지 않는 영원한 모습들이 있다. 그것들 중 어떤 것이라도 내가 찾았던 상징이 될 수 있었다. 어떤 산은 신의 말일 수 있으며,

어떤 강이나 제국 혹은 성단(星團)들이 그 상징일 수도 있었다. 그러나 수많은 세기가 흘러가면서 산들은 평평해지고, 강의 물길은 항상 바뀌곤 하며, 제국들은 변천과 파멸을 겪게 되며, 별자리 모양은 변한다. 하늘에도 변화가 있다. 산들과 별들은 개체이고, 개체들은 소멸한다. 나는 보다 강하고 보다 불멸인 것을 찾았다. 나는 대대로 이어지는 곡식, 풀, 새, 사람 들을 생각했다. 아마도 내 얼굴에 마법이 적혀 있는지도 모르며, 아마도 내가 바로 나 자신이 찾는 목표인지도 모른다. 재규어가 신의 상징 중의 하나라는 사실을 떠올렸을 때, 나는 그런 조바심에 사로잡혀 있었다.

그때 내 영혼은 경건함으로 가득 채워졌다. 나는 시간의 첫 아침을 상상했고, 재규어들의 살아 있는 가죽에 신탁을 위임하는 신을 상상했다. 재규어들은 동굴이나 갈대밭, 그리고 섬에서 서로 사랑하며 끝없이 새끼를 낳아 마지막 사람들이 그 신탁을 받게 할 것이었다. 나는 그 그림을 보존하기 위해 평원과 목장을 공포로 몰아넣는 호랑이들의 얽히고설킨 줄무늬, 호랑이들의 그 강렬한 미로를 상상했다. 다른 쪽 감방에는 재규어가 한 마리 있었다. 재규어 근처에서 나는 내 추측과 아무도 모르는 은총이 확인됨을 깨달았다.

나는 오랜 세월을 바쳐서 얼룩무늬의 순서와 형태를 배웠다. 칠흑처럼 어두운 낮마다 순간적으로 내게 빛이 비추었다. 그렇게 나는 노란 가죽을 가로지르는 검은 형태들을 마음속에 각인시킬 수 있었다. 둥근 형태도 몇 개 있었고, 다리 안쪽 면에서 십자 줄무늬를 이루는 형태도 있었다. 그리고 둥근 고리 형태는 반복되고 있었다. 아마 그것들은 동일한 소리 혹은 동일한 말인지도 몰랐다. 많은 형태들이 붉은 테두리를 지니고 있었다.

　나는 내 작업이 얼마나 어려웠는지에 대해서는 말하지 않을 작정이다. 나는 한 번 이상 그 글을 해독할 수 없다고 원형 천장을 향해 소리쳤다. 점차로 내 마음을 가득 채우고 있던 구체적인 수수께끼보다는 오히려 신이 쓴 글이 지닌 포괄적인 수수께끼가 나를 불안하게 만들었다. 어떤 종류의 글이 절대 정신을 구성하는 것일까?(나는 스스로 물었다.) 나는 인간의 언어들에 우주 전체를 암시하지 않는 명제는 없다고 생각했다. 즉, '호랑이'라고 말하는 것은 그것을 낳은 호랑이들, 그것이 먹어 치운 사슴들과 거북이들, 사슴들이 뜯어 먹은 풀, 풀의 어머니인 땅, 땅을 낳은 하늘을 말하는 것이다. 나는 신의 언어에서 각각의 단어는 사실들로 이루어진 그런 무한한 연결 관계에 관해 말하며, 그것도 암시적이 아니라 명백하게, 점진적인 방식이 아니라 즉각적으로 선포할 것이라고 생각했다. 시간이 흐르면서 나는 신의 글에 대해 생각하는 것이 유치하고 신성 모독적인 것이라고 짐작했다. 그리고 신이란 그저 오직 하나의 말만 해야 하며, 그 말에는 절대적으로 완전한 것이 담겨 있어야 한다고 생각했다. 그가 말한 그 어떤 말도 우주보다 열등하거나 시간을 모두 합한 것보다 적을 수 없다. 그런 목소리의 그림자나 복제품은 하나의 언어와 그 언어 안에 포함될 수 있는 모든 것에 해당하지만, '모두' '세상' '우주' 같은, 야심 차기는 하지만 하찮기 그지없는 인간의 목소리에 불과하다.

어느 날 낮 혹은 어느 날 밤에 — 내가 보내는 낮과 밤에 무슨 차이가 있을 수 있을까? — 나는 감방 바닥에 한 개의 모래알이 있는 꿈을 꾸었다. 나는 개의치 않고 다시 잠들었다. 그리고 잠에서 깨어나는 꿈과 두 알의 모래가 있는 꿈을 꾸었다. 나는 다시 잠들었다. 그리고 세 개의 모래알이 있는 꿈을 꾸었다. 그렇게 점차 모래알들은 증식되었고, 결국 감옥을 가득 메웠다. 나는 모래로 만들어진 그 반구 아래서 죽어 가고 있었다. 나는 내가 꿈을 꾸고 있었다는 사실을 알고, 엄청난 노력을 한 끝에 잠에서 깨어났다. 잠에서 깨어났지만 아무 소용도 없었다. 셀 수 없이 많은 모래알들이 나를 질식시키고 있었던 것이다. 누군가가 내게 이렇게 말했다. "너는 잠에서 깨어난 것이 아니라, 그 이전의 꿈에서 깨어난 것이다. 이 꿈은 또 다른 꿈 안에 들어 있으며, 그렇게 무한히 계속되는데, 그것이 바로 모래알의 숫자이다. 네가 되돌아가야 할 길은 끝이 없으며, 네가 정말로 깨어나기 전에 너는 죽게 될 것이다."

나는 혼란스러웠다. 모래가 내 입을 짓누르고 있었지만, 나는 소리를 질렀다. "내가 꿈꾼 모래 한 알이 결코 나를 죽일 수 없으며, 꿈속에 들어 있는 꿈 따위도 없습니다." 한 줄기의 환한 빛이 나를 깨웠다. 내 위의 어둠 속에서는 빛으로 된 원이 한 개 떠다니고 있었다. 나는 간수의 얼굴과 손, 도르래, 밧줄, 고기, 그리고 물 항아리들을 보았다.

사람은 점차로 자기 운명의 모습과 뒤섞여 닮아 간다. 따라서 길게 보면 사람은 자신의 상황들 자체이다. 나는 암호를 해독하는 자나 복수하는 자라기보다는, 또한 신의 제사장이라기보다는 감옥에 갇혀 있는 자였다. 불요불굴인 꿈의 미로에서 나는 마치 내 집으로 돌아오듯이 모진 감방으로 돌아왔다. 나는 그곳의 습기에 감사했고 그곳의 재규어에 감사했고 틈으로 들어온 한 줄기 빛에 감사했고 나의 늙고 아픈 몸에 감사했으며, 어둠과 돌에 감사했다.

그때 내가 잊을 수 없고 제대로 전할 수도 없는 일이 일어났다. 신성, 즉 우주(나는 이 두 단어가 어떻게 다른지 알지 못한다.)와의 합일이 일어났던 것이다. 무아경은 동일한 상징을 되풀이해서 사용하지 않는다. 그래서 눈부신 빛 속에서 신을 본 사람이 있고, 칼이나 장미 한 송이의 둥그런 원 속에서 신을 감지한 사람도 있다. 나는 굉장히 높은 '바퀴'를 보았다. 그것은 내 눈앞에 있지 않았고, 내 눈 뒤에 있지도 않았으며, 옆에 있지도 않았다. 그것은 동시에 모든 곳에 있었다. 그 '바퀴'는 물로 만들어져 있었지만, 동시에 불로도 만들어져 있었으며, 비록 둘레가 보이기는 했지만 무한했다. 미래와 현재와 과거의 모든 것들이 서로 얽혀 짜여서 바퀴를 이루고 있었다. 나는 그 모든 것이 포함된 직물 속에서 한 올의 실이었고, 나를 고문했던 페드로 데 알바라도는 또 다른 한 올의 실이었다. 거기에는 원인과 결과가 있었고, 나는 그 '바퀴'를 보는 것만으로도 충분히 모든 것을 무한하게 깨달을 수 있었다. 아, 깨달음의 기쁨, 상상의 기쁨이나 감각의 기쁨보다도 더욱 큰 그것! 나는 우주를 보았고, 우주의 은밀한 설계도를 보았다. 나는 『백성들의 책』*이 이야기하는 세상의 기원들을 보았다. 나는 산들이 물에서 솟아나는 것을 보았고, 나무로 만든 최초의 인간들을 보았으며, 그 인간들에게 대항하는 물 항아리들을 보았고, 그 인간들의 얼굴을 물어뜯는 개들을 보았다. 나는 신들의 뒤에 있는 얼굴 없는 신을 보았다. 그리고 무한한 과정들이 단 하나의 행복을 형성하는 것을 보았고, 모든 것을 깨달으면서 또한 호랑이에 적힌 글을 이해할 수 있었다.

그것은 무작위로 선정된 (무작위처럼 보이는) 열네 개 단어들로 이루어진 글이다. 내가 그 글을 큰 소리로 말하기만 해도 나는 전지전능한 존재가 될 수 있다. 그 말만 하면, 나는 이 석조 감방을 없애 버릴 수 있고, 환한 낮이 나의 밤 속으로 들어오게 할 수 있으며, 젊어질 수도 있고, 죽지 않는 존재가 될 수도 있으며, 호랑이가 알바라도를 죽여 버리게 할 수도 있고, 성스러운 칼을 스페인 사람들의 가슴에 찌를 수도 있으며, 피라미드를 다시 세울 수도 있고, 제국을 다시 건설할 수도 있을 것이다. 마흔 개의 음절과 열네 개의 단어, 그리고 나 치나칸은 한때 목테수마**가 통치했던 땅들을 통치하게 될 것이다. 하지만 나는 내가 결코 그런 단어를 말하지 못할 것임을 알고 있다. 이제 나는 더 이상 치나칸을 기억하지 못하기 때문이다.

호랑이들의 몸에 적혀 있는 미스터리는 나와 함께 사라지게 될 것이다. 우주를 언뜻 보았던 사람, 우주의 불타는 설계

---

* 흔히 마야인의 성서라고 일컬어지는 『포폴부』의 또 다른 이름.

** Moctezuma 혹은 Montezuma(1466?~1520). 1502년부터 1520년까지 아즈텍 왕국을 통치한 황제.

도들을 보았던 사람은 한 사람과 그의 하찮은 행운이나 불행 따위를 생각할 수 없다. 비록 그 사람이 자기 자신일지라도 말이다. 그 사람은 바로 '그 자신'이었지만, 이제 그는 더 이상 그 사람에게 관심이 없다. 이제 그는 그 누구도 아닌데, 왜 또 다른 사람의 운명에 관심을 갖고, 왜 또 다른 사람의 국가에 관심을 보이겠는가. 그래서 나는 그 문구를 입 밖에 내지 않고, 그래서 어둠 속에 누워 세월이 나를 잊도록 하고 있는 것이다.

에마 리소 플라테로에게

자기 미로에서 죽은 이븐 하캄 알 보크하리

집을 짓는 거미와 같나니……
─『코란』29장 40절*

"이곳은 우리 조상들의 땅이야." 던레번이 과장된 몸짓을 해 보이며 말했다. 그는 몽롱한 별들을 피하지 않은 채, 검은 황무지와 바다와 어려운 시기에 직면한 마구간처럼 보이는 장엄하면서도 허물어져 가는 건물을 한눈에 굽어보고 있었다.

그의 동료인 언윈은 입에서 파이프를 뺐고, 인정한다는 듯이 조그만 소리를 냈다. 1914년 여름이 시작되는 저녁이었다. 장엄한 위험을 찾아볼 수 없는 세상에 식상한 두 친구는 콘월 주의 변방 지역이 자아내는 고독을 감상하고 있었다. 던레번은 검은 턱수염을 기르고 있었고, 자기 자신이 훌륭한 서사시의 저자라는 사실을 알고 있었다. 하지만 그의 서사시는 동시대의 사람들이 운율을 붙여 읽을 수 없었고, 그 시의 주제

---

* 실제로는 『코란』29장 41절 중의 구절이다.

는 아직 그에게 모습을 드러내지 않은 상태였다. 한편 언원은 페르마*가 디오판토스**의 책을 읽다가 페이지 여백에 기록해 놓지 않았던 어느 법칙에 대한 연구서를 출간했다. 두 사람은 ― 굳이 이런 것을 말할 필요가 있을까? ― 젊고 얼빠졌으며 열정적이었다.

던레번이 말했다. "이십오 년쯤 전에 나일 강변의 어느 부족이었는지는 모르지만, 좌우간 어느 부족의 왕 혹은 수령이었던 이븐 하캄 알 보크하리는 그의 사촌 사이드의 손에 의해 저 집의 중앙 침실에서 목숨을 잃었어. 세월이 흘렀지만, 그가 왜 살해당했는지는 여전히 베일에 싸여 있어."

언원은 그 이유가 무엇이냐고 무기력하게 물었다.

"여러 이유가 있었어." 던레번이 대답했다. "첫째, 그 집이 미로이기 때문이지. 둘째, 어느 노예와 사자가 그 집을 지키고 있었기 때문에. 셋째, 아무도 모르는 보물 하나가 사라졌기 때문에. 넷째, 살인이 일어났을 때 살인자가 이미 죽어 있었기 때문이야. 다섯째⋯⋯."

약간 짜증 난다는 표정을 지으며 언원이 그의 말을 막았다.

"미스터리를 늘리지 마." 그가 던레번에게 말했다. "미스터리들은 단순해야만 해. 포의 잃어버린 편지를 떠올려 봐. 아니면 장윌***의 닫힌 방에 대해 생각해 봐."

"아니면 복잡해야겠지." 던레번이 대답했다. "우주를 떠올

---

* Pierre de Fermat(1601~1665). 프랑스 변호사이자 천재 수학자.
** Diophantus. 고대 그리스의 수학자로 디오판토스 방정식으로 유명하다.
*** Israel Zangwill(1864~1926). 영국의 추리 작가이자 시온주의 초기 선구자.

려 봐."

그들은 가파른 모래 언덕들을 기어오르면서 이미 미로에 도착해 있었다. 가까이에서 보니 미로는 그들에게 마치 곧고 거의 끝없는 벽처럼 보였다. 석회가 칠해져 있지 않은 벽돌로 이루어진 벽의 높이는 사람의 키를 겨우 넘을 정도였다. 던레번은 그것이 원형이지만 너무나 커서 곡선으로 느낄 수 없다고 말했다. 언윈은 니콜라우스 쿠자누스*를 떠올렸다. 그는 모든 직선이란 어느 무한한 원주의 일부라고 여겼던 것이다……. 자정 무렵에 그들은 허물어진 대문을 발견했는데, 그것은 앞이 잘 보이지 않는 위험한 현관으로 연결되어 있었다. 던레번은 집 안에 수많은 교차점이 있지만 계속 왼쪽으로 돌면 한 시간이 조금 지나 뒤얽힌 곳의 중심에 있게 될 것이라고 말했다. 언윈은 고개를 끄덕였다. 그들은 조심스럽게 발걸음을 옮겼고, 돌바닥에서는 발걸음 소리가 울려 퍼졌다. 분기점에 나올 때마다 복도는 갈수록 좁아졌다. 천장이 아주 낮았기 때문에 그들이 마치 집이 자기들을 질식시키려는 것 같다는 느낌을 받았다. 그들은 한 명씩 차례로 힘들고 복잡한 어둠 속을 향해 나아가야만 했다. 언윈이 앞장섰다. 거칠고 울퉁불퉁한 보이지 않는 벽을 끝없이 손으로 더듬어야 했기에 그의 손은 얼얼해졌다. 어둠 속으로 천천히 나아가던 언윈은 자기 친구의 입을 통해 이븐 하캄의 죽음에 대한 이야기를 들었다.

---

* Nicolaus Cusanus(1401~1464). 독일의 철학자이자 신학자. 근세 철학의 선구적 사상가이며 성직자로서 교회 개혁에 진력했다.

"아마도 가장 오래된 내 기억은……." 던레번이 이야기했다. "펜트리스 만의 항구에 있던 이븐 하캄 알 보크하리에 대한 것일 거야. 한 흑인 남자가 사자와 함께 그를 따라오고 있었어. 성경에 삽입된 석판화를 제외하면, 의심할 여지없이 내 눈은 그때 처음으로 흑인과 사자를 보았어. 당시 나는 어렸지만, 태양 빛의 짐승과 밤처럼 검은빛의 사람조차 이븐 하캄보다는 덜 인상적이었어. 내 눈에는 아주 키가 큰 사람처럼 보였어. 피부는 희멀건 색깔이었고 검은 눈은 거의 반쯤 감겨 있었으며, 코는 거만했고 입술은 두툼했고 턱수염은 사프란처럼 샛노랬고 가슴은 넓었고 걸음걸이는 당당하면서도 조용했어. 집에 도착하자 나는 이렇게 말했어. "왕이 배를 타고 왔어요." 나중에 미장이들이 일하러 가자, 나는 그 호칭을 좀 더 늘여서 '바벨의 왕'이라는 이름을 붙여 주었어.

이방인이 펜트리스에 정착할 것이라는 소식을 듣자 사람들은 환영했어. 그의 집이 보여 준 넓이와 형태는 놀랍고도, 아니 심지어는 충격적이었어. 집이 단 하나의 방과 수십 킬로미터의 복도들로 이루어져 있다는 사실이 용납될 수 없는 것 같았어. '이슬람교도들은 그런 집에서 살지 모르지만 기독교인들은 그렇지 않아.'라고 사람들은 말했지. 이상한 책들을 많이 읽은 우리 교구의 알라비 목사는 미로를 세웠다는 이유로 하느님이 벌을 내린 어느 왕의 이야기를 찾아냈고, 설교대에서 그것을 들려주었어. 월요일에 이븐 하캄이 교구 목사를 찾아왔어. 당시 그 짧은 면담의 내막에 관해서는 알려지지 않았지. 하지만 그 이후의 설교에서 목사는 그 교만한 행동에 대해 조금도 언급하지 않았고, 그 무어인은 미장이들과 계약을 할 수 있었어. 몇 년 후 이븐 하캄이 죽자, 알라비는 당국에게 그때 나누었던 대화의 요점을 밝혔어.

이븐 하캄은 선 채로 이렇게, 아니, 이런 식으로 말했다고 해. "지금부터 그 누구도 내가 하는 일을 비난할 수 없습니다. 내 이름을 더럽히는 죄는 너무나 커서 내가 수 세기에 걸쳐 하느님의 마지막 이름을 계속 부른다 해도, '영원한 심판'이 내게 내린 고통을 덜어 주지 못할 겁니다. 내 이름을 더럽히는 죄는 너무나 큰 탓에, 내가 이 두 손으로 당신을 죽인다고 해도, 영원한 심판이 내게 내린 고통이 늘어나지도 않을 겁니다. 이 땅의 어떤 곳도 내 이름을 모릅니다. 내 이름은 이븐 하캄 알 보크하리이며, 나는 쇠로 만든 홀(笏)을 가지고 사막의 부족들을 통치했습니다. 수많은 세월 동안 나는 내 사촌 사이드의 도움을 받아 그들을 약탈했지만, 하느님이 그들의 절규를 들었고, 그들이 봉기하게 놔두었습니다. 내 부하들은 패하여 난도질당했으며 나는 간신히 내가 약탈을 자행했던 시절에 보관해 두었던 보물을 가지고 도망을 칠 수 있었습니다. 사이드는 어느 돌산 기슭에 있던 성자의 무덤으로 나를 인도했습니다. 나는 내 노예에게 사막의 정면을 지키라고 명령을 내렸습니다. 나와 사이드는 지쳐 잠들고 말았지요. 그날 밤 나는 뱀 떼에게 사로잡히는 꿈을 꾸었습니다. 나는 공포에 질려 잠에서 깨었어요. 내 옆에서는 새벽의 햇살을 받으며 사이드가 잠을 자고 있었습니다. 내 피부에 거미줄이 스쳤는데, 그것이 내게 그런 꿈을 꾸게 했던 겁니다. 나는 겁쟁이였던 사이드가 그렇게 편안하게 잠자는 것을 보자 참을 수 없어졌습니다. 그리고 보물은 무한하지 않으며, 그가 자신의 몫을 요구할지도 모른다고 생각했습니다. 내 허리춤에는 은 손잡이가 달린 단도가 있었어요. 나는 그것을 빼서 그의 목을 갈랐습니다. 그는 죽어 가면서 내가 알아들을 수 없는 몇 마디 말을 중얼거렸습니다. 나는 그를 쳐다보았지요. 그는 죽어 있었지만, 나는 그가 일어날지도 몰라 두려웠고, 그래서 내 노예에게 그의 얼굴을 바위로 으깨 버리라고 지시했습니다. 그런 다음 우리는 하늘 아래를 떠돌았고, 어느 날 바다를 보게 되었습니다. 아주 커다란 배들이 흰 물줄기로 바다를 가르고 있더군요. 나는 죽은 사람이 바다로 걸어 다닐 수 없다고 생각했고, 그래서 다른 땅을 찾기로 결심했습니다. 우리가 항해하던 첫날 밤, 나는 사이드를 죽이는 꿈을 꾸었지요. 모든 것이 똑같이 반복되었지만, 나는 그의 말을 알아들을 수 있었습니다. 그는 이렇게 말하고 있었습니다. "당신이 지금 나를 죽인 것처럼, 당신이 어디에 있든지 나도 당신을 죽이고 말 거야." 나는 그 위협을 무용지물로 만들겠다고 맹세했습니다. 그의 유령이 길을 잃도록 미로의 한가운데에 숨을 작정이었습니다."

그렇게 말하고 그는 나갔어. 알라비는 그 무어인이 미쳤고, 그 황당한 미로는 광기의 상징이며 그 명백한 증거라고 생각하려고 애썼어. 그러고는 그런 생각은 터무니없는 건축물과 터무니없는 이야기와는 일치하지만, 이븐 하캄이라는 사람이 남긴 강력한 인상과는 일치하지 않는다고 생각했어. 아마 그런 이야기들은 이집트의 모래사막에서는 흔한 것들인지도 몰라. 아마 그런 기벽은 (마치 플리니우스의 용처럼) 한 사람이라기보다는 문화 전체에 기인하는 것이라고 말할 수 있을지도……. 런던에서 알라비는 《타임스》의 지난 호들을 뒤져 보았어. 그러고 나서 반란과 그 이후에 일어난 보크하리의 패배, 그리고 겁쟁이로 유명했던 그의 대신(大臣)에 관한 것들을 확인했지.

보크하리는 미장이들이 공사를 끝내자마자 미로의 중앙에 자리를 잡았어. 마을 사람들은 더 이상 그를 볼 수 없었어. 가끔씩 알라비는 사이드가 이미 보크하리에게 가서 그를 죽이지는 않았을까 두려워했어. 밤마다 사자의 포효 소리가 바람에 실려 왔고, 우리 속의 양들은 옛날부터 느끼던 두려움에 사로잡혀 한데 모여 괴로워하곤 했지.

동쪽 항구를 떠나 카디프나 브리스틀로 가는 배들은 우리가 살고 있던 작은 만에 정박하곤 했어. 노예는 미로에서 (내 기억으로는 당시 장밋빛이 아닌 진홍색이었어.) 내려와 선원들과 아프리카 말을 주고받으면서, 사람들 가운데서 대신의 유령을 찾고 있는 것 같았어. 그런 배들이 밀수품을 운반하고 있다는 사실을 모르는 사람은 아무도 없었어. 반입이 금지된 술이나 상아를 싣고 다닌다면, 죽은 사람들의 유령 역시 싣고 다니지 말란 법은 없잖아?

집이 세워진 지 삼 년이 되는 해, '샤론의 장미' 호가 언덕 기슭에 닻을 내렸어. 나는 그 돛배를 직접 눈으로 본 사람들 중의 하나는 아니었어. 지금 내가 그리는 그 배의 모습은 아마도 아부키르 만이나 트라팔가르 곶에서 세인들에게 잊혀 버린 석판화에서 영향을 받은 것인지도 몰라. 하지만 나는 그 배가 너무나도 정교하게 조각된 선박 중 하나였기 때문에, 선박업자들의 작품이 아니라 목수, 아니 목수보다는 가구상들의 작품과 흡사하다는 것을 알고 있어. 그것은 (현실이 아니라면 내 환상 속에서) 광택이 번쩍이며 시커멓고 조용하고 날쌘 배였어. 거기에는 아랍인들과 말레이시아인들이 타고 있었어.

그 배는 10월의 어느 날 새벽에 닻을 내렸어. 저녁 무렵에 이븐 하캄이 알라비의 집에 들이닥쳤어. 공포로 완전히 사색이 되어 있었어. 그는 사이드가 이미 미로로 들어왔고, 그의 노예와 사자가 죽었다고 겨우 말할 수 있었어. 그러면서 심각하게 경찰이 자기를 보호해 줄 수 있느냐고 물었다는 거야. 알라비가 대답하기도 전에, 그는 자기를 그 집으로 데려왔던 것과 똑같은 공포에 휩싸인 듯, 두 번째이자 마지막으로 그 집을 떠나 버렸어. 서재에 혼자 남은 알라비는 이 겁에 질린 사람이 수단에서 철의 종족들을 탄압한 장본인이며, 전쟁이 어떤 것이고 죽이는 것이 무엇인지를 알고 있었던 작자가 맞나 경악을 금치 못하며 생각했어. 다음 날 그는 이미 그 돛배가 (나중에 확인된 바에 의하면, 홍해에 있는 사와킨을 향해) 출항했다는 것을 알게 되었어. 알라비는 자기 의무가 노예의 죽음을 확인하는 것이라고 생각하고서 미로로 향했지. 그는 보크하리가 숨을 헐떡거리며 들려주었던 이야기를 일종의 환상에 불과하다고 여겼어. 하지만 복도의 한 모퉁이에서 사자를 보았는데, 그 사자는 죽어 있었어. 그리고 다른 모퉁이에서 노예를 보았는데, 그도 역시 죽어 있었던 거야. 또한 중앙 침실에서 보크하리를 보았는데, 그의 얼굴은 완전히 망가져 있었어. 그 사람의 발치에는 진주로 세공된 상자 하나가 놓여 있었어. 누군가가 자물쇠를 억지로 부쉈고, 그 안에는 동전 한 개도 남아 있지 않았어."

웅변을 하듯 여러 번 끊으면서, 던레번은 이야기의 마지막 부분을 감동적으로 장식하려고 했다. 언윈은 그가 사람들에게 그 이야기를 똑같이 진중하고 똑같이 비효율적으로 여러 차례 말했을 것이라고 짐작했다. 언윈은 관심을 보이는 척하면서 물었다.

"사자와 노예는 어떻게 죽었어?"

음울하면서도 만족스럽다는 표정을 지으며 그는 어쩔 수 없다는 목소리로 대답했다.

"그들의 얼굴도 박살 나 있었어."

발자국 소리에 빗소리가 덧붙여졌다. 언윈은 두 사람이 미로에서, 이야기에 나오는 중앙 침실에서 자야 할 것이며, 그 기나긴 불쾌감은 기억 속에서 모험으로 남게 될 것이리라 생각했다. 그는 침묵을 지켰다. 던레번은 참고 있을 수가 없었고, 빚지고는 살 수 없는 사람처럼 그에게 물었다.

"이 이야기가 납득이 안 되는 것은 아니지?"

언윈은 생각을 크게 소리 내어 말하듯 그에게 대답했다.

"그게 말이 되는 건지 아닌지는 잘 모르겠어. 거짓말이라는 것은 알겠지만."

그러자 던레번은 갑자기 입에 담을 수 없는 말들을 내뱉기 시작했고, 교구 목사의 큰아들(아마도 알라비는 이미 죽은 것 같았다.)과 펜트리스의 모든 주민들의 증언을 예로서 들먹였다. 던레번만큼이나 깜짝 놀란 언윈은 사과했다. 어둠 속에서 시간은 더욱 길게 느껴졌고, 두 사람은 길을 잃은 것이 아닐까 걱정했다. 위에서 내려온 한 줄기의 희미한 빛이 좁은 층계의 첫 계단들을 보여 주었을 때, 그들은 지칠 대로 지쳐 있었다. 그들은 계단을 올라갔고, 허물어진 둥근 침실에 도착했다. 불운한 왕의 두려움을 보여 주는 두 개의 표시가 그대로 남아 있었다. 하나는 황무지와 바다가 훤히 내려다보이는 작은 창문이었고, 다른 하나는 바닥의 뚜껑 문으로, 그것은 계단의 휘어진 부분 위로 열리고 있었다. 방은 넓었지만, 감방과 아주 흡사했다.

비 때문이라기보다는 기억과 일화를 실제로 살아 보고 싶은 욕망 때문에, 두 친구는 미로에서 밤을 보냈다. 수학자는 편안하게 잠들었다. 하지만 시인은 자신의 이성이 혐오스럽다고 여기는 시구에 시달려 그렇게 잘 자지 못했다.

포악하고 위압적인 얼굴 없는 사자
괴로워하는 얼굴 없는 노예, 얼굴 없는 왕

언윈은 자기가 보크하리의 죽음에 관한 이야기에 관심이 없었다고 생각했지만, 그 죽음의 수수께끼를 풀었다는 확신을 가지고 잠에서 깼다. 그날 내내 그는 과묵하게 몰두하면서, 꿈의 조각들을 맞추고 다시 맞추었다. 그리고 이틀 밤 후 그는 런던의 어느 선술집에서 던레번과 약속을 잡았고, 다음의 말,

아니, 다음과 비슷한 말을 했다.

"콘월에서 나는 네게 들었던 이야기가 거짓말일 거라고 말했어. 그 '사건'들은 모두 사실이야. 아니면 사실일 수 있어. 그러나 네가 이야기한 것처럼 이야기하면, 분명 거짓말이 돼. 우선 가장 커다란 거짓말인 믿을 수 없는 미로부터 시작해 보겠어. 도망자는 미로에 숨지 않아. 또한 해안에서 가장 높은 지점에 미로를 세우지도 않아. 그리고 선원들이 멀리서도 볼 수 있는 진홍색의 미로를 세우지도 않아. 이미 우주가 미로이니, 구태여 미로를 세울 필요는 없어. 정말로 숨고자 하는 사람에게는 건물의 모든 복도들이 향하고 있는 망루보다 런던이 훨씬 좋은 미로야. 오늘 저녁 네게 전하고 있는 이 현명한 생각은 그저께 밤에 갑자기 깨달은 거야. 우리가 미로의 지붕위에 떨어지는 빗소리를 들으며 잠의 신이 우리를 찾아오기를 기다리는 동안에 말이야. 나는 무언가를 깨우치고서 그 생각을 수정했어. 그리고 너의 황당한 '사실'들을 잊고 보다 사리에 맞는 것을 생각하기로 선택했어."

"말하자면 집합 이론이나 차원의 공간 같은 것이군." 던레번이 말했다.

"아니야." 언윈이 진지하게 말했다. "나는 크레타 섬의 미로를 생각했어. 중앙에 황소의 머리를 한 사람이 있는 미로 말이야."

탐정 소설에 조예가 깊은 던레번은 미스터리를 해결하는 것은 미스터리 자체보다 항상 그다지 흥미롭지 않다고 생각했다. 미스터리는 초자연성, 심지어는 신성성과도 관련이 있지만, 해결은 인간의 손장난에 불과하다. 그는 입을 열었지만 그것은 피할 수 없는 말을 미루기 위함이었다.

"메달이나 조각상을 보면 미노타우로스는 황소 머리였어. 단테는 황소의 몸에 사람의 머리가 붙은 걸로 상상했어."

"그런 상상도 내 마음에 들어." 언원이 동의했다. "하지만 중요한 것은 그 기괴한 집과 그곳에 사는 기괴한 거주자가 일치한다는 점이야. 미노타우로스는 미로의 존재를 정당화시키고도 남는 존재야. 하지만 꿈에서 감지한 위협에 대해서는 그 누구도 그렇게 말하지는 않을 거야. 미노타우로스의 모습(미로가 있는 경우에는 중대한 모습)을 포착하면 문제는 사실상 해결된 거야. 그러나 솔직히 말해서, 난 그 고대의 형상이 이 문제의 열쇠라는 걸 이해하지 못했고, 그래서 네 이야기가 보다 정확한 상징을 제시할 필요가 있었다고 여긴 거야. 그 상징이 바로 거미줄이야."

"거미줄이라고?" 어리둥절해하면서 던레번이 되물었다.

"그래. 거미줄(거미줄의 보편적인 형태, 그러니까 플라톤의 거미줄이야.)이 살인자에게 (살인자 하나가 있었기 때문에) 범죄를 제안했다면 난 그리 놀라지 않을 거야. 너는 보크하리가 어느 무덤에서 뱀 떼에게 사로잡히는 꿈을 꾸었고, 잠에서 깨어나자 거미줄이 그런 꿈을 꾸게 했다는 사실을 깨달았다는 걸 기억할 거야. 그럼 보크하리가 얽히고설킨 뱀 떼를 꿈꾸었던 그날 밤으로 돌아가 보도록 하지. 폐위된 왕과 대신과 노예는 보물을 가지고 사막으로 도망쳐. 그들은 어느 무덤 속에 은신처를 마련해. 우리가 겁쟁이라고 알고 있는 대신은 잠들지만, 우리가 용맹하다고 알고 있는 왕은 잠을 자지 않아. 대신과 보물을 나눠 갖지 않기 위해 왕은 그를 칼로 찔러 죽여. 며칠 밤이 지난 후 죽은 대신의 유령이 꿈속에서 그를 위협해. 이런건 다 믿을 수가 없어. 나는 사건들이 다른 방식으로 일어났다고 추측해. 그날 밤 용감한 사람인 왕은 잠들었고, 겁쟁이 사이드는 밤을 새웠어. 잠든다는 것은 우주로부터 한눈을 판다는 것인데, 칼을 뽑아 든 사람들이 자기를 뒤쫓고 있다는 것을 알고 있는 사람은 방심하기 어려운 법이지. 탐욕스러운 사이드는 왕의 꿈을 지켜봐. 그는 왕을 죽이려고 생각했지만(아마도 단도를 만지작거렸을 거야.) 그럴 용기를 내지 못했어. 그는 노예를 부르고, 두 사람은 보물의 일부를 무덤에 숨긴 후 사와킨으로, 그런 다음 런던으로 도망쳤어. 그는 보크하리에게 도망쳐 숨기 위해서가 아니라 그를 유인해서 죽이기 위해, 바다가 훤히 내려다보이는 곳에 붉은 벽의 높은 미로를 만들었어. 그는 배들이 진홍빛 사람과 노예와 사자에 관한 명성을 누비아의 항구에 전할 것이고, 조만간 보크하리가 자기를 찾아 미로 속으로 들어올 것임을 알고 있었어. 얽히고설킨 마지막 복도에는 뚜껑 문이 기다리고 있었어. 보크하리는 사이드를 무한히 경멸하고 있었고, 따라서 최소한의 주의도 기울이지 않았을 거야. 기다리고 기다리던 날이 왔어. 이븐 하캄은 영국에 내려 미로의 입구까지 걸어갔어. 그리고 전혀 알 수 없는 미로를 통과했어. 그리고 아마도 그의 대신이 그를 죽였을 때 이미 마지막 복도가 시작하는 계단에 발을 내딛었을 거야. 뚜껑 문에서 총을 쏴서 죽였는지는 나도 몰라. 노예는 사자를 죽였을 것이고, 또 다른 탄환 하나가 노예를 죽였을 거야. 그런 다음 사이드는 돌로 그들 셋의 머리를 박살 내 버렸어. 그는 그렇게 해야만 했어. 단 한 사람만 얼굴이 뭉개진 채 죽었다면, 그 사람이 누구인지 밝히는 문제만 대두되었을 거야. 하지만 맹수와 검둥이, 그리고 왕은 하나의 연속물을 형성하고, 그 연속물에서 최초의 두 조건이 주어지면 그것들은 불가피하게 마지막 것을 상정하게 되지. 알라비와 이야기를 했을 때 그가 공포에 사로잡혀 있었다는 것은 전혀 이상한 일이 아니야. 그는 이제 막 끔찍한 범죄를 저질렀고, 영국에서 도망쳐 보물을 되찾으려고 하고 있던 참이었으니까."

언원의 말이 끝나자, 깊은 생각에 잠긴, 혹은 믿을 수 없다는 것 같은 침묵이 뒤를 이었다. 던레번은 흑맥주 한 잔을 주문하고서 자기 생각을 말했다.

"나는 내 이야기 속의 이븐 하캄이 사이드일 수도 있다는 사실을 인정해." 그가 말했다. "너는 그런 변신이 이런 장르의 고전적인 책략, 그러니까 독자가 준수해야 한다고 요구하는 진정한 규칙이라고 말하지도 몰라. 내가 순순히 받아들일 수 없는 것은 보물의 일부가 수단에 남아 있을 거라는 추측이야. 사이드가 왕과 왕의 정적들에게서 도망치고 있었다는 사실을 떠올리도록 해. 그러면 그 보물의 일부를 파묻기 위해 지체했다기보다는 보물 전체를 훔쳤다고 상상하는 편이 더 쉬울 거야. 그래서 아마 동전들도 발견되지 않았을 거야. 동전이 남아 있지 않았기 때문이지. 아마도 미장이들이 니벨룽의 붉은 금화와는 달리 무한하지 않은 그 보물들을 모두 써 버렸는지도 몰라. 그렇다면 우리는 탕진한 보물을 돌려 달라고 요구하기 위해 이븐 하캄이 바다를 건너는 것이라고 여길 수도 있어."

"탕진한 건 아니야." 언윈이 말했다. "이교도의 땅에 벽돌로 지은 커다란 원형의 함정을 세우는 데 투자된 거야. 왕을 함정에 빠뜨려 죽이기 위해서 말이야. 만일 네 추측이 옳다면, 사이드는 탐욕 때문이 아니라 증오와 공포에서 그 일을 했던 거야. 그는 보물을 훔쳤지만, 나중에 보물이 자기에게 중요한 것이 아니라는 것을 깨달았어. 중요한 것은 이븐 하캄이 죽는 것이었어. 그는 이븐 하캄으로 위장했고, 이븐 하캄을 죽였고, 마침내 이븐 하캄이 되었어."

"그래, 맞아." 던레번이 동의했다. "그는 죽어서 그 누구도 아닌 사람이 되기 전에, 언젠가 자신이 왕이었거나 왕인 것처럼 위장했던 사실을 기억할 떠돌이였어."

두 명의 왕과 두 개의 미로*

신심이 돈독한 (그러나 알라신은 더욱 많은 것을 알지니.) 사람들은 태곳적에 바빌로니아의 섬들을 다스리는 한 명의 왕이 있었다고 말한다. 그는 자기 왕국의 건축가들과 사제들을 소집하여 그들에게 너무나 복잡하고 난해해서 가장 총명한 사람들도 감히 그곳에 들어가려고 하지 않고, 들어간 사람들은 길을 잃어버릴 하나의 미로를 건설하라고 지시했다. 그 작업은 결국 물의를 일으키고 말았다. 혼돈에 이르게 하고 경이로움을 불러일으키는 것은 바로 인간이 아닌 신만이 지닌 고유의 특권이었기 때문이다. 시간이 얼마 흐르지 않았을 무렵, 그의 궁전에 어느 아랍의 왕이 찾아왔고, 바빌로니아의 왕은 (순

---

* 이것은 교구 목사가 설교대에서 읽어 준 이야기이다. 앞 작품 「자기 미로에서 죽은 이븐 하칸 엘 보크하리」를 참고할 것.(저자 주)

진한 손님을 놀려 주기 위해) 그에게 미로로 들어가게 했다. 그곳에서 아랍의 왕은 굴욕감을 느끼고 혼란스러워하면서 방황했다. 그날 오후의 해가 기울 때가 되자, 그는 신의 도움을 청했고, 출구를 찾게 되었다. 그의 입술은 어떤 불평도 늘어놓지 않았지만, 바빌로니아의 왕에게 자기도 아라비아에 또 다른 미로를 가지고 있으며, 알라신이 허락하신다면 언젠가 그것을 그에게 보여 주고 싶다고 말했다. 그런 다음 그는 아라비아로 돌아가 지휘관들과 사령관들을 집결시켜 바빌로니아 왕국을 폐허로 만들어 버렸다. 그리고 지독히도 큰 행운이 따른 덕에 그곳의 성들을 함락했고, 그곳 백성들을 진압했으며, 바빌로니아의 왕을 포로로 붙잡았다. 그는 바빌로니아의 왕을 날쌘 낙타 위에 묶고서 사막으로 데려갔다. 사흘간 낙타를 타고 간 다음, 그는 바빌로니아의 왕에게 말했다. "오, 시간과 실체의 왕이시고, 금세기의 상징이시여! 바빌로니아에서 당신은 내게 수많은 계단과 문과 벽으로 만들어진 청동 미로 속에서 길을 잃어버리게 하려고 했소. 이제 전지전능하신 알라신께서 당신에게 내 미로를 보여 주도록 허락하셨소. 그곳에는 올라갈 계단도 없으며 힘들게 열어야 하는 문들도 없고, 돌아다녀야 할 진저리 나는 복도들도 없으며 당신의 길을 막을 벽들도 없소."

그런 다음 그를 묶었던 끈을 풀어 주었고, 그를 사막 한가운데 남겨 두었다. 그곳에서 바빌로니아의 왕은 굶주림과 갈증으로 죽었다. 영원히 죽지 않으실 '그분'과 영광이 함께하기를.

기다림

택시가 그를 북서부에 있는 그 거리 4004번지에 내려 주었다. 아직 아침 9시도 되지 않은 시간이었다. 그 남자는 반점으로 얼룩덜룩한 플라타너스, 각각의 플라타너스 아래에 있는 정사각형의 땅, 조그만 발코니가 달린 괜찮은 집들, 그 옆에 있는 약국, 그리고 페인트 가게와 철물점의 색 바랜 마름모꼴 창유리를 고개를 끄덕이며 쳐다보았다. 병원의 길고 창문도 없는 벽이 맞은 편 보도와 접해 있었다. 저 멀리 있는 온실에서 햇빛이 반짝이고 있었다. 남자는 하느님의 뜻이라면 그런 것들이 (꿈속에서처럼 이제는 제멋대로 아무렇게나 우연의 일치처럼 늘어서 있는) 시간이 흐르면서 불변하고 필수 불가결하며 친근한 것이 되리라고 생각했다. 약국의 창문에는 도자기로 만들어진 '브레슬라우어'*

---

* 브레슬라우의 유대인이라는 의미.

라는 글자가 적혀 있었다. 그것은 유대인들이 본토박이들을 쫓아냈던 바로 그 이탈리아 사람들을 내쫓고 있다는 말이었다. 차라리 그런 게 나았다. 그 사람은 자기와 같은 피를 가진 사람들과 뒤섞이고 싶지 않았던 것이다.

운전사가 그를 도와 가방을 내려 주었다. 마침내 혼란스럽거나 지쳐 있는 것처럼 보이는 여자 하나가 문을 열었다. 운전석에서 운전사가 동전 하나를 그에게 돌려주었다. 멜로의 호텔에 있던 그날 밤부터 그의 주머니에 넣어 두었던 2센타보짜리 우루과이 동전이었다. 그 남자는 운전사에게 40센타보를 주고서 즉시 이렇게 생각했다. "나는 모든 사람들이 나를 잊도록 행동해야만 해. 나는 두 가지 실수를 저질렀어. 하나는 다른 나라의 동전을 준 거고, 또 다른 하나는 내가 그런 실수에 관심을 보인다는 사실을 드러냈던 거야."

남자는 여자 뒤를 따라갔다. 그는 현관과 첫 번째 안마당을 지났다. 그가 예약했던 방은 다행스럽게도 두 번째 마당과 마주 보고 있었다. 철제 침대였지만, 공예가에 의해 나뭇가지와 포도 덩굴을 의미하는 환상적인 곡선들로 탈바꿈되어 있었다. 또한 거기에는 높은 소나무 옷장과 협탁, 맨 아래 칸에 책이 꽂혀 있는 책장, 짝이 맞지 않는 의자가 둘, 세면대가 달린 세면기, 물 주전자, 비누 통, 불투명한 유리 물병이 있었다. 부에노스아이레스 지방의 지도와 십자가 상이 벽을 장식하고 있었다. 벽지는 붉은색이었고, 거기에는 꼬리를 활짝 편 거대한 공작들이 반복적으로 그려져 있었다. 하나밖에 없는 방문은 안마당을 향하고 있었다. 그는 가방을 안으로 들여놓기 위해서 의자의 위치를 바꿔야만 했다. 방을 세낸 남자는 모두 마음에 든다고 고개를 끄덕였다. 여자가 이름을 묻자 그는 비야리라고 대답했다. 그 이름을 댄 것은 비밀스러운 도발을 위해서도 아니었고, 이제는 정말로 느끼지 않게 된 굴욕감을 누그러뜨리기 위한 것도 아니었다. 그는 그 이름이 뇌리에서 떠나지 않고 자기를 괴롭히고 있기 때문에, 그리고 다른 이름을 생각할 수 없었기 때문에 그렇게 말한 것이었다. 분명한 것은 그가 적의 이름을 채택하는 것이 교활한 책략이 될 수 있다고 상상하는 문학적 실수에 유혹된 것은 아니라는 사실이었다.

처음에 비야리 씨는 집 밖으로 나가지 않았다. 몇 주가 지난 후에야 그는 어둑어둑해질 무렵에 잠깐 외출을 하곤 했다. 어느 날 밤에 그는 집에서 세 블록 떨어진 곳에 있는 극장에 들어갔다. 그는 결코 맨 끝줄보다 앞으로 가지 않았다. 게다가 그에게는 영화가 끝나기 조금 전에 자리에서 항상 일어나는 습관이 있었다. 그는 지하 세계의 비극적인 이야기들을 보았다. 의심할 여지없이 이런 이야기들은 오류를 범하고 있었다. 또 의심할 여지없이 그 이야기들은 그가 과거에 살았던 삶의 모습을 담고 있었다. 비야리는 그런 사실을 눈치채지 못했다. 예술과 현실이 일치한다는 생각을 전혀 해 보지 못했기 때문이다. 그는 고분고분하게 그 이야기들을 즐기려고 애썼다. 그리고 이야기들이 드러내는 의도를 그 안에서 예상하려고 애썼다. 소설을 읽는 사람들과 달리, 그는 결코 자기 자신을 예술 작품 속의 인물로 보지 않았다.

그에게는 한 통의 편지도 오지 않았고, 심지어 광고 전단지

조차도 오는 법이 없었지만, 그는 막연한 희망을 가지고 신문의 어느 면을 읽곤 했다. 오후가 되면 의자 하나를 문 옆으로 가져가서 그곳에 앉아 심각한 표정으로 마테 차를 홀짝홀짝 마시면서, 2층짜리 옆집의 벽을 뒤덮은 담쟁이덩굴을 뚫어지게 쳐다보곤 했다. 여러 해 동안 고독하게 지내면서, 그는 기억 속의 모든 나날이 똑같게 느껴지는 경향이 있지만, 감옥이나 병원에서 보내는 날이 아니더라도 놀랍지 않은 날은 단 하루도 없다는 것을 알았다. 과거에 은둔 생활을 했을 때는 날짜와 시간을 세려는 유혹에 굴복했지만, 이번 은둔 생활은 달랐다. 어느 날 아침에 신문이 알레한드로 비야리의 죽음을 전하지 않는 한, 끝이 없을 것이기 때문이었다. 또한 비야리가 '이미 죽었을' 가능성도 있었다. 그렇다면 그의 삶은 하나의 꿈이었다. 그런 가능성에 그는 불안해했다. 그것이 위안처럼 느껴질지 아니면 불행처럼 느껴질지 알 수 없었기 때문이다. 그러자 그는 그런 것이 터무니없는 일이라고 여기고서 무시해 버렸다. 머나먼 시절에, 그러니까 세월의 흐름보다는 두어 가지 돌이킬 수 없는 사실 때문에 더 멀게 느껴지는 그 옛날에, 그는 파렴치한 열정으로 많은 것을 원했다. 그것은 남자들에게 증오심을 불러일으켰던 강력한 의지와 어떤 여자에 대한 사랑에 따른 것이었지만, 이제는 더 이상 특별한 것을 원하지 않았다. 단지 그런 것들이 끝나지 않고 지속되기만 바라고 있었다. 마테 차의 맛, 검은 궐련의 맛, 앞마당을 뒤덮으며 점점 커져 가는 어둠의 줄무늬, 이것들은 세상을 살기에 충분한 이유였다.

집에는 다 늙은 사냥개가 한 마리 있었다. 비야리는 개와 친구가 되었다. 그는 개에게 스페인어로, 이탈리아어로, 그리고 아직도 기억하고 있던 어린 시절의 시골 사투리 단어 몇 마디로 말했다. 비야리는 아무런 기억도 없고 아무런 예상도 하지 않은 채 그저 현재 속에서만 살려고 애썼다. 차라리 그는 과거의 기억보다는 미래를 예상하는 것에 관심을 보였다. 그는 자기가 과거란 시간으로 구성된 물체라는 사실을 직관할 수 있다고 어렴풋이 생각했고, 그런 이유로 시간은 즉시 과거가 된다고 추측했다. 어느 날은 권태가 행복인 것처럼 느껴졌다. 그럴 때면 그는 개보다 더 복잡한 존재가 아니었다.

어느 날 밤, 입 안쪽에서 갑작스럽게 심한 통증이 엄습하는 바람에 그는 소스라치게 놀랐고 벌벌 떨었다. 몇 분 되지 않아 이런 오싹한 기적이 다시 찾아왔고, 새벽녘에 또다시 찾아왔다. 다음 날 비야리는 택시를 불렀고, 택시는 그를 온세 지역에 있는 치과 병원 앞에 내려 주었다. 거기서 그는 어금니를 뺐다. 그 호된 시간 동안 그는 다른 사람들보다 더 겁을 먹지도 않았고 더 태연해지도 않았다.

또 다른 밤에 극장에서 돌아오다가 그는 누군가가 자기를 떠미는 것을 느꼈다. 분노와 분개심과 더불어 남모를 안도감을 느끼면서 그는 그 무례한 자와 맞섰다. 그는 그 작자에게 입에 담지 못할 욕설을 내뱉었고, 그러자 깜짝 놀란 상대방은 더듬거리며 사과했다. 검은 머리카락의 그 작자는 키가 크고 젊었으며, 독일인처럼 보이는 여자와 함께 있었다. 그날 밤, 비야리는 그들은 모르는 사람들이라고 여러 번 되뇌었다. 하지만 나흘이나 닷새가 지나서야 비로소 그는 다시 밖으로 나갈 수 있었다.

책장에 있는 책들 중에는 안드레올리*의 오래된 주석이 달린 단테의『신곡』이 있었다. 호기심보다는 일종의 의무감에 이끌려 비야리는 그 명작을 읽겠다고 다짐했다. 저녁 식사를 하기 전에 그는 한 소절씩을 읽었고, 그런 다음 엄격하게 순서대로 주석을 읽었다. 그는 지옥의 고통에 대해 도통 있을 법하지 않다거나 지나치다고 생각하지 않았으며, 단테가 우골리노의 이가 끝없이 루지에리**의 목덜미를 갉아 먹는 지옥의 마지막 구역으로 가는 형벌을 그에게 내리리라고도 생각하지 않았다.

붉은색 벽지의 공작들은 집요한 악몽들의 자양분이 될 운명인 것처럼 보였다. 그러나 비야리 씨는 결코 살아 있는 새들이 뒤엉켜 있는 기괴한 누각을 꿈꾸지는 않았다. 동이 틀 무렵이면 그는 내용은 같지만 상황만 다양하게 바뀌는 꿈을 꾸곤 했다. 두 남자와 비야리가 권총을 들고 방으로 들어오거나, 아니면 그들이 영화관에서 나오는 그를 공격하거나, 또는 세 사람이 동시에 그를 밀었던 낯선 사람이기도 했으며, 아니면 두 사람이 안마당에서 슬픈 표정으로 그를 기다리고 있지만 그를 알아보지는 못하는 것 같기도 했다. 꿈이 끝날 무렵 그는

---

* Raffaele Andreoli(1823~1891). 이탈리아의 변호사. 그의『신곡』주석본은 1856년에 출간되었다.
** Ruggieri degli Ubaldini(? ~ ?). 단테의『신곡』에서 배신자 중의 하나로 등장하는 피사의 대주교.

가까이 있던 협탁 서랍에서 권총을 꺼내 (그 서랍에 그가 권총을 보관하고 있는 것은 사실이었다.) 그 남자들에게 총을 쏘곤 했다. 그리고 시끄러운 총소리에 잠에서 깨곤 했지만, 항상 그것은 꿈이었으며, 다른 꿈에서도 그런 공격은 되풀이되었고, 또 다른 꿈에서도 그는 다시 그들을 죽여야만 했다.

7월의 어느 음산한 아침, 그는 낯선 사람들의 출현 때문에 잠에서 깼다.(그들이 문을 열었을 때 문소리가 나서 잠을 깬 것이 아니었다.) 그들은 방의 어둠 속에 우뚝 서 있었다. 그리고 어둠 때문에 이상하게도 둘 다 똑같아 보였고 (무서운 꿈속에서 그들은 항상 더욱 선명하게 보였다.) 경계 태세를 취하고서 미동도 하지 않은 채, 참을성 있게 그를 지켜보고 있었다. 그들은 무기의 무게가 버거운 듯 어깨를 굽히고서 시선을 떨어뜨리고 있었다. 마침내 알레한드로 비야리와 낯선 남자 한 명이 그를 덮쳤다. 그는 몸짓으로 기다려 달라고 부탁했고, 마치 다시 잠을 청하려는 것처럼 벽 쪽으로 몸을 돌렸다. 자기를 죽인 사람들의 자비심을 일깨우기 위해 그렇게 했던 것일까? 아니면 끔찍한 사건을 상상하면서 끝없이 기다리는 것보다 그것을 못 본 척하는 게 더 쉬운 일이기 때문이었을까? 아니면 — 이게 아마도 가장 그럴듯한 설명일 것이다. — 이미 수없이 바로 그 장소와 그 시간에 있었던 것처럼 그 살인자들이 꿈이 되어 버리도록 하기 위해서 그랬던 것일까?

그가 그런 마법의 상태에 있을 때, 총탄 소리가 그를 지워 버렸다.

문가의 남자

비오이 카사레스는 런던에서 삼각형의 날과 H 자 모양의 손잡이가 달린 별난 단도 하나를 가져왔다. 우리 친구인 영국 문화 협회의 크리스토퍼 듀이는 그런 종류의 무기가 힌두스탄에서는 일반적으로 사용된다고 말했다. 그런 견해를 밝히다가 그는 자기가 1, 2차 세계대전 사이에 그 나라에서 일한 적이 있다고 말하게 되었다.(나는 그가 유베날리스*의 시구 하나를 잘못 인용해서 라틴어로 "Ultra auroram et Ganges(여명과 갠지스 강 너머로)"라 말한 것을 기억한다.) 그날 밤 그가 들려준 이야기들에서 나는 감히 아래와 같이 다시 구성해 보고자 한다. 내 이야기는 그의 이야기에 충실할 것이다. 알라신이여, 몇 가지

---

* Decimus Junius Juvenalis(55?~127?). 로마 제국의 부패와 비행을 공격한 풍자 시인.

간단한 상황을 덧붙이거나 아니면 키플링*을 삽입하면서 이 이야기의 이국적 특징을 부각시키려는 유혹에서 저를 지켜 주소서. 게다가 이 이야기는 고전적이면서도 단순한 맛을 띠고 있어, 『천 하룻밤의 이야기』와도 같은 이 풍미를 잃게 된다면 유감스러운 일이 될 것이다.

내가 지금 얘기하려는 사건들이 정확하게 어디에서 일어났는지는 하나도 중요하지 않아. 게다가 부에노스아이레스에서 암리스타르나 우드와 같은 이름들이 어떤 정확한 정보를 전할 수 있겠어? 그래서 그 시절에 이슬람의 어느 도시에 소요 사태가 일어났고, 중앙 정부가 치안을 회복하기 위해 힘센 사람 한 명을 보냈다고 말하는 것만으로 충분할 거야. 그 사람은 전사로 유명한 가문 태생이었고, 피 속에 폭력의 전통을 지닌 스코틀랜드 사람이었어. 내 눈은 단 한 번 그를 보았을 뿐이지만, 나는 칠흑처럼 시커먼 머리카락, 툭 튀어나온 광대뼈, 탐욕스러운 코와 입, 넓은 어깨, 바이킹의 건장한 골격을 결코 잊을 수 없어. 오늘 밤 내 이야기 속에서 그는 데이비드 알렉산더 글렌케언이라고 불릴 거야. 데이비드와 알렉산더라는 두 이름은 서로 잘 어울려. 둘 다 무자비한 통치자들이었거든. 나는 데이비드 알렉산더 글렌케언은 (이렇게 부르는 것에도 익숙해져야만 하겠지.) 모두가 두려워하는 사람이었을 거라고 추

---

* Rudyard Kipling(1865~1938). 영국의 소설가이며 시인으로 대표작으로 『정글북』, 『킴』 등이 있다.

측해. 그가 오고 있다는 소식만으로도 그 도시의 소요가 진정되기에 충분했거든. 그렇지만 그것도 그가 강력한 대책들을 공포하는 걸 막지는 못했어. 몇 년이 흘러갔어. 도시와 외딴 지역은 평화를 누리고 있었어. 시크교도와 이슬람교도가 오래된 불화를 종식시켰기 때문이었어. 그런데 갑자기 글렌케언이 자취를 감춰 버렸어. 당연히 그가 납치되었거나 살해되었다는 소문이 나돌았어.

나는 상관을 통해 이런 사실을 알게 되었어. 엄격한 검열이 실시되고 있었고, 그래서 신문들이 글렌케언의 실종에 대해 아무런 논평도 하지 않았기 때문이야.(내가 기억하는 한에서는 언급조차 하지 않았어.) 인도는 세상보다 더 크다는 속담이 있지. 글렌케언은 아마도 서류 끝에 서명을 휘갈기면서 그의 운명을 결정지은 그 도시에서는 전지전능한 존재였을 거야. 하지만 대영제국 행정부의 톱니바퀴 속에서는 하찮은 톱니바퀴의 이에 불과했지. 지방 경찰이 샅샅이 수색했지만 아무 소용도 없었어. 내 상관은 사설탐정이 의심을 덜 불러일으킬 것이기에 보다 나은 결과를 얻을 것이라고 생각했어. 사나흘 후(인도에서 시간 감각은 후하다고 말할 수 있어.) 나는 큰 희망을 갖지 않은 채 한 사람을 감쪽같이 사라지게 만든 어슴푸레한 도시를 돌아다니고 있었어.

나는 거의 즉각적으로 글렌케언의 운명을 숨기려는 끝없는 음모가 존재한다는 것을 느꼈어. '이 도시에서 그 비밀을 모르는 사람은 하나도 없으며, 그 비밀을 지키겠다고 맹세하지 않은 사람도 하나도 없다.'라고 나는 의심했어. 내 질문을 받은 사람들은 대부분 무조건 모르는 척 행세했어. 그들은 글렌케언이 누구인지도 모르며, 그를 결코 본 적도 없고, 그에 관해 말하는 것도 결코 들어 본 적이 없다고 공언했어. 반면에 다른 사람들은 십오 분 전에 아무개와 이런저런 것에 관해 말하던 그를 보았다고 말하면서, 심지어 두 사람이 들어간 집까지 나를 데려다 주기도 했어. 그러나 물론 그 집에서는 그 누구도 그들에 관해 모른다고 말하거나, 아니면 방금 전에 떠났다고 말하곤 했지. 나는 바로 그런 거짓말쟁이들 중 하나의 얼굴을 주먹으로 쳤어. 구경꾼들은 내가 그런 방법으로 거짓말쟁이에게 후련하게 복수하는 것에 박수를 쳤을 거야. 하지만 그들은 또 다른 거짓말들을 지어냈어. 나는 그 사람들을 믿지 않았지만, 그들의 말을 무시할 수도 없었어. 어느 날 오후 누군가가 종이쪽지가 담긴 봉투 하나를 내게 남겨 두었는데, 거기에는 몇몇 곳의 주소가 적혀 있었어…….

내가 도착했을 때는 이미 해가 진 상태였어. 그 동네는 가난한 서민들이 사는 곳이었어. 그 집은 아주 납작했지. 보도에서 나는 맨땅이 드러난 마당들이 계속 이어져 있는 것을 보았고, 마당 뒤쪽에서는 환한 빛을 보았어. 마지막 마당에서는 이슬람 축제가 벌어지고 있었는데, 그게 어떤 것이었는지는 모르겠어. 어느 장님이 붉은 나무로 만든 류트를 들고 들어갔어.

내 발치에는 아주 늙은 사람이 문턱에 쭈그리고 앉아서 마치 무생물처럼 꼼짝하지 않고 있었어. 그의 행색이 어땠는지 말해 줄게. 그것이 바로 이 이야기의 핵심적인 부분이거든. 마치 물이 돌을 작고 반들반들하게 만들듯이, 혹은 여러 세대의 사람들이 짤막한 금언을 만들듯이, 오랜 세월이 그를 작고 반들반들하게 만들어 놓았어. 긴 넝마가 그를 뒤덮고 있었어. 아니, 내 눈에 그렇게 비친 것인지도 몰라. 그리고 그의 머리를 감싸고 있는 터번 역시 넝마와 다름 없었어. 황혼 속에서 그가 나를 향해 시커먼 얼굴과 새하얀 수염을 쳐들었어. 나는 단도직입적으로 그에게 말했지. 이미 나는 데이비드 알렉산더 글렌케언을 찾겠다는 희망을 모두 잃어버리고 있었거든. 그는 내 말을 알아듣지 못했어.(아마 내 말을 듣지 않았는지도 몰라.) 그래서 그 사람이 재판관이며, 내가 그를 찾고 있다고 설명해야만 했어. 이런 말을 하면서 나는 그 늙은이에게 질문을 한다는 게 부질없다는 느낌을 받았어. 그런 사람에게 현재란 단지 막연한 소문에 불과한 것이니까. 나는 이렇게 생각했어. '이 사람은 반란이나 아크바르에 대한 소식을 알려 줄 수 있을지는 몰라도, 글렌케언에 대해서는 그렇지 않을 거야.' 그가 내게 한 말은 이런 의심을 확인시켜 주었어.

"재판관이라!" 그가 약간 놀란 표정을 지으며 말했어. "실종된 재판관을 찾고 있다고. 그 사건은 내가 어렸을 때에 일어났던 사건이오. 정확한 날짜는 모르겠지만 아직 니칼 세인(잘 알겠지만 그는 니콜슨*을 뜻한 거야.)이 델리의 성벽 앞에서 죽기 이전이었지요. 지나간 시간은 기억 속에 남는 법이오. 의심할 여지없이 나는 그 당시에 일어났던 일들을 그대로 떠올릴 수

---

* John Nicholson(1822~1857). 동인도회사의 장교로, 벵골 원주민 폭동 사건(1857년)에서 전설적인 역할을 했다.

있어요. 진노하신 알라신은 사람들이 타락하게 하셨지요. 그러자 사람들의 입은 욕설과 거짓말과 속임수로 가득하게 되었어요. 하지만 모든 사람이 사악한 것은 아니었지요. 여왕이 이 나라에 영국의 법을 시행할 사람을 보내겠다고 공포하자, 덜 나쁜 사람들은 기뻐했소. 법이 무질서보다 낫다고 생각했기 때문이지. 그 기독교인이 도착했고, 얼마 지나지 않아 속이고 탄압하기 시작했으며, 흉악한 범죄들을 눈감아 주고 돈을 받고 판결을 내렸어요. 처음에 우리는 그를 비난하지 않았소. 우리 중에서 그 누구도 그가 집행하던 영국 법에 대해 아는 사람이 아무도 없었고, 새 재판관이 명백하게 법을 남용하고 있지만, 그것은 아마도 우리가 이해할 수 없는 다른 합당한 이유가 있을 것이기 때문이었지요. '평계 없는 무덤 없다.'라고 우리는 생각하려 했어요. 하지만 그가 세상의 모든 못된 재판관들과 한통속이라는 사실은 너무나 분명했고, 마침내 우리는 그가 그저 사악한 사람에 불과하다는 것을 인정할 수밖에 없게 되었소. 그는 폭군이 되었고, 가련한 백성들은 (한때 그에게 걸었던 잘못된 기대에 대한 복수를 하려고) 그를 납치해 재판에 회부해야 한다는 생각을 품었지요. 말만으로는 충분치 않았어요. 그래서 그 계획은 행동으로 옮겨졌어요. 아마 아주 생각이 단순한 사람들과 어린애들을 빼놓고 이런 무시무시한 계획이 실행되리라고는 아무도 믿지 않았을 거요. 하지만 수많은 시크교도와 이슬람교도는 약속을 지켰고, 어느 날 믿을 수 없게도 모든 사람이 불가능하다고 여겼던 일을 실행에 옮겼소. 그들은 재판관을 납치했고, 도시에서 멀리 떨어진 교외의 농가에 그를 가뒀지요. 그런 다음 그에게 학대당한 사람들, 혹은 (어떤 경우에는) 고아들과 과부들과 상의했어요. 그 시기 동안 사형 집행인의 칼은 쉬고 있지 않았기 때문이오. 마침내 — 이게 아마도 가장 힘든 일이었을 거요. — 그들은 재판관을 심판할 사람을 찾아 재판관으로 임명했소."

여기서 몇몇 여자들이 집 안으로 들어오는 바람에 그는 말을 중단했어.

그런 다음 천천히 다시 이야기를 계속했어.

"비밀스럽게 우주를 떠받치고 하느님 앞에서 그것을 정당화하는 네 명의 올바른 사람들이 존재하지 않는 세대는 하나도 없다는 것은 널리 알려진 사실이오. 그런 사람 중의 한 사람이 더할 나위 없는 재판관이었을 거요. 그렇지만 만일 그 사람들이 무명으로 세상을 정처 없이 방황하며, 마주친다고 해도 서로를 알아보지 못하고, 그들조차도 자신들이 고귀한 과업을 수행하고 있다는 사실을 알지 못한다면, 어디서 그들을 찾을 수 있겠소? 그래서 어떤 사람은 운명이 우리에게 현자들을 금지한다면 바보를 찾는 수밖에 다른 도리가 없다고 생각했어요. 이런 견해가 널리 퍼졌지요. 코란 학자들, 법학자들, 사자(獅子)라는 이름을 가지고 있으며 유일신을 숭배하는 시크교도들, 수많은 신을 섬기는 힌두교도들, 우주의 모습은 다리를 벌린 사람의 모습과 같다고 가르치는 마하비라*의 사제

---

* Mahavira(기원전 599~527). 자이나교를 일으킨 스물네 명의 티르탕카라(완전히 깨달은 스승) 가운데 마지막 인물.

들, 불의 신봉자들, 그리고 흑인 유대인들이 이 법정을 구성했지만, 최종 판결은 어느 미친 사람에게 맡겼소."

여기서 그는 축제장을 떠나는 몇몇 사람들 때문에 말을 중단했어.

"미친 사람에게 맡겼소." 그가 되풀이해 말했어. "하느님의 지혜가 그의 입을 통해서 말하고, 교만한 인간들을 부끄럽게 만들도록 하기 위해서였지요. 그의 이름은 잊었소. 아니면 아마도 결코 알려진 적이 없었을지도 모르오. 하지만 그는 벌거벗은 채, 혹은 넝마를 걸친 채 이 거리를 돌아다니면서 엄지손가락으로 자기 손가락들을 세거나 나무들을 비웃곤 했소."

상식적으로 이해가 되지 않는 말을 들은 나는 이의를 제기했어. 그러면서 미친 사람에게 결정권을 주는 것은 재판을 무효화시키는 것이라고 말했어.

"피고가 재판관을 수락했어요." 노인이 대답했어. "아마도 그는 자기가 석방된다면 음모자들이 획책한 위험한 운명을 맞게 될 것이고, 단지 미친 사람에게만 사형이 아닌 다른 선고를 받을 수 있다는 사실을 깨달았던 것 같아요. 재판관이 누구인지를 듣자 그가 웃었지요. 나는 그 소리를 들었어요. 증인들의 숫자가 늘어났기 때문에 재판은 수많은 낮과 밤에 걸쳐 진행되었소."

그는 입을 다물었어. 마음속으로 걱정하고 있었던 거지. 아무 말이라도 해야 할 것 같아서 나는 며칠이 걸렸느냐고 물었어.

"최소한 열아흐레는 걸렸을 거요." 그가 대답했어. 축제에서 나오는 사람들 때문에 그는 다시 말을 멈췄어. 이슬람교도들에게는 술이 금지되어 있지만, 그들의 얼굴과 목소리로 보아 술에 취한 것 같았어. 어떤 사람이 그의 옆을 지나가면서 그 노인에게 뭐라고 소리를 질렀어.

"정확히 열아흐레였지요." 그가 말을 정정했어. "우리의 기대를 저버린 개자식은 선고를 받았고, 칼이 그의 목을 갈랐어요."

노인은 기쁜 듯이 잔혹하게 말했어. 그는 다른 어조로 이야기를 끝맺었어.

"두려움을 느끼지 않고 죽었어요. 가장 저질적인 인간들에게도 훌륭한 점은 있는 모양이오."

"말씀하신 그 일이 어디서 일어났나요?" 나는 노인에게 물었어. "어느 농가에서요?"

처음으로 그는 내 눈을 쳐다보았어. 그런 다음 자기가 할 말을 곰곰이 생각하듯이 천천히 대답했어.

"나는 아까 그를 시골 농가에 가뒀다고 했지만, 재판이 그곳에서 열렸다고는 말하지 않았지요. 바로 이 도시에서 재판이 열렸소. 이 집처럼 다른 모든 집들과 비슷한 집에서 말이오. 집들은 서로 다를 수 없소. 중요한 것은 집이 지옥에 지어졌는지, 아니면 천국에 지어졌는지를 아는 것이지."

나는 음모자들의 운명에 관해 물었어.

"나도 모르겠소." 그는 참을성 있게 대답했어. "이런 일들이 일어났지만, 이미 오래전에 잊혀 버렸소. 아마도 신이 아니라 사람들이 그 자들에게 판결을 내렸을 거요."

그렇게 말하고서 노인은 자리에서 일어났어. 나는 그의 대답이 나에게 작별을 고하고 있으며, 그 순간부터 나는 그에게 더 이상 존재하지 않게 되었다는 사실을 알았어. 펀자브 지방에 있는 모든 국가의 남녀 군중들이 모여들더니 기도하고 노래하면서, 거의 우리를 휩쓸어 버리고 말았어. 나는 기다란 현관보다 조금 커다란 그 비좁은 마당에서 그토록 많은 사람들이 나올 수 있다는 사실에 놀라움을 금치 못했어. 또 다른 사람들이 이웃집에서 나오고 있었어. 물론 그들은 토담을 뛰어넘었지……. 나는 밀치고 욕을 퍼부으면서 길을 열었어. 마지막 안마당에서 나는 노란 꽃을 머리에 얹은 벌거벗은 남자와 마주쳤어. 모든 사람이 그에게 입을 맞추며 경의를 표하고 있었어. 그런데 그의 손에는 칼이 들려 있었어. 칼은 더러웠어. 글렌케언을 죽인 칼이었기 때문이야. 나는 뒷마당의 마구간에서 그의 절단된 시체를 발견했어.

알레프

오 하느님, 난 호두알 속에 갇혀 있다 해도,
나 자신을 무한 공간의 왕이라 생각할 수 있다네.
—『햄릿』2막 2장

그러나 그들은 '영원'이란 '현재 시간'이 그대로 있는 것,
즉 여러 스콜라 철학자들이 부르는 것처럼
Nunc-stans(지금 있는 것)이라고 가르칠 것이다.
그러나 이것은 무한한 장소의 위대함을
Hic-stans(여기에 있는 것)라고 부르는 것처럼
그들뿐만 아니라 그 누구도 이해하지 못하는 말이다.
—『리바이어던』4권 46장

2월의 어느 찌는 듯한 아침, 베아트리스 비테르보는 병마와
용감하게 싸우다가 세상을 떠났다. 그녀는 한순간도 자기 연민
에 빠지거나 두려움에 굴복하지 않았다. 바로 그날, 나는 콘스
티투시온 광장의 철제 광고판에 어떤 금색 필터의 담배인지는
모르겠지만, 어쨌든 새로운 담배 광고가 부착되어 있다는 것을
알았다. 그 사실에 나는 가슴 아파했다. 그것은 끝없고 광활한
우주가 이미 그녀에게서 멀어져 가고 있었고, 그런 변화는 무
한히 계속될 변화의 제일보라는 점을 깨달았기 때문이다. "우
주는 변할 수 있어도, 나는 그렇지 않을 거야."라고 나는 다소
감상적인 허세를 부렸다. 나는 언젠가 나의 백해무익한 뜨거운
사랑이 그녀를 화나게 했다는 것을 알고 있다. 이제 그녀는 죽
었고, 그래서 희망도 없이, 하지만 굴욕도 없이 나는 그녀의 기
억에 전념할 수 있었다. 나는 4월 30일이 그녀의 생일이었다는

사실을 떠올렸다. 그날 가라이 거리에 있는 그녀의 집을 찾아가 그녀의 아버지와 그녀의 사촌인 카를로스 아르헨티노 다네리에게 인사한 것은 흠잡을 데 없고, 아마도 피치 못할 예의 바른 행동이었을 것이다. 다시 한 번 나는 발 디딜 틈도 없는 조그만 거실의 어스름 속에서 그녀를 기다릴 터였으며, 다시 한 번 수많은 그녀의 사진에 담긴 세세한 것들을 살펴보았을 것이다. 컬러 사진으로 옆모습을 찍은 베아트리스, 1921년 카니발에서 가면을 쓴 베아트리스, 첫 영성체 때의 베아트리스, 결혼식 날 로베르토 알레산드리와 함께한 베아트리스, 이혼한 후 얼마 되지 않아 승마 클럽에서 점심 식사를 하는 베아트리스, 킬메스에서 델리아 산 마르코 포르셀과 카를로스 아르헨티노와 함께 있는 베아트리스, 비예가스 아에도가 선물한 애완견과 함께 있는 베아트리스, 손으로 턱을 괴고서 미소 지으며 정면을 응시한 채 얼굴의 4분의 3만 내보인 베아트리스······. 나는 다른 때처럼 조심스럽게 책을 선물하겠다면서 나의 방문을 합리화할 필요가 없을 터였다. 그 책들은 몇 달씩이나 지나도 그녀가 전혀 손도 대지 않았다는 것을 확인하고 싶지 않아 마침내 페이지를 잘라서 갖다 주곤 하던 것들이었다.

베아트리스는 1929년에 죽었다. 그때부터 나는 4월 30일이면 한 번도 거르지 않고 그녀의 집을 찾았다. 나는 항상 7시 15분에 도착해서 이십 분쯤 그곳에 머물렀다. 하지만 해가 지나면서 조금씩 더 늦게 그 집에 모습을 드러냈고, 조금 더 머무르곤 했다. 1933년에는 폭우가 나를 도와주었다. 그들이 나를 저녁 식사에 초대할 수밖에 없었던 것이다. 당연히 나는 그 행운의 선례를 헛되게 사용하지 않았다. 1934년에 나는 8시가 조금 지나서 산타페의 명물인 달콤한 케이크를 들고 모습을 드러냈다. 그리고 아주 자연스럽게 나는 그곳에 머무르면서 함께 식사를 했다. 그렇게 해서 우울하고 불필요하게 관능적인 그녀의 생일을 기념하면서 점차로 카를로스 아르헨티노 다네리의 신뢰를 얻게 되었다.

베아트리스는 키가 컸고 연약했으며 아주 약간 구부정했다. 그녀의 걸음걸이에는 (만일 모순어법을 사용하는 것이 허락된다면) 우아한 서투름, 그러니까 약간의 무기력함이나 머뭇거림이 배어 있었다. 반면에 카를로스 아르헨티노는 불그스레한 얼굴에 상당한 체구를 자랑하며, 희끗희끗한 머리카락에 세련된 용모를 지니고 있었다. 그는 남부의 변두리에 있는 어느 알 수 없는 도서관에서 나도 잘 모르는 하급 직책의 직원으로 일했다. 그는 권위적이지만 동시에 무능했다. 불과 얼마 전까지만 해도 그는 밤과 휴일이라는 핑계를 대며 집 밖으로 나가지 않았다. 두 세대라는 거리가 있었지만, 그에게는 이탈리아어의 S 발음과 이탈리아의 과장된 몸짓들이 남아 있었다. 그의 정신은 끊임이 없으며 열정적이고 다방면에 걸쳐 활동했으나 전적으로 무의미했다. 또한 그는 적절치 못한 비유를 잔뜩 사용하며 사소할 일에도 망설였다. 그의 손은 (베아트리스처럼) 예쁘고 가늘었다. 몇 달 동안 그는 폴 포르*에 집착

* Paul Fort(1872~1960). 상징주의 운동과 연관된 여러 문학적 실험을 한 프랑스 시인.

하고 있는 것 같았다. 그것은 그의 발라드 때문이라기보다는 완벽한 영예에 대한 생각 때문이었다. "그는 프랑스 시인들의 왕자야."라고 그는 얼빠진 듯이 여러 차례 말하곤 했다. "자네가 그와 맞서 봤자 헛수고야. 자네는 결코 그의 수준에 이를 수 없어. 가장 악의에 찬 가시 돋친 말조차도 말이야."

1941년 4월 30일 나는 내 멋대로 케이크와 함께 국산 코냑한 병을 가져갔다. 카를로스 아르헨티노는 시음을 하더니 '흥미롭다'고 평가했고, 몇 잔을 마신 뒤 현대인을 찬미하는 이야기를 시작했다.

"나는 서재에 있는 사람을 상상하고 있어." 그는 영문을 알수 없을 흥분된 목소리로 말했다. "꼭 거대한 어느 도시의 망루와도 같은 서재, 전화기와 전보기, 축음기, 무전 통신기, 영상 스크린, 환등기, 용어 사전, 달력, 예정표, 회보 등을 갖춘서재에 있는 사람 말이야……."

그는 그렇게 모든 장비를 구비한 사람에게 여행이라는 행위는 불필요하다는 의견을 밝혔다. 우리의 20세기가 이미 무함마드와 산의 우화를 바꿔 놓았고, 이제 산들은 현대의 무함마드 위로 모이고 있기 때문이라는 것이었다.

내가 보기에 그런 생각은 너무 어리석었다. 그리고 그의 설명이 지나치게 건방지고 광범했기 때문에, 나는 즉시 그 발상들을 문학과 연관시켰다. 나는 왜 그런 생각들을 글로 쓰지 않느냐고 물었다. 익히 예상할 수 있듯이, 그는 이미 그렇게 했다고 대답했다. 그러한 개념들과 그에 못지않게 새로운 다른 개념들은 그가 오래전부터 작업하고 있던 어느 시의 「전조(前

兆)의 노래」, 「도입의 노래」 혹은 간단히 「노래 ― 서문」에 나
타나 있다는 것이었다. 그는 요란하게 떠들지도 않고, 이름을
알리고자 하는 욕심도 없이 항상 '일'과 '고독'이라는 두 개의
지팡이에 의존하고 있었다. 먼저 그는 상상력의 수문을 열었
고, 그런 다음에 다듬었다. 그 시의 제목은 「지구」였다. 그것
은 지구를 묘사하고 있었는데, 당연히 아름다운 여담과 우아
한 돈호법이 빠지지 않고 있었다.

나는 짧아도 좋으니 한 대목을 읽어 달라고 부탁했다. 그는
책상 서랍을 열어 '후안 크리스토모 라피누르 도서관'이라는
이름이 인쇄된 두꺼운 종이 뭉치를 꺼내더니, 행복에 젖은 낭
랑한 목소리로 읽었다.

> 그리스 사람처럼 나는 보았다.
> 인간의 도시들과 그들의 영광을, 업적을, 시시각각 변화하는
> 빛의 나날, 굶주림을,
> 나는 사실을 미화하지도, 이름들을 변조하지도 않는다.
> 그러나 내가 말하는 이 '브와야주'*는…… '오투르 드 마 샹
> 브르'.**

"어떤 관점에서 보든 흥미로운 연이지." 그가 자기 생각을
말했다. "첫째 행은 교수, 학자, 그리스 연구자가 갈채를 보내

---

* voyage. 프랑스어로 '여행'을 의미한다.
** autour de ma chambre. 프랑스어로 '내 방의 주변'을 의미한다.

고 있네. 대중적인 견해의 대부분을 이루는 사이비 학자들은 그렇게 생각하지 않겠지만. 둘째 행은 호메로스에서 헤시오도스(번쩍거리는 건물 입구에서 교훈시의 아버지에게 바치는 암묵적인 경의)에게로 흘러가. 이미 성경에서 사용된 열거, 집적, 또는 집합과 같은 과정을 부활시킨 거야. 셋째 행 ── 바로크적일까? 퇴폐주의일까? 순수한 형태에 대한 숭배일까? ── 은 동일한 두 개의 반행(半行)으로 이루어져 있지. 너무나 분명하게 이중 언어로 쓰인 넷째 행은 유희에 매력을 느낄 줄 아는 모든 영혼들을 무조건적으로 지지하고 있다고 난 확신하고 있어. 범상치 않은 운율에 대해서는 새삼 언급하기도 싫군. 그리고 세 개의 박식한 인용문을 네 개의 행에 집약시키게 해준 ── 약간의 현학적인 체도 없이 말이야! ── 나의 박학함에 대해서도 말하지 않을 작정이야. 거기에는 30세기에 걸친 방대한 문학이 포함되어 있는데, 첫째 인용문은 『오디세이아』이고 둘째는 『노동과 나날』이며 셋째는 사부아 사람*이 유희적 필체로 우리에게 남긴 불후의 소품들인데……. 나는 현대 예술은 웃음의 향유(香油), 즉 '스케르초'를 요구한다는 것을 또다시 깨닫고 있어. 결정적으로 골도니**가 옳았어!"

그는 다른 많은 연들도 읽어 주었다. 그것들에 관해서도 역시 그는 설명과 칭찬을 아끼지 않았다. 그중에 기억에 남을 만한 것은 아무것도 없었다. 그래서 나는 그것들이 처음에 읽어

---

* Xavier de Maistre(1763~1852). 프랑스의 작가. 『내 방 주변으로의 여행』 (1795년)의 저자.
** Carlo Goldoni(1707~1793). 이탈리아의 극작가.

준 것보다 훨씬 나쁘다는 평도 할 수 없었다. 그의 글에는 우연과 근면과 체념이 한데 어우러져 있었다. 다네리가 장점이라고 여긴 것들은 시를 쓴 이후에 되씹어 생각한 것이었다. 나는 그 시인의 작업이 작시법(作詩法)에 있는 게 아니라, 자신의 작시법이 찬사를 받아야만 하는 이유들을 만들어 내는 것에 있다는 것을 깨달았다. 물론 그는 두 번째의 노력이 작품을 수정시켰다고 생각했지만, 다른 사람들은 그렇게 여기지 않았다. 다네리가 말로 전해 주는 설명은 엄청났다. 하지만 손에 꼽을 정도를 제외하고는 그의 서투른 운율은 그런 엄청남을 제대로 시에 전달하지 못하고 있었다.*

나는 평생 딱 한 번 만 오천 행으로 이루어진 12음절의 시 『복 많은 나라』를 점검할 기회가 있었다. 마이클 드레이턴**은 영국 지형을 다루는 서사시에서 동식물, 수로, 산악, 군사(軍史)와 수도원의 역사를 총체적으로 기록했다. 나는 엄청나지만 편협한 그 저작이 카를로스 아르헨티노의 유사하고 방대

---

* 그러나 나는 엉터리 시인들을 가차 없이 꾸짖는 어느 풍자시의 이런 행들을 기억한다.

　　시에 박식이라는 호전적인 갑옷을 입히는 이 사람,

　　화려한 장관과 상황으로 치장하는 저 사람,

　　두 사람 모두 우스꽝스런 날개를 아무런 보람도 없이 퍼덕거리네……,

　　아, 슬프구나, 그들은 아름다움이라는 가장 중요한 요소를 잊고 말았구나!

이 시의 시인이 내게 말한 바에 의하면, 단지 강력하고 포기를 모르는 적들을 만들지도 모른다는 두려움 때문에 이 시를 출판하려는 대담한 생각을 단념하고 말았다고 한다.(저자 주)

** Michael Drayton(1563~1631). 영국 시인. 호라티우스풍으로 된 최초의 영어 송시(頌詩)를 썼다.

한 모험 정신보다 덜 지루하다고 확신한다. 카를로스 아르헨티노는 지구의 모든 것을 시로 표현하겠다고 작정하고 있었다. 그리고 1941년에 이미 그는 퀸즐랜드 주의 땅 몇 헥타르, 1킬로미터가 넘는 오비 강의 강물, 베라크루스 북쪽의 가스 공장, 콘셉시온 교구의 주요 상점들, 벨그라노 지역의 '9월 11일' 거리에 있는 마리아나 캄바세레스 데 알베아르의 별장, 그리고 유명한 브라이튼 수족관에서 그리 멀리 떨어지지 않은 터키탕을 시로 처리했다. 그는 자기 시의 오스트레일리아 지역에 관한 부분에서 장황하게 쓴 몇몇 대목들을 내게 읽어 주었다. 이 길고 무정형적인 알렉산더 시구들은 서문에서 드러난 상대적으로 흥분된 어조가 결여되어 있었다. 여기 한 연을 그대로 옮겨 본다.

이 말을 들어라. 일상의 이정표 오른쪽으로
(물론 북북서에서 오는 방향으로)
해골 하나가 따분해한다. ─ 색깔은? 진줏빛 하늘색
납골당 분위기를 풍기는 양들의 우리를 마주 보면서.

"두 개의 대담한 표현이야!" 그가 몹시 기뻐하며 소리쳤다. "내가 간신히 구해 낸 것들이야. 자네가 '성공했어!'라고 말하는 소리가 들리는군. 나도 인정해, 나도 성공을 인정한다니까. 첫째 것은 '일상의'라는 성질형용사야. 그것은 내친 김에 전원과 농촌의 허드렛일이 본질적으로 지닌 어쩔 수 없는 권태를 비난하고 있어. 전원시나 우리가 칭찬을 아끼지 않는 『돈

세군도 솜브라』*조차도 결코 감히 그렇게 노골적으로 비판할 수 없었던 그런 권태지. 두 번째 것은 '해골 하나가 따분해한 다.'라는 강력한 산문조의 구절이야. 소심한 사람은 공포를 느 낀 나머지 이 구절을 파문시키려 할 거야. 그러나 남성적 취향 의 비평가는 이걸 자기 목숨보다 더 소중하게 평가하겠지. 게 다가 이 시행 전체는 사실 24캐럿 순금과 같아. 두 번째 반행 은 독자들과 가장 활기찬 대화를 나누도록 만들어 주지. 그것 은 독자의 왕성한 호기심을 미리 앞질러서, 그의 입에 질문을 넣어 주면서 대답해……. 즉시 말이야. '진줏빛 하늘색'이라는 멋진 표현에 대해 자넨 어떻게 생각해? 이 아름다운 신조어는 하늘을 암시하는데, 이것은 오스트레일리아의 풍경에서 매우 중요한 요소지. 이런 암시가 없었다면 이 사생화의 색조는 너 무 어두워졌을 것이고, 독자는 치유할 수 없는 어두운 우수로 영혼의 가장 깊은 곳에 상처를 입고서, 책을 덮어 버릴 수밖에 없을 테니까."

자정 무렵에 나는 그와 헤어졌다.

두 번의 일요일이 지난 후 다네리는 내게 전화를 걸었다. 내 가 알기로는 그를 알게 된 이래 처음 있는 일이었다. 그는 4시 에 만나자고 제안하면서 이렇게 말했다. "기억하겠지만 우리 집 주인인 수니노 씨와 숭그리 씨가 보기 드문 선견지명을 가 지고 인근 길모퉁이에 살롱 바를 개업해. 거기서 칵테일이나

---

* 리카르도 구이랄데스(Ricardo Güiraldes, 1886~1927)가 1926년에 출판한 소설로 가우초의 삶을 찬양하는 중남미 사실주의의 대표작.

함께 마시는 게 어때? 자네도 알아 두면 좋을 카페야." 나는 감격했다기보다는 체념하는 마음으로 그의 초대를 받아들였다. 빈 테이블을 찾기가 쉽지 않았다. 그 살롱 바는 무자비할 정도로 현대적이었지만, 내가 기대했던 것보다는 조금 덜 끔찍했다. 옆 테이블에서는 흥분한 사람들이 수니노와 숭그리가 한 푼도 에누리하지 않고 그곳에 투자한 액수에 관해 떠들고 있었다. 카를로스 아르헨티노는 조명 시설이 혁신적이라면서 놀라워하는 척했지만(의심할 바 없이 그는 그곳을 이미 알고 있었다.) 뭐가 혁신적인지는 알 수 없었다. 그러고 나서 그가 자르듯 내게 말했다.

"자네 마음에 안 들지는 몰라도, 이 가게가 플로레스 지역의 가장 고상한 살롱 바들과 어깨를 나란히 하고 있다는 것을 인정해야 할 거야."

그런 다음 그는 내게 자기 시를 너덧 페이지 다시 읽어 주었다. 그는 그 시를 '언어적 과시'라는 사악한 원칙에 따라 수정한 상태였다. 전에는 '파란'이라고 썼던 부분에 이제는 '연푸른', '짙푸른'으로, 심지어는 '희푸른'이라는 단어들이 자주 나타나고 있었다. 그는 '유백색의'라는 단어에 대해서 못마땅해하지 않았다. 하지만 양털 세탁장에 대한 정열적인 묘사에서 그는 그걸 '젖의', '젖빛의', '우윳빛의', '젖 색의'라는 단어들로 바꾸어 놓고 있었다…… 그는 비평가들에게 신랄하게 욕을 퍼부었다. 그러고는 다소 온화한 말투로 그들을 "귀금속도 없고, 귀금속 주조에 필요한 증기 프레스도, 박판기도, 황산도 없지만, 다른 사람들에게 보물이 있는 장소를 가리킬 수 있는"사람들과 비교했다. 곧이어 그는 책에 서문을 실어야 한다는 강박관념에 대해 '서문광(序文狂)'이라고 부르면서, 그것은 "재치의 왕자가 자신의 책『돈키호테』에게 바친 우아한 서문에서 이미 조롱했던" 행위라고 비난했다. 하지만 그는 자기가 쓴 새 작품의 시작 부분에는 사람들의 관심을 끌 만한 추천사, 그러니까 "널리 알려진 중요한 문학인이 쓴 칭찬의 말"이 필요하다는 점을 인정했다. 그러면서 그는 자기 시의 초반부 노래들을 출판할 생각이라고 덧붙였다. 그때 나는 그가 뜻하지 않은 전화를 걸어 나를 그곳에 초대한 이유를 깨달았다. 그는 내게 그 현학적인 잡동사니에 대한 서문을 써 달라고 부탁하려는 것이었다. 그러나 그건 나의 아무 근거도 없는 두려움이었다. 카를로스 아르헨티노는 마지못해 칭찬하면서, 훌륭한 문인인 알바로 멜리안 라피누르*가 각계에서 얻은 명성을 '확고한' 것으로 평가했고, 그런 성질형용사를 붙이는 게 잘못된 건 아닐 것이라고 말했다. 그리고 내가 힘을 써 주면 알바로 멜리안이 자기 시에 매료되어 서문을 써 줄 수 있으리라고 생각했다. 또한 절대 용서받을 수 없는 실수를 피하기 위해, 내가 그 부인할 수 없는 두 가지 장점, 즉 형식적 완성도와 과학적 엄밀성의 대변자가 되어야만 한다는 것이었다. 그는 그것을 "수사와 비유와 우아한 언어들로 이루어진 그 거대한 정원은 엄격한 진실과 일치하지 않는 단 한 가지도 용납할 수 없기 때문"이라고 설명했다. 그는 베아트리스가 항상 알바로와

---

* Álvaro Melián Lafinur(1889~1958). 보르헤스 아버지의 사촌.

즐겁게 지냈다고 덧붙였다.

나는 동의했다. 아낌없이 동의했다. 그러면서 나는 최대한 그가 믿을 수 있도록 알바로와 월요일이 아니라 목요일에 이야기하겠다고 밝혔다. 작가 클럽의 모임이 열릴 때마다 마지막을 장식하는 조촐한 저녁 식사에서 말하겠다는 것이었다.(물론 그런 저녁 식사 따위는 없다. 하지만 그 모임이 목요일에 열린다는 것은 틀림없는 사실이다. 그것은 또한 카를로스 아르헨티노 다네리가 신문에서 확인할 수 있는 사실이었고, 따라서 내 약속에 어느 정도 사실성을 부여하고 있었다.) 나는 예언이라도 하는 듯, 앞을 내다보는 듯한 태도로, 서문이라는 주제에 접근하기 전에 알바로에게 그 작품의 흥미로운 계획을 설명하겠다고 말했다. 우리는 그렇게 헤어졌다. 그리고 베르나르도 데 이리고엔 거리의 모퉁이를 돌면서, 나는 내게 남겨진 미래를 최대한 공명정대하게 찬찬히 생각했다. 첫째는 알바로와 얘기를 하면서, 그에게 베아트리스의 그 사촌이(그렇게 에둘러 설명하면, 그녀의 이름을 들먹일 수 있을 것이다.) 동음 반복과 무질서의 가능성을 무한하게 확장시켜 놓은 것처럼 보이는 시를 썼다고 말하는 것이었다. 둘째는 알바로와 아무 말도 하지 않는 것이었다. 나는 이미 나의 게으름이 두 번째 선택지를 택하리라는 것을 분명하게 내다보았다.

금요일 이른 시각부터 나는 전화가 걸려 올지 모른다는 생각에 불안해하기 시작했다. 그러면서 이제는 되찾을 수 없는 베아트리스의 목소리를 언젠가 들려주었던 이 기구가 이제는 내 말에 속아 넘어간 카를로스 아르헨티노의 쓸모없고, 아마 분노가 서린 불평을 전달하는 장치로 전락할 수도 있다는 사실에 화를 냈다. 하지만 다행히 아무 일도 일어나지 않았다. 단지 내게 골치 아픈 임무를 억지로 강요하고서 나를 잊어버린 그 작자 때문에 품게 된 피할 길 없는 양심만 느꼈을 뿐이었다.

결국 전화기는 내게 더 이상 공포의 대상이 되지 않았다. 그런데 10월 말에 카를로스 아르헨티노가 내게 전화를 걸었다. 그는 몹시 격앙되어 있었고, 그래서 처음에 나는 그의 목소리를 알아듣지 못했다. 그는 슬픔과 분노가 뒤섞인 목소리로 말을 더듬으면서, 욕심이 끝도 없는 수니노와 숭그리가 크디큰 그들의 살롱 바를 확장한다는 평계로 자기 집을 허물려고 한다고 말했다.

"우리 부모님들의 집, 내가 태어난 집, 가라이 가의 유서 깊은 집을 말이야!" 그는 이 말을 반복했다. 마치 음악적인 그의 말 속에서 슬픔을 삭이려는 것 같았다.

그의 슬픔을 함께 나누는 것은 내게 그리 어렵지 않았다. 이미 마흔 살이 된 내게 모든 변화는 시간의 흐름을 보여 주는 혐오스러운 상징이었다. 게다가 그 집은 내게 끊임없이 베아트리스를 암시했다. 나는 극히 미묘한 그 입장을 분명히 밝히려고 했지만, 내 대화 상대는 내 말을 귀담아 듣지 않았다. 그는 만일 수니노와 숭그리가 그 얼토당토않은 계획을 밀고 나간다면 자기 변호사인 순니 박사가 '사실에 입각해' 손해 배상을 청구할 것이고, 그들에게 십만 페소를 지불하게 할 것이라고 말했다.

순나라는 이름을 듣고 나는 충격을 받았다. 카세로스 거리와 타쿠아리 거리의 길모퉁이에 위치한 그의 법률 사무소는 냉정하기로 소문한 곳이기 때문이다. 나는 그가 이미 사건을 수임했느냐고 물었다. 다네리는 바로 그날 오후에 그와 얘기할 것이라고 말했다. 그는 머뭇거리더니, 우리가 어떤 내밀한 것을 털어놓을 때 사용하는 무덤덤하고 단조로운 목소리로 자기의 시를 끝마치기 위해서는 그 집이 반드시 필요하다고 말했다. 그것은 지하실 한쪽 구석에 '알레프'가 있기 때문이었다. 그는 '알레프'란 모든 지점들을 포함하는 공간 속의 한 지점이라고 설명했다.

"부엌 지하실에 있어." 그는 걱정스러운 탓인지 말을 서둘렀다. "그건 내 거야, 내 거란 말이야. 어렸을 때 내가 발견한 거야. 학교에 들어가기 전이었지. 지하실 계단은 아주 가팔라. 그래서 삼촌들은 내게 그 계단으로 내려가지 못하게 했어. 그런데 누군가가 그 지하실에 하나의 세상이 있다고 말했어. 나중에 알게 되었는데, 그것은 '여행 가방'을 뜻하는 말이었지. 하지만 나는 거기 하나의 세상이 있다는 줄 안 거야. 나는 몰래 내려갔고, 금지된 계단에서 뒹굴고 말았어. 그런 다음 눈을 떴을 때 나는 '알레프'를 보았지."

"알레프라고요?" 나는 그 말을 되풀이했다.

"그래. 모든 각도에서 본 지구의 모든 지점들이 뒤섞이지 않고 있는 곳이야. 나는 이 발견을 아무에게도 말하지 않았지만, 다시 그곳을 찾아갔어. 어린 나는 인간이 시를 지을 수 있도록 부여된 특권이 자기에게 내려왔다는 것을 이해하지 못했어! 수니노와 숭그리는 내게서 그걸 빼앗을 수 없어. 안 돼, 절대로 안 돼. 걸어 다니는 법전이라는 순니 박사가 내 알레프는 '빼앗을 수 없는' 것이라는 사실을 입증해 줄 거야."

나는 그와 이야기하려고 애썼다.

"하지만 지하실은 아주 어둡지 않아요?"

"고집스러운 태도에는 진실이 들어설 수 없는 법이지. 만일 '알레프' 속에 지구상의 모든 장소들이 들어 있다면, 거기에는 모든 별들과 모든 등불들, 모든 빛의 원천들도 있겠지."

"지금 당장 그걸 보러 가죠."

나는 그가 안 된다고 말하기 전에 전화를 끊었다. 전에 떠올리지 못한 분명한 일을 한순간에 즉각적으로 눈치채는 데는 딱 한 가지 사실만 알면 충분하다. 나는 그때까지 카를로스 아르헨티노가 미친 사람이라는 것을 내가 깨닫지 못했다는 것에 무척 놀랐다. 사실상 비테르보 집안 사람 모두가 그렇듯…… 베아트리스(나는 스스로에게 항상 이렇게 말하곤 했다.)는 거의 엄청나다고 할 수 있을 만한 통찰력을 지닌 여자, 그런 어린 여자였지만, 그녀 안에도 어쩌면 병리학적 설명이 요구될 만한 무심함과 산만함, 그리고 경멸과 진정한 잔인함이 들어 있었다. 카를로스 아르헨티노가 미쳤다는 사실은 나를 악의로 가득한 행복감으로 가득 채워 주었다. 사실 우리는 내심 서로를 항상 증오하고 있었던 것이다.

가라이 거리에 도착하자, 하녀는 내게 미안하지만 조금만 기다려 달라고 말했다. 다네리는 평소와 마찬가지로 지하실에서 사진을 현상하고 있었다. 아무도 치지 않는 피아노 위에 놓인, 한 송이의 꽃도 없는 화병 옆에 베아트리스의 색 바랜 커다란 사진이 미소 짓고 있었다.(시대착오적이라기보다는 시간의 흐름에서 벗어나 있는 것 같았다.) 우리를 볼 수 있는 사람은 아무도 없었다. 나는 애정 어린 절망감에 사로잡혀 사진 앞으로 다가가서 이렇게 말했다.

"베아트리스, 베아트리스 엘레나, 베아트리스 엘레나 비테르보, 사랑하는 베아트리스, 영원히 사라져 버린 베아트리스, 나야 나, 보르헤스야."

잠시 후 카를로스가 들어왔다. 그는 짧고 냉담하게 말했다. 나는 그가 '알레프'를 잃어버릴지 모른다는 생각 이외에는 다른 것을 생각할 수 없다는 것을 알았다.

"저 코냑 비슷한 술 한잔 어때?" 그가 말했다. "그런 다음 지하실로 들어가도록 하지. 자네도 알겠지만, 반드시 드러누워야 해. 또한 완전히 어두워야 하고, 절대 움직이지 말아야 하며, 어느 정도의 시력 조절도 필요해. 타일 바닥에 누워서 눈을 지하실 계단 열아홉 번째 발판에 고정시켜. 나는 다시 계단으로 올라가 나가겠어. 자넨 뚜껑 문 아래에 혼자 있게 될 거야. 쥐 같은 것 때문에 겁을 먹을지도 몰라. 충분히 그럴 수 있을 거야! 몇 분만 지나면 자네는 알레프를 보게 될 거야. 연금술사들과 카발라 신비주의자들의 소우주이자, 널리 알려진 우리의 친근한 한마디, '작지만 많은'이란 말이 구체화된 것을 보게 될 거야."

식당에 이르러서 그는 이렇게 덧붙였다.

"자네가 그것을 보지 못한다 하더라도, 그건 자네가 무능한 탓이지 내가 말한 그 어떤 것도 무효가 되지 않으리라는 건 분명해……. 자 내려가도록 해. 곧 자네는 베아트리스의 모든 모습과 대화를 나눌 수 있게 될 거야."

그의 군더더기 말에 넌더리가 난 나는 급히 내려갔다. 층계보다 약간 넓은 지하실은 우물 혹은 구덩이와 매우 흡사했다. 내 눈은 카를로스 아르헨티노가 말했던 가방을 찾았지만 허사였다. 빈 병이 담긴 몇 개의 상자와 범포 자루 몇 개가 한쪽 구석에 어지럽게 흩어져 있었다. 카를로스는 자루 하나를 집어 들고서 반으로 접더니 그것이 있어야 할 장소에 정확히 놓았다.

"베개가 변변찮아." 그가 설명했다. "하지만 자네가 1센티미터라도 들어 올리면 아무것도 볼 수 없게 될 거야. 그러면 무안하고 창피한 노릇이겠지. 자네의 크고 굼뜬 몸뚱이를 바닥에 쭉 펴고 열아홉 개의 계단을 세도록 해."

나는 그의 우스꽝스러운 지시 사항을 그대로 따랐다. 마침내 그가 나갔다. 그는 조심스럽게 뚜껑 문을 닫았다. 비록 나중에 틈새 하나가 있다는 것을 알긴 했지만, 내가 보기에 어둠은 완전히 깜깜했다. 갑자기 나는 내가 위험에 처했다는 사실을 깨달았다. 한 잔의 독을 마신 후, 나는 어느 미치광이에 의해 지하실에 감금되었던 것이었다. 카를로스의 허풍 속에는 내가 그 기적을 보지 못할지도 모른다는 말 못 할 두려움이 역력히 드러나고 있었다. 카를로스는 자신의 정신 착란을 들키지 않기 위해, 그리고 자기가 미쳤다는 것을 아무도 알지 못하게 하기 위해 '나를 죽여야만' 했다. 나는 막연한 불안을 느꼈고, 그것을 마약의 효력 때문이 아니라 꼼짝도 못하고 있는 자세 탓으로 여기려고 노력했다. 나는 눈을 감았다가 떴다. 바로 그때 나는 알레프를 보았다.

이제 나는 말로 다 하기 어려운 내 이야기의 핵심에 이르고 있다. 바로 여기서 작가로서의 나의 절망이 시작된다. 모든 언어는 상징들로 이루어진 알파벳이고, 그것을 사용한다는 것은 상대방과 하나의 과거를 공유한다는 것을 전제로 한다. 그렇다면 어떻게 겁에 질린 내 기억이 간신히 간직하고 있는 그 무한한 알레프를 다른 사람들에게 전할 수 있을까? 이와 비슷한 상황에 봉착했을 때, 신비주의자들은 많은 상징을 사용한다. 신성을 의미하기 위해 어느 페르시아 사람은 어쨌거나 모든 새들인 한 새에 관해 말한다. 알라누스 데 인술리스*는 중심이 모든 곳에 있고, 원주는 그 어느 곳에도 없는 어떤 구체에 대해 말한다. 에제키엘은 네 개의 얼굴을 가지고 동서남북을 동시에 바라보는 어느 천사에 대해 말한다.(내가 이런 믿기 힘든 유추를 떠올리는 것은 절대로 무용한 짓이 아니다. 이것들은 알레프와 어느 정도 관련을 맺고 있기 때문이다.) 아마도 신들은 내가 동등한 이미지를 발견했다는 사실을 부인하지 않을 테지만, 이런 이야기는 문학과 거짓으로 오염되어 있을 것이다. 그 밖에도 중심 문제 — 무한한 전체를 부분이나마 열거하는 것 — 는 해결될 수 없다. 나는 그 거대한 찰나에서 즐겁고도

---

* Alanus de Insulis(1128?~1202). 알랭 드 릴(Alain de Lille)로 알려져 있는 프랑스의 신학자이자 시인. 박학한 지식으로 유명했으며, 이로 인해 '우주의 박사(doctor universalis)'라고 불린다.

끔찍한 수많은 행위들을 보았다. 그리고 모든 것들이 서로 겹치거나 투명하지도 않게 동일한 지점을 차지하고 있다는 사실만큼 나를 놀라게 한 것은 없었다. 내 눈은 동시에 그런 것들을 보았다. 그러나 나는 그것을 연속적 순서로 글로 옮길 것이다. 바로 언어가 그러하기 때문이다. 하지만 나는 내 능력이 닿는 한 뭔가를 포착해 볼 작정이다.

충계의 아래쪽 오른편에서 나는 거의 견디기 어려운 광채를 지닌 무지갯빛의 작은 구체 하나를 보았다. 처음에 나는 그것이 빙빙 돌고 있다고 생각했다. 그러나 잠시 후 나는 그런 움직임이 그 구체 속에 담긴 현기증 날 정도의 광경들 때문에 생겨난 환영이라는 것을 알았다. 알레프의 직경은 2~3센티미터 정도 되는 것 같았지만, 우주의 공간은 전혀 축소되지 않은 채 그 안에 들어 있었다. 각각의 사물(예를 들자면 거울의 유리 표면)은 무한히 많은 사물들이었다. 그것은 내가 우주의 모든 지점들에서 그 사물을 분명하게 보았기 때문이다. 나는 사람이 붐비는 바다를 보았고, 여명과 석양을 보았으며, 아메리카 대륙의 군중을 보았고, 검은색 피라미드의 한가운데에 있는 은색 거미줄을 보았으며, 산산조각 난 미로(그것은 런던이었다.)를 보았고, 아주 가까이 있는 무한한 눈들이 마치 거울에 있는 것처럼 내 안에서 자신들을 유심히 쳐다보고 있는 것을 보았으며, 지구상에 있는 모든 거울들을 보면서도 그 어떤 거울도 나를 비추고 있지 않은 것을 보았고, 솔레르 거리의 뒷마당에서 삼십 년 전 프라이 벤토스의 어느 집 현관에서 보았던 것과 똑같은 타일을 보았으며, 포도송이들과 눈[雪]과 담배와

금속의 줄무늬와 수증기를 보았고, 적도의 볼록한 사막과 그곳에 있는 각각의 모래알을 보았으며, 인버네스에서 결코 잊지 못할 어느 여자를 보았고, 그녀의 심하게 헝클어진 머리카락과 도도한 육체를 보았으며, 그녀의 가슴에서 암을 보았고, 전에는 나무 한 그루가 있었던 오솔길에서 원 모양의 메마른 땅을 보았으며, 아드로게에 있는 별장을 보았고, 플리니우스의 최초 영어 번역본(필레몬 홀랜드*가 번역한) 한 부를 보았으며, 각 페이지 안에 있는 각각의 글자를 동시에 보았고(어렸을 때 나는 닫힌 책 속의 글자들이 밤을 보내는 동안 서로 뒤섞이지 않고 사라지지도 않는다는 사실에 놀라곤 했다.) 밤과 낮을 동시에 보았으며, 벵골에 있는 어느 장미의 색깔을 반사하고 있는 것 같은 케레타로의 석양을 보았고, 아무도 없는 내 침실을 보았으며, 알크마르의 서재에서 두 개의 거울 사이에 놓인 지구본과 그 거울들이 지구본을 끝없이 증식시키는 것을 보았고, 새벽녘의 카스피 해의 해변에서 바람을 맞아 갈기가 뒤엉킨 말들을 보았으며, 어떤 손의 가냘픈 뼈마디들을 보았고, 우편엽서를 보내고 있는 한 전쟁의 생존자들을 보았으며, 미르자푸르의 어느 진열장에서 스페인 트럼프 한 벌을 보았고, 어떤 온실 바닥에서 양치류 식물들의 비스듬히 기운 그림자를 보았으며, 호랑이와 금관 악기와 들소와 거대한 파도와 군대를 보았고, 지구상에 있는 모든 개미들을 보았으며, 페르시아의 천체 관측기를 보았고, 한 책상 서랍에서 베아트리스가 카를로

---

* Philemon Holland(1552~1637). 영국의 고전 문학 번역가.

스 아르헨티노에게 보낸 음탕하고 믿을 수 없으며 상세하게 쓴 편지(그 글씨를 보자 나는 떨지 않을 수 없었다.)를 보았으며, 차카리타 공동묘지에 세워진 사랑스러운 기념비를 보았고, 한때는 달콤하게도 베아트리스 비테르보의 것이었던 끔찍한 유해를 보았으며, 내 어두운 피가 순환하는 것을 보았고, 사랑의 톱니바퀴와 죽음으로 인한 변화 과정을 보았으며, 모든 지점에서 알레프를 보았고, 알레프 안에서 지구와 또다시 지구 안에 있는 알레프와 알레프 안에 있는 지구를 보았으며, 내 얼굴과 내장을 보았고, 네 얼굴을 보았으며, 현기증을 느꼈고, 눈물을 흘렸다. 내 눈이 그 비밀스럽고 단지 추정적인 대상을 보았기 때문이다. 그 대상은 사람들이 함부로 이름을 부르지만 그 누구도 보지 못했던 것, 그러니까 상상조차 할 수 없는 우주였다.

나는 무한한 존경과 무한한 연민을 느꼈다.

"자네를 부르지도 않았던 곳을 그토록 샅샅이 살펴보았으니 지금 어리둥절할 거야." 유쾌하면서도 혐오스러운 목소리가 말했다. "자네가 아무리 머리를 쥐어짠다고 해도, 백 년 내로 이런 계시에 대한 보답은 결코 하지 못하겠지. 정말 굉장한 관측소 아닌가, 보르헤스!"

카를로스 아르헨티노의 신발은 계단의 맨 윗부분을 밟고 있었다. 갑작스런 희미한 불빛 속에서 나는 간신히 몸을 일으켜 더듬더듬 입을 열 수 있었다.

"굉장해. 정말 굉장해."

내 목소리는 내가 듣기에도 이상할 정도로 냉담했다. 조마

조마해진 카를로스 아르헨티노는 끈질기게 물었다.

"모든 걸 분명하게 보았어? 그 색깔 그대로 보았어?"

그 순간 나는 그에게 복수하겠다는 생각을 품었다. 아주 다정하게, 그리고 분명하게 불쌍히 여기면서도 초조해하고 회피하는 표정으로, 나는 카를로스 아르헨티노 다네리에게 지하실을 보여 준 호의에 대해 감사했다. 그리고 그의 집이 철거되는 기회를 이용해 그 누구도 피할 수 없는 — 내 말을 믿어! 그 누구도 피할 수 없어! — 유해한 그 도시에서 벗어나라고 주장했다. 나는 조용하지만 단호하게 알레프에 관해 말하기를 거부했다. 나는 작별 인사를 하면서 그를 꺼안았고, 그에게 시골과 조용한 삶이야말로 위대한 두 의사라는 말을 되풀이했다.

거리에서, 콘스티투시온 광장의 층계에서, 지하철에서, 나는 모든 얼굴들을 알고 있는 것 같은 느낌을 받았다. 나는 그 어떤 것도 이제는 나를 놀라게 할 수 있는 것이 없을지도 모른다는 두려움에 사로잡혔고, 내가 이미 보았던 것에서 다시는 자유로울 수 없을지도 모른다는 두려움에 사로잡혔다. 다행스럽게도 며칠 밤의 불면 끝에 다시 망각이 내게 작동하기 시작했다.

1943년 3월 1일의 후기

가라이 거리의 주택이 헐리고 여섯 달이 지난 뒤, 프로쿠스토 출판사는 시의 엄청난 분량에 겁을 먹지 않고서 『아르헨티나의 편린들』 시리즈의 첫 책을 출판했다. 어떤 일이 일어났는지 반복해 말할 필요는 없으리라. 카를로스 아르헨티노 다네리는 국가 문학상에서 2등을 차지했던 것이다.* 1등상은 아이타** 박사에게 수여되었고, 3등상은 마리오 본판티*** 박사에게 돌아갔다. 믿을 수 없게도 내 작품 『도박꾼의 카드』는 단한 표도 얻지 못했다. 다시 한 번 몰이해와 시기가 승리를 거둔 것이다! 나는 아주 오랫동안 다네리를 만나지 못했다. 신문들은 그가 장시로 두 번째 책을 세상에 내놓을 것이라고 말하고 있다. 그의 운 좋은 펜(이제는 더 이상 알레프 때문에 허둥지둥하지 않는)은 아세베도 디아스**** 박사 작품의 축약판을 운문으

---

* "자네의 슬픔에 잠긴 축하를 받았어." 그는 내게 이렇게 편지를 썼다. "가엾은 친구, 자네는 시기로 가득 차서 비아냥거리지만, 이번에는 내가 가장 붉은 깃털로 사각모를 쓸 수 있었고, 내 터번을 최고의 루비로 장식할 수 있었다는 사실을 인정해야만 해. 물론 그런 말이 자네 목구멍에서 나오지는 않을 테지만!"(저자 주)
** Antonio Aita(1891~1956). 아르헨티나 작가이자 비평가. 아르헨티나 펜클럽 회장 역임.
*** 허구적 인물.
**** Eduardo Acevedo Díaz(1882~1959). 아르헨티나 작가이자 법조인. 소설

로 바꾸는 데 전념하고 있었다.

나는 여기서 두 가지 생각을 덧붙이고자 한다. 첫째는 알레프의 본성에 관한 것이고, 둘째는 그것의 이름에 관한 것이다. 익히 알려진 것처럼, 그 이름은 성스러운 언어의 첫 번째 글자이다. 내 이야기에 나오는 구체에 그 이름을 적용한 것은 우연이 아닌 것 같다. 카발라 신비주의에서 이 글자는 엔 소프*, 즉 무한하고 순수한 신성을 의미한다. 또한 그것은 하늘과 땅을 가리키는 사람의 모습을 취하면서 하급 세계가 상급 세계의 거울이자 지도라는 것을 보여 준다고들 말한다. 『집합 이론』** 에서 알레프는 초한수들의 상징이며, 그 숫자들 속에서 전체는 전체의 일정 부분보다 크지 않다. 나는 다음의 사실을 알고 싶었다. 즉, 카를로스 아르헨티노가 그 이름을 선택한 것일까? 아니면 '모든 지점들이 수렴되는 또 다른 지점에 적용된' 그 이름을 그의 집에 있던 알레프가 드러낸 셀 수 없이 많은 책들 중의 하나에서 읽었던 것일까? 믿을 수 없이 보일지 모르지만, 나는 또 다른 알레프가 존재한다고(존재했다고) 생각한다. 그리고 가라이 거리에 있던 알레프는 가짜 알레프였다고 생각한다.

이제 그 이유를 설명하고자 한다. 1867년경 버튼 대위는 브

『긴 축구장』으로 1941년 국가 문학상을 받았으며, 보르헤스의 『두 갈래로 갈라지는 오솔길들의 정원』은 2등을 차지했다.

* חוס זן. 헤브라이어로 '한이 없음'을 뜻한다.

** 독일의 수학자 칸토어(Georg Ferdinand Ludwig Philipp Cantor, 1845~1918)의 이론서.

라질에서 영국 영사 직책을 맡고 있었다. 1942년 7월 페드로 엔리케스 우레냐*는 브라질 산투스 시의 어느 도서관에서 버튼 대위의 원고 하나를 발견했다. 그것은 동양에서 이스칸다르 주 알 카르나인 혹은 마케도니아의 알렉산드로스 비코르니스 대왕의 것으로 여겨지는 어느 거울에 대해 말하고 있었다. 그 거울에는 우주 전체가 반영되어 있었다. 버튼은 또 다른 유사한 고안물들, 가령 카이 크호스루**의 일곱 겹으로 만들어진 술잔, 타리크 이븐 지야드***가 어느 탑에서 발견한 거울(『천 하룻밤의 이야기』의 272번째 밤), 사모사타의 루키아노스****가 달에서 살펴보았던 거울(『진정한 역사』, 1장 26절), 카펠라*****의 『풍자가』 1권에서 유피테르 신의 것이라고 하는 거울창(槍), "둥글고 움푹하며 유리 세계 같은" 멀린******의 만물 거울(『요정 나라의 여왕』, 3부 2장 19절)을 언급한다. 그리고 그는 이런 흥미로운 문장을 덧붙인다. "그러나 이전의 것들은 (존재하지 않는다는 결점 이외에도) 순수한 광학 기구들이다. 카이로에 있는 아므르 이슬람 사원을 찾는 신도들은 우주가 중앙 마당을 둘러싸고 있는 어느 돌기둥 안에 있다는 것을 아주 잘 알

---

* Pedro Henríquez Ureña(1884~1946). 도미니카 공화국 출신의 문학 비평가.
** Kai Khosru(? ~ ?). 고대 페르시아 왕국을 다스린 초기 왕들 중의 하나.
*** Tarik ibn Ziyad(? ~720). 711년에 이베리아 반도를 정복한 이슬람 장군.
**** Lucianus Samosatensis(125?~180?). 고대 그리스의 웅변가이자 풍자 작가.
***** Martianus Capella(? ~ ?) 4세기 말에서 5세기 초에 활동한 북아프리카 태생의 변호사이자 문인. 그의 일반 교양학은 중세 말기까지 막대한 문화적 영향을 끼쳤다.
****** 중세 아서 왕의 전설에 나오는 마법사이자 현자.

고 있다……. 물론 아무도 그것을 볼 수는 없지만, 그 표면에 귀를 갖다 대는 사람들은 잠시 후 부산한 소음을 듣게 된다고 주장한다……. 그 이슬람 사원은 7세기로 거슬러 올라가고 그 기둥들은 이슬람 이전의 다른 종교 사원들에서 기원한다. 그 것은 이븐 할둔*이 "유목민들이 세운 국가에서는 석조 건축과 관계된 모든 일을 하기 위해서는 외지인들의 도움이 필수 불 가결하다."라고 적고 있기 때문이다."

그 알레프는 돌기둥 한가운데에 존재할까? 내가 모든 것을 본 순간, 나는 그 알레프를 보았고, 그런 다음 잊어버린 것일 까? 우리의 정신은 망각의 세계로 스며든다. 그래서 나 자신 도 세월이라는 비극적인 침식 작용 아래서 베아트리스의 모 습을 왜곡하면서 잃어버리고 있다.

에스텔라 칸토**에게

---

* Ibn Khaldun(1332~1406). 스페인 세비야에서 튀니스로 망명했으며, 중세 이슬람 세계를 대표하는 역사가이자 사상가.
** Estela Canto(1919~ ?). 아르헨티나의 소설가.

후기

　「엠마 순스」(세실리아 잉헤니에로스가 내게 들려준 이 작품의 멋진 원래 이야기는 보잘것없는 실력으로 쓴 글보다 월등하다.)와 실제로 일어났다고 추정되는 두 개의 사건들을 해석하려고 한 「전사와 여자 포로에 관한 이야기」를 제외하면, 이 책에 실린 이야기들은 환상 문학에 속한다. 모든 작품 중에서도 첫 번째 것이 가장 완성도가 높은 이야기이다. 이 작품의 주제는 불사(不死)가 인류에게 미치게 될 결과이다. 죽지 않는 사람들의 윤리에 대한 개요 이후에는 「죽은 사람」이 나온다. 이 이야기의 주인공 아세베도 반데이라는 리베라 또는 세로 라르고 출신이며, 세련되지 못한 신성이기도 하다. 즉, 체스터턴이 만들어 낸 타의 추종을 불허하는 '선데이'*의 흑인 혼

---

* 길버트 체스터턴(Gilbert Keith Chesterton, 1874~1936)의 소설 『목요일이

혈 판본이며 배교자의 판본이다.(『로마 제국의 쇠락과 멸망』 29장은 오탈로라의 운명과 비슷한 이야기를 들려주고 있지만, 그 것은 훨씬 더 위대하고 훨씬 경이롭다.) 「신학자들」에 관해서는 꿈, 다시 말하면 개인의 정체성에 관한 우울한 꿈이라고 적 는 것만으로도 충분하다. 그리고 「타데오 이시도로 크루스 의 전기」는 어쩌면 마르틴 피에로에 대한 해석이라고 말할 수 있을 것이다. 「아스테리온의 집」과 그 가련한 주인공의 성격은 와츠*가 1866년에 그린 어느 그림에서 영감을 받았 다. 「또 다른 죽음」은 시간에 대한 하나의 환상인데, 나는 피 에르 다미아니**의 논지에 힘입어 그 이야기를 만들어 냈다. 최근의 세계대전 때 독일이 패배하기를 나만큼 열망했던 사 람은 없었다. 또한 나만큼 독일의 운명이 비극적이라고 감지 할 수 있었던 사람은 아무도 없었다. 「독일 레퀴엠」은 그런 운명을 이해하려는 시도이다. 독일에 대해 아무것도 모르는 우리의 '친독일주의자들'은 눈물을 흘리게 될 줄 몰랐으며, 이런 운명을 희미하게나마 직감하지도 못했다. 「신의 글」은 관대한 평가를 받았다. 재규어는 나에게 '카홀롬 피라미드의 제사장'의 입으로 카발라 신비주의자나 신학자의 논지를 말 하도록 강요했다. 「자히르」와 「알레프」에서는 웰스***의 단편

었던 남자』에 등장하는 인물로, 모든 테러 행위의 근원으로 나온다.
* George Frederick Watts(1817~1904). 영국 빅토리아 왕조 시대의 화가이자 예술가.
** Pier Damiani(1007~1072). 이탈리아의 성직자.
*** Herbert George Wells(1866~1946). 영국의 소설가, 언론인이자 역사학자.

「유리 달걀」(1899년)의 영향을 어느 정도 간파할 수 있으리라고 생각한다.

1949년 5월 3일, 부에노스아이레스

호르헤 루이스 보르헤스

1952년의 후기

 이 개정판에는 네 편의 단편이 덧붙여졌다. 「자기 미로에서 죽은 이븐 하캄 알 보크하리」는 소름 끼치는 제목과는 달리 기억에 남을 만한 작품이 아니다.(내게 그렇다고들 말한다.) 우리는 그것을 필경사들이 『천 하룻밤의 이야기』에 삽입했지만 세심한 번역자 갈랑*이 누락한 「두 왕과 두 개의 미로」 이야기의 변형으로 볼 수 있다. 「기다림」에 대해서는 십 년쯤 전 알프레도 도블라스가 내게 읽어 준 실제 어느 탐정 이야기에서 착안했다는 것을 밝혀야 할 것 같다. 당시 우리는 브뤼셀 서지 연구소의 편람에 따라 책들을 분류하고 있었지만, 이제 나는 하느님이 231이라는 숫자에 해당한다는 것만을 제외하고 그 책의 암호 구조를 모두 잊어버렸다. 이 이야기의 주인공은 터키인이다. 나는 보다 쉽게 그의 진면목을 파악할 수 있도록 그를 이탈리아 사람으로 만들었다. 부에노스아이레스의 파라나 거리 모퉁이 주변에 있는 어느 길고 좁다란 하숙집의 순간적이면서도 반복적인 광경을 보고 나는 「문가의 남자」라는 제목의 이야기를 쓸 수 있었다. 나는 사

---

* Antoine Galland(1646~1715). 프랑스의 동양학자이자 번역가. 『천 하룻밤의 이야기』를 번역했다.

실 같지 않은 그 이야기가 그럴듯하게 느껴지도록 무대를 인도로 정했다.

호르헤 루이스 보르헤스

작품 해설

　보르헤스의 『알레프』는 『픽션들』과 더불어 그를 세계적 작가의 반열에 올려놓은 대표작일 뿐만 아니라, 20세기의 패러다임을 바꾸는 데 지대하게 공헌한 작품집이다. 오늘날 전 세계 매체에서는 하루도 빠짐없이 그의 이름이 등장하고 있다. 그리고 세계의 유명 작가들은 인터뷰를 하거나 작품을 쓰면서 자신의 작품 속에 보르헤스가 존재한다고 서슴지 않고 고백한다. 보르헤스는 살아 있을 때 불멸과 명성이란 함정이며 속임수이고 거품이라면서 경멸했고 죽은 후에는 이 세상에서 완전히 사라지길 원했다. 하지만 그의 의지와는 달리 이제 그는 '죽지 않는 사람'이 되는 고통을 겪고 있다. 『알레프』는 보르헤스가 이런 불멸의 명성을 누리도록 이바지한 작품집이다.

　1949년에 출간된 『알레프』의 초판은 열세 편의 단편을 수록하고 있지만, 1952년에 보르헤스는 여기에 네 편을 덧붙인다. 작가가 후기에서 밝히고 있듯이, 『알레프』에 수록된 작품들도 「엠마 순스」와 「전사와 여자 포로에 관한 이야기」를 제외하면 모두 환상 문학의 범주에 속한다. 하지만 그는 환상 문학을 목적이 아니라, 절대적 진리나 믿음을 파괴하려는 자신의 목적을 달성하기 위한 수단으로 삼으면서, 이 장르를 더욱 풍부하게 만들었으며, 이런 점에서 『알레프』는 『픽션들』과 어느 정도 유사하다.

이런 환상 문학과 더불어 보르헤스는 이 두 작품집에서 아르헨티나 전통 문학의 주요 주제를 다루기도 한다. 그는 가우초 문학(아르헨티나의 팜파스를 소재로 전개되는 문학)의 주제와 인물을 사용하면서, 이런 특정한 지역적 요소들이 보편적인 의미를 갖도록 상징적 기능을 부여한다. 가령 『픽션들』에 수록된 「끝」과 『알레프』에 있는 「타데오 이시도로 크루스(1829년~1874년)의 전기」는 가우초 문학의 백미인 호세 에르난데스의 『마르틴 피에로』를 상호 텍스트로 사용한다. 호세 에르난데스를 비롯한 가우초 문학의 여러 작가들이 아르헨티나 국민 문학을 창조하려고 부심한 것과는 달리, 보르헤스는 지역적 요소에 보편적 의미를 부여한다.

『픽션들』과의 유사성은 보르헤스가 자기가 쓰는 이야기에 최대의 사실성을 부여하기 위해 다양한 출처를 사용한다는 점에서도 발견된다. 그는 자기 주변의 실제 인물(「문가의 남자」의 비오이 카사레스, 「전사와 여자 포로에 관한 이야기」에 나오는 보르헤스의 할머니)이나, 실제로 존재했거나 아니면 상상한 것일 수도 있는 역사가들이나 철학자들(「아베로에스의 탐색」과

「자히르」), 혹은 신학자들을 등장시키면서, 태곳적부터 서양 사상을 관통하는 모순적 측면을 부각한다. 그리고 다양한 방식을 통해 자신의 작품을 전개하는 것도 어느 정도 『픽션들』과 비슷하다. 가령 「죽지 않는 사람」은 발견된 필사본을 수단으로 삼으며, 「신학자들」은 현학적인 책을 다루려는 것 같은 환상을 심어 주면서 시작한다. 한편 「전사와 여자 포로에 관한 이야기」는 다른 사람들의 증언을 적는 것처럼 전개되며, 「알레프」나 「또 다른 죽음」은 거짓 고백의 형식을 이용한다.

『알레프』와 『픽션들』의 공통점은 탐정 소설에서도 발견된다. 익히 알려져 있다시피, 보르헤스의 탐정 소설은 살인자-미스터리로 구성되지 않으며, 근사한 탐정이나 힘센 경찰이 등장하여 수수께끼와 같은 범죄와 수사, 그리고 범인 추적과 체포와 해결을 논리적으로 연결하는 전통을 추구하지도 않는다. 그러나 『알레프』의 몇몇 작품(「자기 미로에서 죽은 이븐 하캄 알 보크하리」, 「아스테리온의 집」, 「타데오 이시도로 크루스(1829년~1874년)의 전기」, 「문가의 남자」)은 수수께끼와 단서를 제공하는데, 이것은 기민한 독자를 유혹하게 위한 책략이자 수단으로 작용한다.

하지만 보다 자세하게 살펴보면 『알레프』와 『픽션들』의 차이점이 나타난다. 우선 『픽션들』은 에세이와 단편소설의 문체가 한데 어우러지면서 상이한 철학 개념들을 도입하고 있는 반면에, 『알레프』는 본격적인 단편소설의 문체를 보여 주면서 삶에 대해 심오하게 성찰하고 있다. 또한 『픽션들』이 구사하는 바로크적 문체와는 달리, 『알레프』는 꾸밈없으면서 암시적인 문체를 이용하여 정확성과 간결성을 찾으면서 성숙한 단계로 나아가고 있다. 또한 이 작품집에 수록된 단편들에서는 보르헤스가 교묘하게 구사하는 아이러니와 역설을 느낄 수 있다.

또한 형식과 주제에서도 『알레프』는 『픽션들』과 차이를 보인다. 우선 보르헤스는 『픽션들』에서 자기가 상상해 낸 책 속의 책을 정교한 상징적-환상적 세계와 연결시킨다. 그러나 놀랍게도 『알레프』에서는 이런 기법이나 세계를 거의 찾아볼 수 없다. 보르헤스는 『픽션들』에서 우리의 세계와는 다른 우주를 꿈꾸지만, 『알레프』에서 그의 인물들은 마술적이고 신비적인 수단을 통해 (알레프처럼) 이상한 세계를 지각한다. 또한 허구적 책이 있는 거울의 방을 설치하는 대신, 이제 보르헤스는 그의 허구적 인물들과 관계된 또 다른 사람과 그의 반영을 이용한다. 예를 들어 하나의 개인은 그 누구도 될 수 있고, 두 명의 다른 인물들은 하나의 동일한 인물이 된다. 이것은 익히 알려진 보르헤스의 주제 중 하나인 이중 주체이다.

이런 이중 주체는 『픽션들』에서는 세 편의 작품에서만 다루어지고 있지만, 『알레프』에서는 반이 넘는 이야기가 이런 개인적 정체성 주변을 맴돌면서, 그것을 확대하거나 흐리게 만든다. 특히 몇몇 작품에서는 두 작중 인물의 삶과 운명이 유사하게 진행되다가 마지막에 동일한 인물로 귀결되기도 한다. 「전사와 여자 포로에 관한 이야기」의 롬바르디아 전사와 원주민 여자가 그렇고, 「타데오 이시도로 크루스(1829년~1874년)의 전기」에서 타데오 이시도로 크루스와 마르틴 피에로의 삶과 운명이 그렇다. 또한 「신학자들」에서 후안 데 파노니아와 아우렐리아누스도 마찬가지다. 하지만 『알레프』에서 개인적 정체성을 다루는 가장 야심적인 작품은 「죽지 않는 사람」이다. 신비적 경험을 떠올리는 다른 이야기들처럼 『알레프』에서 가장 풍요롭고 복잡한 이 작품은 개인적 주체가 역사에 존재했던 모든 사람, 즉 집단적 정체성으로 이루어진 보편적인 인간의 이야기를 들려준다.

『픽션들』과 비교할 때 『알레프』에서는 작중 인물이 책이나 사상보다 상대적으로 더 중요한 위치를 차지한다. 이런 초점의 변화에 걸맞게 『알레프』에는 시골이나 암흑가를 묘사하면서 빠르게 진행되는 작품들이 꽤 있다. 특히 칼과 총에 관한 폭력적인 이야기는 아마도 작가의 관심이 바뀌었다는 것을 반영하고 있는 것 같다. 이것은 아마도 1, 2차 세계대전 사이에 서구 세계를 지배했던 형이상학적 고민에서 탈피하여, 1940년대 말에 일어난 아르헨티나의 사회적 분열과 붕괴라는 즉각적인 사실로 보르헤스 관심이 이동했기 때문일 것이다.

이런 폭력이 등장하는 작품(가령 「죽은 사람」이나 「타데오 이시도로 크루스(1829년~1874년)의 전기」)에서 환상은 최소한의 수준으로 머무르며, 마지막 부분에서 뜻밖의 선회가 이루어지면서 독자의 기대 지평선을 배반하는 것에 그친다. 또한 이런 작품들에서는 보르헤스의 트레이드마크처럼 여겨지는 박식함도 그다지 나타나지 않으며, 무정하고 비정한 폭력물의 전통을 따라 사실적인 문체를 구사한다. 이런 사실주의 성향과 더불어 『알레프』에서는 기존의 보르헤스적 틀에서 벗어난 것처럼 보이는 작품들이 있다. 예를 들어 「엠마 순스」와 「자히르」는 정신 병리학적 연구의 성격을 띤다. 이 작품들은 환상과 서스펜스가 부가되지 않았다면, 심리 문학으로 분류될 수도 있는 것처럼 보인다.

그러나 『알레프』에는 가장 환상적인 측면 혹은 다중 우주를 보여 주는 이야기들도 있다. 바로 「아베로에스의 탐색」, 「신학자들」, 「죽지 않는 사람」, 「알레프」가 그것인데, 이 작품들은 『픽션들』에 수록된 그 어떤 이야기보다 훨씬 더 추상적이다. 이들에게서는 환상적 세계에 대한 새로운 관점이 드러난다. 끝없는 지적 유희를 찾는 독자라면 「자히르」나 「신학자들」, 「두 명의 왕과 두 개의 미로」에 관심을 보일 것이고, 다른 문화의 화자를 통해 뜻밖의 환상적 세계를 찾으려는 독자는 「자기 미로에서 죽은 이븐 하캄 알 보크하리」, 「아베로에스의 탐색」에서 자신의 호기심을 충족시킬 수 있다. 한편 「알레프」는 "모든 각도에서 본 지구의 모든 지점들이 뒤섞이지 않고 있는" 장소인 알레프를 다룬다. 이것은 은유적으로 시대를 막론하고 모든 작가들의 산물을 한데 모은 유일하고 무한한 공간을 지칭할 수 있다. 환상 문학은 역동적 상상력과 과학적 관점, 몽상적이고 초현실적 세계관, 디스토피아와 종말론 등의 모든 것에서 파생된 모든 가능성을 포함할 수 있다. 이 작품은 이 모든 것이 바로 문학적 알레프를 형성한다는 것을 보여 준다.

2012년 2월

송병선

작가 연보

1899년   8월 24일 아르헨티나 부에노스아이레스에서 변호
         사의 아들로 태어남.

1900년   6월 20일 산 니콜라스 데 바리 교구에서 호르헤 프
         란시스코 이시도로 루이스 보르헤스라는 이름으로
         세례를 받음.

1907년   영어로 다섯 페이지 분량의 단편 소설을 씀.

1910년   아일랜드의 작가 오스카 와일드의 『행복한 왕자』를
         번역함.

1914년   2월 3일 보르헤스의 가족이 유럽으로 떠남. 파리를
         거쳐 제네바에 정착함. 중등 교육을 받고 구스타프
         메이링크의 『골렘(Golem)』과 파라과이 작가 라파엘
         바레트를 읽음.

1919년   가족이 스페인으로 여행함. 시 「바다의 송가」 발표.

1920년   보르헤스의 아버지가 마드리드에서 문인들과 만
         남. 3월 4일 바르셀로나를 출발함.

1921년   부에노스아이레스로 돌아옴. 문학 잡지《프리스마
         (Prisma)》창간.

1922년   마세도니오 페르난데스와 함께 문학 잡지《프로아
         (Proa)》창간.

1923년   7월 23일, 가족이 두 번째로 유럽으로 여행을 떠남.
         플리머스 항구에 도착하여 런던과 파리를 방문하
         고, 제네바에 머무름. 이후 바르셀로나로 여행하고,
         첫 번째 시집『부에노스아이레스의 열기(Fervor de
         Buenos Aires)』출간.

1924년   가족과 함께 바야돌리드를 방문한 후 리스본으로
         여행함. 7월 30일 리스본을 떠나 7월 19일 부에노스
         아이레스에 도착. 8월에 리카르도 구이랄데스와 함
         께《프로아》2호 출간.

1925년   두 번째 시집『맞은편의 달(Luna de enfrente)』출간.

1926년   칠레 시인 비센테 우이도브로와 페루 작가 알베르
         토 이달고와 함께『라틴아메리카의 새로운 시(Indice
         de la nueva poesia americana)』출간. 에세이집『내 희망
         의 크기(El tamano de mi esperanza)』출간.

1927년   처음으로 눈 수술을 받음. 후에 노벨 문학상을 받게
         될 칠레 시인 파블로 네루다와 처음으로 만남. 라틴
         아메리카의 최고 석학 알폰소 레예스를 만남.

1928년   시인 로페스 메리노를 기리는 기념식장에서 자신의

시를 낭독. 에세이집 『아르헨티나 사람들의 언어(El idioma de los argentinos)』 출간.

1929년   세 번째 시집 『산마르틴 공책(Cuaderno San Martin)』 출간.

1930년   평생의 친구가 될 아돌포 비오이 카사레스를 만남. 『에바리스토 카리에고(Evaristo Carriego)』 출간.

1931년   빅토리아 오캄포가 창간한 문학 잡지 《수르(Sur)》의 편집 위원으로 활동함. 이후 이 잡지에 본격적으로 자신의 글을 발표함.

1932년   에세이집 『토론(Discusion)』 출간.

1933년   여성지 《엘 오가르(El hogar)》의 고정 필자로 활동함. 이 잡지에 책 한 권 분량의 영화평과 서평을 발표함.

1935년   『불한당들의 세계사(Historia universal de la infamia)』 출간.

1936년   『영원의 역사(Historia de la eternidad)』 출간.

1937년   버지니아 울프의 『자기만의 방(A Room of One's Own)』과 『올랜도(Orlando)』를 스페인어로 번역함.

1938년   아버지가 세상을 떠남. 지방 공립 도서관 사서 보조로 근무함. 큰 사고를 당하고 자신의 지적 능력을 상실되었을지 몰라 걱정함. 프란츠 카프카의 『변신』 번역.

1939년   최초의 보르헤스적인 작품으로 평가되는 「피에르 메나르, 『돈키호테』의 저자(Pierre Menard, autor del

Quijote)」를《수르》에 발표함.

1940년　아돌포 비오이 카사레스와 실비나 오캄포와 함께 『환상 문학 선집(Antología de la literatura fantástica)』 출간.

1941년　『두 갈래로 갈라지는 오솔길들의 정원(El jardín de senderos que se bifurcan)』 출간. 윌리엄 포크너의 『야생 종려나무(The Wild Palms)』와 앙리 미쇼의 『아시아의 야만인(Un barbare en Asie)』 번역.

1942년　비오이 카사레스와 공저로 『이시드로 파로디의 여섯 가지 사건(Seis problemas para Isidro Parodi)』 출간.

1944년　『두 갈래로 갈라지는 오솔길들의 정원』과 『기교들 (Artificios)』을 묶어 『픽션들(Ficciones)』이라는 제목으로 출간.

1946년　페론이 정권을 잡으면서 반정부 선언문에 서명하고 민주주의를 찬양했다는 이유로 지방 도서관에서 해임됨.

1949년　히브리어의 첫 알파벳을 제목으로 삼은 『알레프(El Aleph)』 출간.

1950년　아르헨티나 작가회의 의장으로 선출됨.

1951년　로제 카유아의 번역으로 프랑스에서 『픽션들』이 출간.

1952년　에세이집 『또 다른 심문(Otras inquisiciones)』 출간.

1955년　페론 정권이 붕괴되면서 국립 도서관 관장으로 임명됨.

1956년	'국립 문학상' 수상. 부에노스아이레스 대학에서 영국 문학과 미국 문학을 가르침. 이후 십이 년간 교수로 재직.
1960년	『창조자(El hacedor)』 출간
1961년	사무엘 베케트와 '유럽 출판인상(Formentor)' 공동 수상. 미국 텍사스 대학 객원 교수로 초청받음.
1964년	시집 『타인, 동일인(El otro, el mismo)』 출간.
1967년	예순여덟 살의 나이로 엘사 아스테테 미얀과 결혼. 비오이 카사레스와 함께 『부스토스 도메크의 연대기(Cronicas de Bustos Domecq)』 출간.
1969년	시와 산문을 모은 『어둠의 찬양(Elogio de la sombra)』 출간.
1970년	단편집 『브로디의 보고서(El informe de Brodie)』 출간. 엘사 아스테테와 이혼.
1971년	영국 옥스퍼드 대학에서 명예 박사를 받음.
1972년	시집 『금빛 호랑이들(El oro de los tigres)』 출판.
1973년	국립 도서관장 사임.
1974년	보르헤스의 전 작품을 수록한 『전집(Obras completas)』 출간.
1975년	단편집 『모래의 책(El libro de arena)』 출간. 어머니가 아흔아홉의 나이로 세상을 떠남. 시집 『심오한 장미(La rosa profunda)』 출간.
1976년	시집 『철전(鐵錢)(La moneda de hierro)』 출간. 알리시아 후라도와 함께 『불교란 무엇인가?(¿Qué es el

budismo)』출간.

1977년   시집『밤 이야기(Historias de la noche)』출간.

1978년   소르본 대학에서 명예 박사를 받음.

1980년   스페인 시인 헤라르도 디에고와 함께 '세르반테스 상'을 공동 수상. 에르네스토 사바토와 함께 '실종자' 문제에 관한 공개서한을 보냄. 강연집『칠일 밤(Siete noches)』출간

1982년   『단테에 관한 아홉 편의 에세이(Nueve ensayos dantescos)』출간.

1983년   미국 위스콘신 대학에서 명예 박사를 받음. 프랑스 국가 최고 훈장인 레지옹 도뇌르 훈장을 받음.『셰익스피어의 기억(La memoria de Shakespeare)』출간.

1984년   도쿄 대학과 로마 대학에서 명예 박사를 받음.

1985년   시집『음모자(Los conjurados)』출간.

1986년   4월 26일에 마리아 코다마와 결혼. 6월 14일 아침에 제네바에서 세상을 떠남. 1936년부터 1939년 사이에《가정》에 쓴 글을 모은『매혹의 텍스트(Textos cautivos)』출간.

세계문학전집 **281**

알레프

1판 1쇄 펴냄 2012년 2월 27일
1판 16쇄 펴냄 2024년 2월 14일

지은이 호르헤 루이스 보르헤스
옮긴이 송병선
발행인 박근섭, 박상준
펴낸곳 (주)민음사

출판등록 1966. 5. 19. (제 16-490호)
서울특별시 강남구 도산대로1길 62(신사동) 강남출판문화센터 5층 (우편번호 06027)
대표전화 02-515-2000 팩시밀리 02-515-2007
www.minumsa.com

한국어 판 © (주)민음사, 2012. Printed in Seoul, Korea

ISBN 978-89-374-6281-8 04800
ISBN 978-89-374-6000-5 (세트)

세계문학전집 목록

세계문학전집은 계속 간행됩니다.